JN099843
自由への道
現代人は愛しうるか
水いらず

春の奥 浪漫二冊想外五冊

玄月

edit gallery

協力　立教大学江戸川乱歩記念大衆文化研究センター

撮影　熊谷聖司

千夜千冊エディション

昭和の作家力

松岡正剛

角川文庫
23639

千夜千冊
EDITION

昭和の作家力

松岡正剛

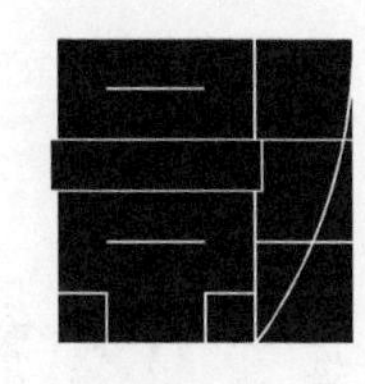

前口上

戦争して砕けて敗れ、占領されて半ば独立し、
とても奇妙な昭和日本が出現した。
この奇妙を諸否もろとも反映した昭和の作家たち。
朔太郎と中也、安吾と織田作、安部と三島、井上靖と清張、
弥生子（やえこ）と高村薫、泰淳と中上健次、周五郎と澁澤（しぶさわ）。
いまこそ、その「表意」と「放埒（ほうらつ）」を読みまくる。

目次

前口上……5

第一章　中心から逸れて

大手拓次『大手拓次詩集』一五〇夜……12
萩原朔太郎『青猫』六六五夜……19
中原中也『山羊の歌』三五一夜……27
齋藤史『記憶の茂み』六九二夜……33
牧野信一『ゼーロン・淡雪』一〇五六夜……41
江戸川乱歩『パノラマ島奇談』五九九夜……50
久生十蘭『魔都』一〇〇六夜……62
大佛次郎『冬の紳士』四五八夜……73
安部公房『砂の女』五三四夜……79

澁澤龍彦『うつろ舟』九六八夜……90
車谷長吉『鹽壺の匙』八四七夜……101

第二章　ヒーロー・悪・復讐

中里介山『大菩薩峠』六八八夜……112
林不忘『丹下左膳』七三四夜……130
長谷川伸『相楽総三とその同志』八六四夜……137
坂口安吾『堕落論』八七三夜……149
坂口三千代『クラクラ日記』六〇二夜……161
宮尾登美子『鬼龍院花子の生涯』八三九夜……167
隆慶一郎『吉原御免状』一六九夜……174
木山捷平『大陸の細道』四七三夜……180
大藪春彦『野獣死すべし』五六〇夜……187

第三章　歴史の影を射る

永井路子『北条政子』一一一九夜……196
野上弥生子『秀吉と利休』九三四夜……211
井上靖『本覚坊遺文』一五六夜……220
三浦綾子『細川ガラシャ夫人』一〇一三夜……229
大原富枝『婉という女』七四一夜……243
村山知義『忍びの者』九二九夜……253
山本周五郎『虚空遍歴』二八夜……264
舟橋聖一『悉皆屋康吉』四三四夜……272
織田作之助『夫婦善哉』四〇三夜……279
藤沢周平『半生の記』八一一夜……286

第四章　ニッポンを問う

大岡昇平『野火』九六〇夜……298
武田泰淳『ひかりごけ』七一夜……307
深沢七郎『楢山節考』三九三夜……315
松本清張『砂の器』二八九夜……324
三島由紀夫『絹と明察』一〇二二夜……335
井伏鱒二『黒い雨』二三八夜……356
野坂昭如『この国のなくしもの』八七七夜……363
井上ひさし『東京セブンローズ』九七五夜……374
中上健次『枯木灘』七五五夜……390
梁石日『アジア的身体』一二九夜……402
髙村薫『新リア王』一四〇七夜……410
追伸　昭和、どうする？……422

第一章　中心から逸れて

大手拓次『大手拓次詩集』
萩原朔太郎『青猫』
中原中也『山羊の歌』
齋藤史『記憶の茂み』
牧野信一『ゼーロン・淡雪』
江戸川乱歩『パノラマ島奇談』
久生十蘭『魔都』
大佛次郎『冬の紳士』
安部公房『砂の女』
澁澤龍彥『うつろ舟』
車谷長吉『鹽壺の匙』

わたしの好きな五月の姉さん、
せうせうお待ちください。

大手拓次詩集

大手拓次

原子朗編　岩波文庫　一九九一

昭和は総じて疾走を好んで痛ましく、その言葉の群走はたいてい過密に陶冶されていた。世界が大戦に突入していったことに応じて、日本はその波間を抜け切ろうとして焦った。そのためか昭和の作家や詩人は同時代にリアルタイムで理解されることが少なく、多くの者が孤立した。昭和九年（一九三四）、茅ケ崎のサナトリウムで結核に冒されたまま亡くなった大手拓次も、生前には評価を得られていない。

四六歳の生涯だ。作品は二四〇〇篇ほどあったが、生前は一冊の詩集にもならなかった。二歳年上の北原白秋と一歳年上の萩原朔太郎がなんとか独自の評価をもたらそうとしたけれど、昭和を了えた今日の平成の詩壇でも、大手拓次が語られることは少ない。

拓次の詩は葦笛のようだ。器官が塞がれて、言葉が緑の中に沁みこんでいく。まるで心と言葉が白い布に包まれたまま動くので、多くの詩情は摑みにくかった。そこでうっかりフランス風だとか、香りだけの詩だとかと曲解されてきた。だが、そうではない。大手拓次は昭和における「詩の言葉」を最初につくった詩人だった。それまで、そういう詩語がなかった。たとえば、次のような――。

こゑをのんでは
日あたりに、
たよりない懶惰を流し、

こゑをのんでは
ふかふかと
りんずのきれの夢をだく。

陶器製のあをい鴉、
なめらかな母韻をつつんでおそひくるあをがらす、
うまれたままの暖かさでお前はよろよろする。

わたしは足をみがく男である。
誰のともしれない、しろいやはらかな足をみがいてゐる。
まるい、まるい
たよりなく物を掘つてゆくやうな
我ままの
こころの幼児。

小雨をふらす老樹のうつろのなかに
たましひをぬらすともしびうまれ、
野のくらがりにゐざりゆく昆虫の羽音をつちかふ。

わたしの好きな五月の姉さん、
せうせうお待ちください、
あなたのおみやげをよろこんで拝見いたしますから。

わたしは　しろい幽霊のむれを

ゆふぐれごとに　さそひよせ、
わたしの顔も　わたしの足も
浮動する気体に　とりまかれる。

ながいあひだ私は寝てゐる。
何事もせず、何物も思はない、心の無為の世界は、生き生きとして花のさかりの如
く静かであつた。

ひとつながりの詩ではない。さまざまな詩の冒頭の数行を並べてみた。いわば発句(ほっく)の列記といったところだが、これが昭和の詩の幕開きだった。詩想の方向が独得の仰角のようなもので放射されている。

大手拓次は萩原朔太郎に先立って独自に詩の言葉をつくり、これを先頭きって詩想した。「ひとつの言葉を抱くといふことは、ものの頂(いただき)を走りながら、ものの底をあゆみゆくことである」と、言っている。また「ひとつの言葉に、もえあがる全存在を髣髴とさせることは、はるかな神の呼吸にかよふ刹那である」と自説している。

その通り。拓次はすこぶるフラジャイルなのである。本人は「一切を超えようとするものの力弱さに、わたしは遥に梢をのぼる月しろのやうな、おぼろにひろがりゆく世界

の消息をおぼえる」と書いた。「力強さ」ではなく「力弱さ」だ。

日本の近代詩は外山正一・森鷗外・上田敏らによる明治の西洋詩翻訳に始まって、そこで得た清新な近代日本語を格別に蒸留する試作期をへて、大正の自由奔放を争鳴させて昭和の自覚に及んだ。

試作に与ったのは、詩集名でいえば島崎藤村の『若菜集』、土井晩翠の『天地有情』、薄田泣菫の『白羊宮』、蒲原有明の『独絃哀歌』、若山牧水の『別離』、石川啄木の『一握の砂』、北原白秋の『邪宗門』、三木露風の『廃園』である。

これを受けて大正前半の高村光太郎『道程』、萩原朔太郎『月に吠える』、室生犀星『抒情小曲集』、山村暮鳥『風は草木にささやいた』、木下杢太郎『食後の唄』などが感覚の言葉に訴え、大正後半の西條八十『砂金』、日夏耿之介『黒衣聖母』、高橋新吉『ダダイスト新吉の詩』、宮沢賢治『春と修羅』、萩原恭次郎『死刑宣告』などが大胆に研ぎ澄まし、自在な日本語の発露に変質させていった。

これらの試みには、鉄幹や晶子の短歌、子規や虚子の俳句、そして当然のことながら一葉・漱石・鏡花たちの作家的想像力が介入した。

こうして昭和がやってきた。金融恐慌と山東出兵の、円本とラジオと理研（理化学研究所）の、川端の『伊豆の踊子』と衣笠貞之助の《狂つた一頁》の、昭和の痛みが始まった。

予測のつかない時代が始まったのである。その先ぶれのように、昭和二年に芥川が『河童』と『歯車』を書いて自殺した。

昭和の作家と詩人は過密に変化した。葉山嘉樹は『海に生くる人々』（昭和二）、佐多稲子は『キャラメル工場から』（昭和三）、小林多喜二は『蟹工船』（昭和四）だ。これらはタイトルからして近代文学の風情とは違っていた。三好達治は『測量船』（昭和五）、中原中也は『山羊の歌』（昭和九）、中野重治は『村の家』、金子光晴は『鮫』（昭和十二）、草野心平は『蛙』（昭和十三）だ。

モダニズム、プロレタリア主義、シュルレアリスム、アナーキズム、日本主義、どれもこれも深刻で、少し危険で、しかしできるかぎり美しくあろうとした。とくに大手拓次においては――。

発端は明快だ。ボードレールの『悪の華』一冊が拓次に詩作をもたらした。早稲田を出るときに白秋の「朱欒」に「藍色の蟇」「慰安」を書いて、すでに鮮烈だった。何の迷いもない。ただ、まったく食えなかった。

ライオン歯磨本舗（小林商店）の広告部に入った拓次は日本の最初のコピーライターとなって、詩人こそが広告をつくれるという実験にとりくんだ。けれどもその耳は早くに半分を失聴し、その目は三十代に疾病に罹っていた。

かくて朔太郎に先立って「壊れやすさ」を思索した。ぼくは二十歳のときに、汽車をふと磯部で降りて鳳来館をさがした。磯部には拓次の故郷の跡がある。ぼくの大手拓次に関する気分的な言及は一九七九年のプラネタリー・ブックス『言語物質論㋑詩を読む』(工作舎)にたっぷり入っている。

第一五〇夜　二〇〇〇年十月十六日

参照千夜

六六五夜：萩原朔太郎『青猫』　一九六夜：島崎藤村『夜明け前』　五八九夜：『若山牧水歌集』　一一四八夜：石川啄木『一握の砂・悲しき玩具』　一〇四八夜：『北原白秋集』　八七〇夜：室生犀星『杏っ子』　九〇〇夜：宮沢賢治『銀河鉄道の夜』　四九九夜：正岡子規『墨汁一滴』　一五九七夜：『虚子五句集』　六三八夜：樋口一葉『たけくらべ』　五八三夜：夏目漱石『草枕』　九一七夜：泉鏡花『日本橋』　九三一夜：芥川龍之介『侏儒の言葉』　三五一夜：中原中也『山羊の歌』　一六五夜：金子光晴『絶望の精神史』　七七三夜：ボードレール『悪の華』

私の情緒は、しづかな霊魂のノスタルヂヤ、
かの春の夜に聴く横笛のひびき。

萩原朔太郎

青猫

新潮社　一九二三　／　集英社文庫　一九九三

朔太郎晩年の「日本回帰」のこと、その気分の転位がどんなふうにおこったのかということをいつかゆっくり考えたいと思ってきた。世の議論では日本を想う朔太郎のナショナリズムを非難する向きが少なくないようだが、そう安直に断罪はできない。朔太郎の昭和日本は朔太郎の未来日本であって日本人の詩的霧箱なのである。

そう思ってきたのだが、朔太郎の「日本回帰」を説明するのはとてもデリケートなことで、その動機には濃厚なものが欠けていることに気がついた。そこで今夜はそういう朔太郎ではなく、そうなる手前だけを感想しておくことにする。手前は『青猫』だ。『月に吠える』の六年後にまとまった大正十二年の第二詩集。関東大震災が東京を壊し、大杉栄（さかえ）・伊藤野枝（のえ）が虐殺された年。この激しい変動のなか、朔太郎はとてもデリケートで

ナイーヴなものに向かった。

私の情緒は、激情(パッション)といふ範疇に属しない。むしろそれはしづかな霊魂のノスタルヂヤであり、かの春の夜に聴く横笛のひびきである。

ここに引いたのは『青猫』の序の冒頭部分で、「しづかな霊魂のノスタルヂヤ」がひときわ目立っている。ノスタルヂヤは初版では「のすたるぢや」に傍点が打たれた。

序はこのあと、自分の詩は激情でも興奮でも、また官能ですらもなく、ひたすら「主音の上にかかる倚音」であって「装飾音」であると綴(つづ)られる。倚音(いおん)と装飾音という綾(あや)なる二語によって何かを言い分けているものの、朔太郎は詩の役割をごくごく限定された魂の刻限のほうへ運びたかったようだ。「ただ静かに霊魂の影をながれる雲の郷愁」や「遠い遠い実在への涙ぐましいあこがれ」の方角にひそむ刻限に。

きっと、できるかぎり主観的主張や主語的主題性から外れていきたかったのだろうと思う。その気分が「倚音」「遠い実在」「あこがれ」といった言葉の調べに乗って、「霊魂のノスタルヂヤ」とはどういうものかの見当をつけている。こうして「春の夜に聴く横笛」が示される。朔太郎は笛の音こそは「艶めかしき形而上学」なのだと言い、「プラトオのエロス」だと説明するのだが、この説明は深くない。学生の頃のぼくには、ここがもうひとつ呑みこめなかった。

朔太郎は『月に吠える』では、「詩とは感情の神経を摑んだものである。生きて働く心理学である」と書いていた。そう書いて、これでは説明にならないと見たのか、すぐに「詩のにほひ」とか「詩のにほひは芳純でありたい」と言い直し、それでも満足できないかのように、「詩は一瞬間に於ける霊智の産物である」「電流体の如きもの」というふうに、言い替えた。

けれども「霊智」と言いながら、霊智はまだ朔太郎の知覚からは飛び出ていない。電流体もパルスに至っていない。そこで朔太郎は「私は私自身の陰鬱な影を、月夜の地上に釘づけにしてしまひたい」と叫んで、月に向かって「おわあ、こんばんは」と吠えたのである。これが評判になった。白秋は序文を寄せて、「月に吠える、それは正しく君の悲しい心である」と讃えた。ぼくは「悲しい心」が「電流体」のように走っていると は感じなかった。朔太郎もそれを知っていたはずだ。

何かの脱出を企てたいと思っていたことだろう。ただその脱出先が「春の夜の横笛」であっただなんて、意外であった。『月に吠える』の詩では、春は「ああ、春は遠くからけぶつて来る」「とんでもない時に春がまつしろの欠伸をする」であって、「春がみつちりとふくれてしまつた」であったのに——。それなのに、春の、春の夜の、その春の夜の横笛。

朔太郎ばかりではない。このころの詩人たちはしきりに春にこだわっている。牧水は「かなしき春の国」、拓次は「春の日の女のゆび」、賢治は「春と修羅」である。朔太郎も白昼の春から夜陰の春に向かっていった。

おそらくこれらの春はもともとは蕪村の春だったのだろうと思う。けれども帝都東京はビルとボギー電車と印刷所で埋まっていて、それらが大震災でつぶれ、いまふたたび蘇(よみがえ)って薄暮にイルミネーションを点(つ)けて、新たな春の夜を迎えようとしていた。春の夜に青猫を感じていた朔太郎は青猫化してしまった。

朔太郎は開業医の子で、アルコールや脱脂綿や注射器とともに育った。前橋の小学校や中学校ではひどい成績で、周囲の級友の大半から避けられていた。本人もハーモニカや手風琴で寂しさをまぎらわしたが、中学は落第のままだ。熊本の五高に行くもまた落第、岡山の六高でも落第して、なんとか慶應予科に入りこむのだが、ここもまっとうできなかった。これほど学校に見放された詩人もめずらしい。

が、詩にめざめた。大正二年（一九一三）に北原白秋主宰の「朱欒(ザンボア)」に五篇の詩が入選すると、そこで室生犀星(むろうさいせい)と知りあってやっと勢いがつき、翌年には犀星・山村暮鳥の三人で「人魚詩社」をつくり、詩と宗教と音楽をまぜた倶楽部(クラブ)を愉しみ、詩誌「卓上噴水」

の創刊や「ゴンドラ洋楽会」の開催をするようになった。このころは教会にも出入りして、神や罪のことを考えてもいる。

　こうして三十歳の大正六年（一九一七）、自費出版に近い『月に吠える』五百部が突発したのである。前田夕暮の手を借りて入念に編集し、恩地孝四郎が装幀を引き受けた。巻頭、序に続いて「地面の底の病気の顔」という異様な詩が掲げられた。

　朔太郎は『月に吠える』のあと、芥川を意識したかのようなアフォリズムを試みて、『新しき欲情』を上梓した。ぼくがこれを新潮文庫で入手したのは、その文庫への当時の書きこみでわかるのだが、十八歳になった一九六二年のことだ。

　この一冊は朔太郎が「認識の薄暮」にとどまっていることを告げていた。薄明においてのみ捕捉しうるデリケートな感覚のための言葉があることを訴えていた。若き朔太郎が一心に内奥にひそむ感覚を微分してみせたものだ。『青猫』はこの微分感覚の延長にいた。青猫はギリシア神話の片隅に坐る病気の彫像で、六月の都会の夜を覆っているじいまであって、ボギー電車のパンタグラフから飛び散る青い火花のことだった。

　朔太郎は青猫となって春の都会にひそむ気分をメタフォリカルに詠んだ。そのうえで、たとえば序では「かすてらの脆い翼」とか、「強い腕に抱かる」では「私の心は弱弱しくいつも恐れにふるへてゐる」とか、「月夜」では「ああ　なんといふ弱弱しい心臓の所有者だ」というふうに、また「蝿の唱歌」では「とどまる蝿のやうに力がない」とも、デリケートきわまりない言葉で「脆うさ」や「弱さ」を織りこんだ。

朔太郎はこれらを「認識の薄暮」に置き去りにしたい。言葉の薄明のなかを自分自身で通り抜けたかった。

そのために選ばれたのが「春」であった。おそらく朔太郎は少年期にすでにどこかで春に遊びながら、その春に追い出されたのであろう。その春をこそ追憶し、その春に戻りたい。朔太郎が芭蕉よりも蕪村を偏愛し、ヴェルレーヌよりボードレールを凝視していた理由もそのあたりにあったにちがいない。けれども、そういう春はもはや朔太郎から去っていた。朔太郎がなしうることは言葉によって記憶の春を薄明のなかに漂わせ、そこに、春から捨てられた青猫としての自身のかかわりを何らかの手立てで響かせることだったのである。

春の横笛とは、そういうものだ。ハーモニカが好きだった少年朔太郎は、その響きを横笛に変え、春の真っ只中（ただなか）に置き去りにしたかったのである。「憂鬱なる花見」は次のように終わっていく。

ああ　そこにもここにも　どんなにうつくしい曲線がもつれあつてゐることか
花見のうたごゑは横笛のやうにのどかで

かぎりなき憂鬱のひびきをもつてきこえる
いま私の心は涙をもてぬぐはれ
閉ぢこめたる窓のほとりに力なくすすりなく
ああこのひとつのまづしき心はなにものの生命をもとめ
なにものの影をみつめて泣いてゐるのか
ただいちめんに酢えくされたる美しい世界のはてで
遠く花見の憂鬱なる横笛のひびきをきく。

昭和を迎えた朔太郎は馬込に居を構え、親しかった芥川や犀星らに加えて、三好達治、堀辰雄、梶井基次郎といった苦い作家や詩人たちとの交流を好むようになった。その後も頻繁に住まいを変えて、人見知りをふやした。赤坂のアパート乃木坂倶楽部、牛込区市ヶ谷台町、世田谷代田一丁目というふうに。昭和八年の代田の家は自分で設計したらしい。

なぜこんなふうにしたのかはわからないが、一方ではついに幼少期からの寂寞を吹きとばしたかったのであろうし、他方ではそれでも内側にひそむデリケートの核心を周囲からの介入に邪魔されることなく覗きこみたかったのであろう。

こうして朔太郎は「日本回帰」を果たす。最初は万葉〜新古今の四三七首を選歌解説する『恋愛名歌集』を編み、昭和八年からは個人誌「生理」を刊行して蕪村に溺れ、昭和十三年に機関紙「新日本」を創刊すると、『日本への回帰』(白水社)を発表した。たちまち国粋主義のレッテルを貼ってくるものが少なくなかったけれど、朔太郎はそのまま走り、昭和十七年五月に急性肺炎に罹って五五歳で世を去った。

はたして「日本」が「霊魂のノスタルヂヤ」となったかどうかは確認できないが、本人としては「春の夜の横笛」を吹ききったのだと思う。

第六六五夜　二〇〇二年十一月二二日

参照千夜

七三六夜：『大杉栄自叙伝』一〇四八夜：『北原白秋集』八七〇夜：室生犀星『杏っ子』九三一夜：芥川龍之介『侏儒の言葉』五八九夜：『若山牧水歌集』一五〇〇夜：『大手拓次詩集』九〇〇夜：宮沢賢治『銀河鉄道の夜』九九一夜：松尾芭蕉『おくのほそ道』八五〇夜：『蕪村全句集』七七三夜：ボードレール『悪の華』

ゆふがた、空の下で、身一点に感じられれば、
万事に於て文句はないのだ。

中原中也

山羊の歌

文圃堂　一九三四／日本図書センター　一九九九

「ゆふがた、空の下で、身一点に感じられれば、万事に於て文句はないのだ」。この一行が紹介したくて、今夜は『山羊(やぎ)の歌』を選んだ。詩集なら『在りし日の歌』のほうをよく読んだのに、今夜の一冊を『山羊の歌』にしたのは、この最後の一行のためだ。かつてのぼくにも存在の印画紙が何かに感光してくれればそれでいいと確信するものがあったのだけれど、なかなかそうはいかなかった。中也もそうだったのかと思った。そのことを書いてみたい。こんな書き方をするのは乱暴だが、中也の日々にぼくの青春を重ねてみた。あしからず。

中原中也が十七歳で長谷川泰子と同棲した大将軍(たいしょうぐん)の下宿の跡を、十七歳のぼくが訪ね

たことがある。

中也はそのころ立命館中学にいて、高橋新吉の『ダダイスト新吉の詩』を読んで瞠目し、大空詩人の永井叔を知って影響をうけ、永井の演芸仲間のマキノ映画の大部屋女優・長谷川泰子と同棲をはじめた。ぼくは九段高校にいて富士見町教会に通い、演劇部の女生徒に憧れながらも離れた京都が無性に恋しくて、こっそり京都に通っていた。中学時代の同級生だった滝泰子に逢うためだ。

その直後、中也は富永太郎を知る。こんなすごい奴はいないと畏怖した。中也と泰子は苛烈に燃えた。その一方で富永に接近した。東京に泰子とともに出てきてからは、早稲田界隈に止宿して富永の影響下に入った。ぼくは中学時代に親しくなった泰子が大阪の帝塚山学院に行ったのを知って、ある日、中村晋造という友人を伴って帝塚山まで会いに行った。泰子は天使のように朗らかに迎えてくれたが、一緒に会ったKという女学生が何か憂愁を漂わせていて、そちらが気になった。

中也は富永に紹介されて、東大生の小林秀雄に出会った。小林の才能も凄そうだった。ところが富永はあっけなく病没してしまった。その直後、小林が泰子と同棲を始めた。大正時代が終わろうとしていた。中也は「むなしさ」を書く。

ぼくは「比叡おろし」という歌をつくった。ピアノもギターもなかったので、ハーモニカで作曲し譜面に移した。これは九段高校の新聞部にいて、高校を出てすぐに伊藤忠に入ったＩＦに贈った。

中也は「山繭（やままゆ）」に富永を追悼する「夭折した富永」を書き、富永に影響されたフランス語になじむためアテネ・フランセに通いはじめた。昭和二年、二十歳。中也は河上徹太郎を知って、河上が諸井（もろい）三郎らと組んでいた音楽集団「スルヤ」の準同人になった。「朝の歌」「臨終」を作詞した。ぼくは早稲田の学生になっていて、素描座という劇団と早稲田大学新聞会とアジア学会に入った。

二十歳直前の中也に、こんな日記の記述がある。賢治の『春と修羅』を購入した記録がのこっているから、その影響もあるだろうが、すでに中也自身にもなっている。

　宇宙の機構悉皆了知。
　一生存人としての正義満潮。
　美しき限りの鬱憂の情。
　以上三項の化合物として、
　中原中也は生息します。

二一歳、中也は小林秀雄の自宅で成城高校の学生の大岡昇平を知り、生涯の友となるのだが、酔えば小林をも大岡をも殴るように批判した。そんなとき小林が失踪し、泰子とも別れた。二二歳、渋谷の神山(かみやま)に移って、阿部六郎・大岡・河上・富永次郎(太郎の弟)・古谷綱武(つなたけ)・村井康男らと同人誌「白痴群」を出した。古谷は高田博厚(たかたひろあつ)(彫刻家)を紹介してくれたが、そこには泰子が出入りしていた。

ぼくはＴＫという女優を知り、村松英子という女優の家に通った。村松剛の妹だ。三島由紀夫のことをいろいろ聞いた。坪内ミキ子を早稲田大学新聞で取材して坪内逍遥を語りあう日々をもった。舞台上の女優では、バーナード・ショーによるジャンヌ・ダルクを演じた岸田今日子にまいっていた。思想的には埴谷雄高(はにやゆたか)と中村宏と、ぼくの三年上級でその後は東大出版会に行った門倉弘の影響をうけた。読んだものではトロツキーとアインシュタインと鈴木大拙(だいせつ)にショックをうけた。毎晩早稲田に泊まって、新聞紙をホッチキスでとめて掛け布団にして眠った。一週間に三十枚ずつアジビラ用の原稿を書いたが、すべて破棄した。こんなこと、中也とはまったく関係がないのだが、中也にかこつけて書いてみた。

京都に遊んだあと、中也は奈良にまわって教会のビリオン神父を訪ねた。戻って中央大学予科に編入している。そのころ長谷川泰子は築地小劇場の演出家の山川幸世(ゆきよ)とのあいだに子供をもうけていた。ぼくはＩＦと一ヵ月にわたって西海に遊んで、帰ってきて泰子にふられた。

二四歳のとき東京外語の夜学に入り、中也は青山二郎に出会う。青山は強烈な個性の持ち主だった。中也は自分の強烈な個性を上回る個性を選んでいくようだ。あげくに精神の決闘をする。翌年、『山羊の歌』を自分で編集して予約募集の案内をつくるが、予約者は十二、三名にとどまった。父親、弟についで祖母が亡くなった。ぼくは父を亡くし、大枚の借金を抱えることになった。しかたなく銀座のPR通信の子会社MACに入り、広告をとりはじめた。

詩集『山羊の歌』は自信があった。芝書店にもちこんで断られ、江川書房で失敗し、ランボオの翻訳にとりくんだ。中也は「汚れつちまつた悲しみに」を書いた。

ぼくは広告とりのかたわら東販からの依頼で「ハイスクール・ライフ」という書店で無料配布する高校生向けの読書新聞を編集する。毎号の一面を宇野亜喜良(あきら)のイラストレーションで飾り、そこに石原慎太郎・倉橋由美子・谷川俊太郎らに〝青春の一冊〟を綴ってもらい、組みこんだ。創刊号が朝日新聞でとりあげられた。

念願の『山羊の歌』は二年がかりでやっと文圃(ぶんぽ)堂に決まった。小林秀雄の肝煎りだった。装幀を高村光太郎に依頼した。中也は二七歳になっていた。ぼくは中上千里夫に資金百万円を貸してもらって「遊」を創刊した。高橋秀元をはじめとするたった三人の仲間に、十川治江が手伝いにきてくれていただけだった。

二七歳、小林が『山羊の歌』についての鴻鵠の書評を「文學界」に書いた。それから三年後、中也は死んだ。昭和十二年（一九三七）である。『在りし日の歌』の原稿が小林秀雄の手元に残った。盧溝橋事件がおこって、泥沼に銃をかかげる日中戦争が始まった。昭和は爆発寸前だった。存在の印画紙に何が感光したかを認めるのは、中也にして容易ではなかったのである。

第三五一夜　二〇〇一年八月七日

参照千夜

九二二夜：『富永太郎詩集』　九九二夜：小林秀雄『本居宣長』　九〇〇夜：宮沢賢治『銀河鉄道の夜』、九六〇夜：大岡昇平『野火』　三九夜：高田博厚『フランスから』　一〇二二夜：三島由紀夫『絹と明察』　九三二夜：埴谷雄高『不合理ゆえに吾信ず』　一三〇夜：トロツキー『裏切られた革命』　五七〇夜：アインシュタイン『わが相対性理論』　八八七夜：鈴木大拙『禅と日本文化』　二六二夜：青山二郎『眼の哲学・利休伝ノート』　六九〇夜：ランボオ『イリュミナシオン』　一〇四〇夜：倉橋由美子『聖少女』

この森に弾痕のある樹あらずや、
記憶の茂み暗みつつあり。

齋藤史

記憶の茂み

ジェイムズ・カーカップ、玉城周選歌・英訳　三輪書店　二〇〇二

書物には、対面する本、遊ばせておく本、首っ引きの本、走りすぎる本、飾りたい本、引用する本、困った本、贈りたい本など、いろいろがある。どんな書物も同じように付き合うのはつまらない。

わが本棚の一角には歌集や句集が数百冊か千数百冊が寡黙に並んでいるが、これらはロシアン・ルーレットのためのピストルの整列なのである。いつ何時(なんどき)に撃たれるかもしれない銃列である。今夜の一冊はそういうなかでも手元近くにおいておきたい歌集だ。昭和の匂いがするので、何かにつけて覗きたい。覗いて、発砲を受けたい。いろいろな意表がうずくまっている。

意表①――齋藤史(ふみ)という歌人の代表短歌が一望できる。七〇〇首が選ばれている。さ

まざまな意味において現代の歌人にひそむ「快楽」とは何かを見せる。
齋藤史をはずして昭和は語れない。十六歳で太田水穂に出会い、十七歳で父親のところに滞在していた若山牧水から作歌を勧められ、十八歳には佐佐木信綱の「心の花」に歌を発表した。それが昭和二年だ。与謝野晶子や九条武子につづく世代として、この時期の女性歌人はめずらしい。しかし、ほぼ無視された。「詩は短歌ではない」という批判も多かった。第一歌集『魚歌』の若き才能に注目したのは萩原朔太郎だった。

たそがれの鼻唄よりも薔薇よりも悪事やさしく身に華やぎぬ

In the evenings,
more than my humming of songs,
more than the roses —
more gentle are sinful things
that brighten my existence.

意表②——齋藤史の父は陸軍軍人の齋藤瀏である。娘に短歌を教えた歌人でもあった。その父が昭和十一年、二・二六事件を幇助したとして連座させられた。父を含めて友人知人に青年将校が何人もいたことが、歌人の言葉をどのように蝕み、それにもかかわらず、逆にそこからさえ花鳥風月をかこつ言葉が放たれうるのだということを知った。

「動乱の春の盛りに見し花ほど　すさまじきものは無かりしごとし」「たふれたるけものの骨の朽ちる夜も呼吸(いき)づまるばかり花散りつづく」「号外は「死刑」報ぜりしかれども行くもろびと　ただにひそけし」。

これらの歌は「告別」である。齋藤史ほど四季を見ても父母を見ても、時代を見ても犬を見ても、別れを告げるのが上手だった歌人はない。その告別は自身が取り残されて存在するままの、振り向きざまの告別だった。

昭和の事件も視終へましたと彼の世にて申し上げたき人ひとりある
There is one person
in the world that lies beyond
to whom I shall say:
"I have been a witness to
all the events of Showa"
さくら散るゆふべは歌を誦(ず)しまつる古き密呪のさきはひは来む
In the evening

cherry petals are falling.
I chant rituals
praying this incantation's
secret spell may bring us luck.

意表③――この本では七〇〇首すべての齋藤史の短歌が英訳されている。英訳にあたったのはジェイムズ・カーカップと玉城周(たまきまこと)だ。

カーカップが日本の詩歌を英訳するにうってつけの才人であることは夙(つと)に知られている。ぼくは早稲田を出て父の借金を返すために入社したMACという会社で、英語学習を専門とする英潮社の仕事をしばらくしていたことがあるのだが、そこではカーカップこそが日英対訳世界の王様だった。そのカーカップがかかわった本書は日本短歌史上にも比類のない英語対訳詞歌集となった。出版編集史上の画期的業績とも評価されるべきである。それがしかも齋藤史において結実したということが、なんとも渋い。

すべての英訳された歌は五行、かつ三十一音節で仕上がっている。五行は五・七・五・七・七に対応し、三十一音節は短歌のシラブルに対応する。カーカップはよくぞこんな芸当をしてのけた。ぼくは不幸にも、この英訳のリトムを万全に観照しきれない語才を憾(うら)むものではあるけれど、それでもこの訳業がとんでもない詩的成果に達していることは、ほとんど完全な感動をもって迫ってくる。
それは「慟哭」なのである。日本語のもつ意味と律動がついに国境を突破して、英語の五行詩に変容されつづけるまで慟哭したというべきなのだ。そのことはこの詞歌集が適確にも『記憶の茂み』と命名されたことにも、よく象徴されている。表題は齋藤史の次の歌から採られた。

　この森に弾痕のある樹あらずや記憶の茂み暗みつつあり

　Within this forest,
is there not a tree that bears
the mark of a bullet?
In thickets of memory
undergrowth keeps darkening.

「快楽」と「告別」と「慟哭」。とりあえず三つの言葉で齋藤史の英訳歌集の意表のアイコンを指摘してみたが、もとより齋藤史の歌をこの言葉だけで説明することは不可能である。だいたいこの三つの言葉にしてから、ちょっと奥まれば「懸想」「背き」「顰み」などと変化する。念のために書いておくのだが、和歌や短歌というものは、その歌のつらなりの内外を歌語そのものが語形変化や語意遷移をおこすものなのだ。

本書には、今日において齋藤史を語るに最もふさわしい樋口覚による十全な解説がついている（樋口覚には齋藤史との対談集『ひたくれなゐの人生』があり、かつ樋口自身による四〇〇首の主題別アンソロジーの編集作業がある）。そこからもたとえば「交歓」「アシンメトリー」「寓話詩」「裏切り」「凝集」といった示唆が散っているのが読みとれる。

そのうえで言うのだが、齋藤史のすばらしさは、一言でいえば歌を「うつそ身」にしていることにあるのではないかと思う。「うつそ身」をビブラートしたままで傲然と歌いつづけてしまうこと、それが齋藤史の昭和を渉ってきた歌だったのではないか。本書に選ばれた歌でいえば、次の二首である。


ほろびたるわがうつそ身をおもふ時くらやみ遠くながれの音す

When I imagine
this present body of mine
falling in decay,
there is a sound of water
running in distant darkness.

〈コワレモノ注意〉と書ける包み持ち膝病むわれが傾き歩く
Holding in my arms
the package written "Fragile —
handle with care", I
suffering from a bad knee
walk with my body slanted.

ところで、いつか齋藤史の全歌を読みたいと思いながら（この人の歌はどこか「まるごと」とか「攫う」ということがぴったりなので）、残念ながらそのままになってきた。いまぼくの机上には大和書房が新版した『齋藤史全歌集』も置かれていて、そこには五〇〇〇首に近い短歌群が待っているのだが、まだはたせないままにある。すなわち、いまだ攫われていないのだ。ほんとうは攫われたあとに、本棚の銃列に戻すべきだった。

そういう怠慢を保留して、今夜はもうひとつ気になっていることを言っておく。全歌集の付録にも何人かの齋藤史についての感想がアンソロジーされているのだが、亀井勝一郎が「舞踊性」の登場を指摘したり、保田與重郎が源頼光と相模の父娘に擬していたりして、それらの感想にはなるほどと頷けるものも少なくないものの、どうもまだ「齋藤史を日本人が語っている」というところまではいっていないということだ。どうしてなんだろうかということだ。
その原因に思い当たらないわけではない。どこかで「史さんに騙されきるのが悔しい」のだ。日本人にはどこかにそういう同時代の表現者に対する気後れのようなものがある。そのことが気になる。ただ、そんなことを言っていては、和泉式部や伊勢は読めないとも言わなければならない。とはいえそういうことは職人技のほうの話で、このあとすべきなのは、まずは本書を部屋の中の棚のどこに置くかを決めることだった。

第六九二夜　二〇〇三年一月十五日

参照千夜

五八九夜：『若山牧水歌集』　二〇夜：佐藤春夫『晶子曼陀羅』　六六五夜：萩原朔太郎『青猫』　六六九夜：樋口覚『三絃の誘惑』　二〇三夜：保田與重郎『後鳥羽院』　二八五夜：『和泉式部日記』

思い出せないのではない。
僕は「思い出すことのできない存在」を書きたい。

牧野信一

ゼーロン・淡雪

岩波文庫 一九九〇

哲学と芸術の分岐点に衝突すると、自由が欠ける。そこでやむなく自分を三つに分けた。Aの自分は黄金の吊籠が上下する呑気な芸術家である。Bはストア派の血をうけて聖人の下僕たらんとする者である。Cはピサの斜塔にいて金属球の落下を測るあの科学者の弟子である。

牧野信一の『吊籠と月光と』の発端だ。この作品は、こういう三分三身法を思いついた「僕」が嬉しさに雀踊りをしながらインデアン・ガウンを羽織って、この三者の絡みぐあいをこれから見ていこうというふうに始まる。戯れの計画を明かして小説を始めるなんて、まったくもって奇天烈だ。一方、劈頭に「マキノ氏像」というブロンズ像が出てきて、これについては自分も始末に思案しているのだが、そのためには馬のゼーロンの勇気を借りなくてはいけないというふうに始まるのが『ゼーロン』である。これまたそうとうに奇妙な発想の小説だ。

本書には『吊籠と月光と』『ゼーロン』『淡雪』をはじめとする十三篇の作品と随筆が収録されているのだが、どれもがこんなぐあいで、その大半は昭和五年から十年までのわずかな期間に綴られた。

本人が説明するところによると、牧野家には「代々の狂気の血筋」が流れているそうだ。一代にたいてい一人の発作がでて、座敷牢なり病院なりに閉じ込められているのだという。それはどうだかわからない話だけれど、たしかに大正期の『爪』という作品では主人公が「狂人になるんぢゃないかしら！」と呟いている場面があった。狭隘な対人関係に過激な神経をもちこみすぎている作品だった。

一方、いま紹介した『吊籠と月光と』や『ゼーロン』や、また『酒盗人』や『淡雪』もやはり変な筋書きではあるのだが、どこかに「そっちへは行かない」という振り子がちゃっちゃっちゃっと揺れている。その振り子を下から見上げるのは御免だが、牧野はこれを首尾よく遠くから見たり、横から見たりするようになっていて、その視野の揺れをうまく言葉にしていった。

こういう文学は大正昭和にはあまり見られない。こんなことを試みれば心が解体してしまうか、技法が腐敗するか、あるいは巧妙に何かをデッチあげて済ませるか、これらのどれかだ。それを牧野はときにヒューモアを漂わせて、ちゃっちゃっちゃっと横切ってみせた。

かつて三島由紀夫は中央公論社の「日本の文学」の一巻に内田百閒・稲垣足穂とともに牧野信一を収録して、それまで顧みられることが少なかった三人の比類のない才能を評価しようとした。さすがに三島の編集力は冴えていて、たちまち百閒も足穂も読書界に浮上して世間を驚かせた。三島はそのあと自害した。ところが牧野信一ばかりは三島をもってしても蘇生させられなかったのである。牧野は無視された。三島も牧野も自殺をしたというのにだ。

そのせいか、いまもって牧野を読む者は少なく、文学議論の対象にもなりにくい。ぼくが管見したところでは、「早稲田文学」の平成八年十二月号に「牧野信一・生誕100年」が組まれ、そこで柳沢孝子や島田雅彦が諸説を出していたという程度だ。

この特集ではおもしろい発言がいくつかあって、たとえば安藤宏は『鱗雲』をとりあげ、牧野は自分が見た夢そのものではなく、一人の作家のなかで夢が自律していることを書いていると指摘し、武田信明が牧野は「思い出すことのできぬ存在をめぐる小説」を書いていると指摘していた。「思い出すことのできぬ存在」というのは牧野のある面を言い当てている。

牧野信一は小田原の人である。『熱海線私語』（牧野信一全集・第一書房）には「私たちは旧熱海線の小田原町に生れ、私の最も古い記憶に依ると、小田原ステーションの広場あたりが祖父母や母と共に私が育つてゐた家の竹藪に位ひした」とある。

すくすく育ったわけではない。少年期の牧野は用意された洋服を着るということだけで、すでになんらかの齟齬を感じる子供だったようだ。その洋服というのが外国の父親が送ってくる子供服で、それを母は牧野に着せようとするのだが、それでいいやと思っている少年牧野に、爺さんが「おれはメリケンは嫌いだ」というものだから、なんだか洋服と自分の隙間を感じてしまうのだ。

父子関係を欠いていた少年だった。それが父親が選んだ洋服をめぐって爺さんとの食いちがいとしてあらわれた。大江健三郎が東大を卒業して初めて背広を着たとき、あまりに自分が不恰好なのに吐き気がしたというようなことをどこかで書いていたと思うのだが、この大江の背広と牧野の洋服はちがっている。大江の背広はサルトルのマロニエの根っこでできたものだろうけれど、牧野の洋服は血の内側からずれてきたものだから、どこにも持っては行けない。

が、それでも牧野はとくに何をおこすということもなく、大正五年に早稲田の英文科に入り、ゲーテや谷崎に惹かれるというふうになっていく。卒業すると、巌谷小波の弟の巌谷冬生の紹介で時事新報社に入った。少年文学部に配属されると、そこに佐佐木茂索がいた。のちの文藝春秋新社の社長だ。あまり忙しくない仕事だったらしく、牧野は佐佐木と銀座をぶらぶら歩いてばかりいた。そのうち浅原六朗から同人誌「十三人」への参加を誘われ、そこで書いたのが『爪』だった。島崎藤村に激賞された。これでついつい牧野は作家になってしまったのだが、はたしてそれでよかったのか。

その後の牧野の初期小説は『父を売る子』(新潮社)という作品集になった。アメリカから帰国した父親とつねに衝突し、ずれあい、罵りたくなる自分の心のあてどなさを書いている。こういう書き方はその後の牧野にずうっと続行するもので、よくぞここまで愛憎すれすれの回路を書けると思うのだが、たとえば『「悪」の同意語』は悪すら表出しきれないといった作品だった。

別の『鏡地獄』では、こうなっていく。「人は夫々生れながらに一個の鏡を持つて来てゐる筈だ、自分の持って来た鏡は、正当な使用に堪へぬ剝げた鏡であつた、僻地の理髪店にあるやうな凸凹な鏡であつた、自分では、写したつもりでゐても、写つた物象は悉く歪んでゐるのだ、自分の姿さへ満足には写らない」。こんなことを書いてどうなるものかとも思っていたようだ。

牧野はさすがに面倒くさくなってきて小田原に戻る。すでに結婚しているのだが、妻との関係もほとんどうまくいっていない。やおら書いたのがさきほどの『鱗雲』だ。「思い出すことのできぬ存在」を追うのではなく、「思い出すことのできぬ存在」そのものを書く。牧野はそのようにしていこうと決意したようにも見える。もしそうだとしたら、そこからたとえば埴谷雄高の「存在と非存在の文学」へはごく近距離だったのだ。

ところが、そうはならなかった。ここから牧野はまた転回をする。するりと架空や虚構に遊びはじめるのだ。私小説の地獄を脱出してしまうのだ。吉行淳之介がここから先の牧野信一が大好きなんだといった時期にあたる。

牧野は妻子を連れて東京に出てきた。引っ越しも何度かする。魚籃坂(ぎょらんざか)にいたり、大森山王(さんのう)にいたりした。牧野ファンからは「ギリシャ牧野」時代と呼ばれている時期だ。そして、冒頭に紹介した『吊籠と月光と』や『ゼーロン』のような、ついに誰もが書けないようなものをさっと書いた。

『ゼーロン』のことをもう少し紹介しよう。主人公は自分の生活を立て直すために家財を処分するのである。ただ、ある彫刻家(牧雅雄)が制作した「マキノ氏像」というブロンズ像だけはなぜか手放さずに、これは山村の友人に保管してもらうことにする。ここまでは町田康の『くっすん大黒』だ。

そこで自分でゼーロンという馬に、これを結わえつけて運ぶのである。けれども山中は悪路で、主人公はその渦中に夢幻のような狂躁のような言葉の前衛に向かって後戻りできなくなっていく。そこでの文章が、おもしろい。

　私は、ゼーロンの臀部を敵に激烈な必死の拳闘を続けて、降り坂に差しかかった。驢馬の尻尾は水車のしぶきのように私の顔に降りかかった。その隙間からチラチラと行手を眺めると、国境の大山脈は真紫に冴えて、ヤグラ嶽の頂きが僅かに茜色に光っていた。山裾一面の森は森閑として、もう薄暗く、突き飛ばされる毎にバッタのように驚いてハードル跳びを続けて行く奇態な跛馬と、その残酷な馭者との直下の眼下から深潭のように広漠とした夢魔を湛えていた。——

こういう文章は、有島武郎の『カインの末裔』が広岡仁右衛門をして馬を斧で殺させているが、ああいうものとはまったく異なる。ラストシーンに馬を描いた『蝿』の横光利一ともちがう。『ドン・キホーテ』のロシナンテの馬でもない。うまい文章でもなく、また陶冶もされてはいないのだが、そんなことはおかまいなしで、ここには「見えていく存在の風景」がトポロジカルに変容する。そういう文章になっている。
のみならず、ゼーロンと牧野とのシーノグラフィックでトポロジカルな一騎打ちは、忘れがたい。忘れがたいだけでなく、なんと別の作品にもあらわれる。作品をまたぐのだ。『夜見の巻』という小篇があって、ぼくは次の場面の「私の進歩は」という個所にさしかかったときは、なんだか嬉しくなっていた。こんなふうにニヤリとできるなんて、予想もつかない。

ゼーロンは、虹型の弾道を描いて一挙に境内を突き切ると、花やかな水煙りを挙げて流れへ飛び込み、息を衝く間もなく水を駈け渉つて、一目散に竜巻村の森林へ駈け込んだ。社の境内から、水を渉り河原を横切り、桑畑を飛び越えて、径もなく、山中の谿谷に踏み込んでも、決してゼーロンの勢ひは鈍らなかつたが、その間に漸く私の進歩はその臀部から背筋を這つて首根に達し、鬣に武者振りついてゐた。

昭和十一年三月二四日、牧野信一は納戸に紐をかけて縊死した。三九歳だった。葬儀にかけつけた川端康成、河上徹太郎、小林秀雄、坂口安吾らは驚き、その孤絶の最期に言葉を呑んだ。

が、そんなことは心配御無用なのである。三分三身法を思いついた牧野は吊籠に乗って月光に向かいつつ、これらが久々に一心同体になっていくことを感じて、インデアン・ガウンを羽織って雀躍りをしていたにちがいない。「方舟三千大千の世界」というものがあるはずなのだが、牧野はその方舟に乗ったのである。

第一〇五六夜　二〇〇五年八月二四日

参照千夜

一〇二二夜：三島由紀夫『絹と明察』　八七九夜：稲垣足穂『一千一秒物語』　一三七六夜：島田雅彦『悪貨』　八六〇夜：サルトル『方法の問題』　九七〇夜：ゲーテ『ヴィルヘルム・マイスター』　六〇夜：谷崎潤一郎『陰翳礼讃』　一九六夜：島崎藤村『夜明け前』　七二五夜：町田康『くっすん大黒』　九三二夜：埴谷雄高『不合理ゆえに吾信ず』　五五一夜：吉行淳之介『原色の街・驟雨』　六五〇夜：有島武郎『小さき者へ』　五三夜：川端康成『雪国』　九九二夜：小林秀雄『本居宣長』　八七三夜：坂口安吾『堕落論』

日本は近代を装って完成させつつあるとき、その装いのすべてを失っていった。

パノラマ島奇談

江戸川乱歩

春陽文庫　一九八七

昭和の都会感覚とミステリー感覚を一手に引き受けた雑誌に「新青年」がある。博文館が森下雨村(うそん)を編集長に仕立てて大正九年（一九二〇）に創刊し、昭和二五年（一九五〇）まで続いた。編集局長は長谷川天渓(てんけい)だった。

当初、天渓と雨村はエスプリの効いた海外短篇小説を翻訳紹介することを軸にして、そこへ都会に憧れる青年たちの好奇心をそそる旅や映画や野球などの文化の点景を飾るページをまぜていく計画をたてた。ルブランの『水晶の栓』、チェスタトンの『青い十字架』、ビーストンの『マイナスの夜光珠』などが掲載された。

ついで原稿用紙十枚前後の掌篇ミステリーの懸賞募集を発表したところ、横溝正史(せいし)、水谷準(じゅん)、小酒井不木(こさかいふぼく)、牧逸馬(いつま)（谷譲次）らの若手新人が味のいい作品を提供するようになった。雨村は編集方針の中心に探偵小説をおき、コナン・ドイル、アガサ・クリスティ、バロネス・オルツィ、オー・ヘンリーらを紹介するとともに、日本の若手作家の小篇を積極的に掲載した。昭和を迎えた「新青年」は二代目編集長を横溝とし、さらに探偵小説色を強くする。ここに登場してきたのが江戸川乱歩だった。

乱歩の本名は平井太郎である。明治二七年の三重県名張に生まれて、その後は転々と住処を変えて早稲田の政経学部で東京に落ち着いた。もっとも、その後も計四六回引っ越している。

少年の頃の乱歩は押川春浪や黒岩涙香に夢中で、これが嵩じて自分でも創作推理ものを書くようになった。デビュー作となった『二銭銅貨』は二八歳のときの習作で、最初は馬場孤蝶に送ってみたのだが放っておかれ、それならというので「新青年」に届けてみたところ森下雨村に激賞され、めでたく掲載された。

以来、創作推理小説一筋と行きたいところだったが、朝日新聞に連載した『一寸法師』のあと自分の出来ばえに満足できず、スランプに陥った。のちにトリックが評判になった『D坂の殺人事件』『心理試験』『人間椅子』『鏡地獄』などについても、いまひとつ充足できなかったらしい。乱歩は探偵小説は研究すべきものであって、自身が操るものではないかもしれないと思ったようだ。

昭和三年八月、十四ヵ月の休筆のあとに『陰獣』を書いた。変態的エロティシズムを扱った作品で、乱歩が自身の心身にも多少出入りしたがっていた嗜好（アディクション）にもとずくものだった。世評では題材と描写の不健康さに眉をひそめる向きもあったが、横溝正史は激賞した。読者もこれを歓迎し、掲載誌「新青年」は増刷された。

戸惑ったのは乱歩である。いったい自分は何を書くべきなのか。自身の内なる多情多感多恨な性格からして、探偵小説の現状や未来も気になるし、人間心理の奥にひそむフェティシズムやマゾヒズムのことも触れつづけたい。作家でもありたいが、探究者や研究者でもありたい。おそらくはそんなふうに感じて、以降、昭和四十年（一九六五）に七十歳で亡くなるまで、好きな仕事を多彩にこなしていったわけである。

こんな乱歩を、ではどう語ればいいのか。今夜は以下のように語りたい。

ぼくは多作な作家の作品を次から次へと読むということはめったにしない。ところが乱歩については、『江戸川乱歩全集』（桃源社）全巻を一夏（ひとなつ）で読みきった。悪食（あくじき）のジャンクフードのように軽く読めたからだったが、そのかわり思い出そうとするといくつもの筋がいまでも混乱する。そういうなかで初期の『屋根裏の散歩者』『人間椅子』『パノラマ島奇談』『押絵と旅する男』『陰獣』あたりだけはくっきり屹立（きつりつ）する。

ふりかえって、乱歩にはラジオの「少年探偵団」のころから夢中だった。明智小五郎と怪人二十面相と小林少年の他愛のない筋立てばかりだったが、いつもどきどきしてラジオに齧（かじ）りついていた。ラジオから流れる主題歌「～勇気りんりん瑠璃の色ぉ、～朝焼け空にこだまするぅ、～ぼ・ぼ・ぼくらは少年探偵団」を口ずさみ、へたなスキップをしながら通学路に遊んだものだった。

乱歩という作家は捉えどころがない。文章がうまいわけではないし、筋書きも精巧ではない。人格描写はおおむね紋切り型で、心理描写もほぼ一様だ。それなのに、なぜか魅力がある。あえて『人間椅子』や『芋虫』を例にしてサディズムやマゾヒズムを乱歩から引き出そうとしても（そういう評論が少なくないが）、それはしょせん不可能なことで、乱歩にはそういう本物の心性も病理性もなく、作品にもそんな深淵はない。ほとんどがニセモノっぽい。それなのに魅力がある。

その理由がわかりにくい。エドガア・アラン・ポオを文字って江戸川乱歩とペンネームをつけただけあって、ポオのスピリットを継承していると言いたいところだが、たしかに多少のスピリットは感じるものの、それが構成や描写に生かされているとは言いがたいし、推理小説を日本におこし、欧米の探偵小説を案内しつづけた先駆性が凄いのだろうが、それほど世界のミステリー代表作に通暁しているわりには、あまりそれらからの影響がない。

そこで、やっぱり乱歩独自の妖異怪奇の趣味が魅力の正体だろうと見当をつけたくなってくる。おそらくは、そうなのだ。

しかしながら、その妖異怪奇の趣味はたとえばゴシックロマンやラヴクラフトやレ・ファニュや秋成（あきなり）や鏡花にくらべて卓抜かというとそうではなく、かなり安っぽい。だから文学論やゴシック論として乱歩を議論するには物足りない。実際にも、これまでの乱歩研究はちっとも文学議論めいてはいなかった。

しかし、しかしなのである。そうした「本格的なるものとの比較」をあえて逸脱させるところが乱歩の狙いだったというふうにも言ってみたくなる。ぼくはこの説に軍配を上げている。そこには、明治二七年に生まれて大正末期昭和初期に作品を書きはじめたということ、すなわち「日本が近代を装ってそれが完成しつつあるときに、その装いのすべてを失っていった」という時代がつくった幻影についての妄想が、色濃く関与しているようにも思われる。

乱歩はあえてツボにはまった装置や調度や擬装をつかってきた。トリックも他人になりすます変装といい、ビルに照らし出す幻想といい、人形がすぐに生きた人間に見えてしまうことといい、そんなことで人が騙せるのかと思うような手ばかりをつかっている。けれども、それがわざわざ乱歩が選んだトリックなのである。同時代から選び出した大

①『吸血鬼』で犯人追跡が繰り広げられた旧国技館

正昭和の日本人の幻影には、そのような安っぽい装置や擬装が必要だったのだ。

写真①を見てほしい。これは昭和五年の国技館付近の写真だが、この光景には乱歩の作品がそのまま反映されている。このような一郭が東京の正体だったから、乱歩はその都会の現実をそのまま幻影に仕立てたのだった。実際にもこの国技館をめぐっては『吸血鬼』の大衆演劇のような舞台に拝借されている。

もうひとつ、写真②を見られたい（次頁）。これも昭和五年に乱歩が怪奇人形師・井上勘平を訪れたときの写真だが、子供だましの化物屋敷に出てくるような人形ばかりが立っているのに、乱歩はその中央で勘平とともに真剣な顔をして正座する。

これが乱歩だ。たんに安っぽいのではな

②横須賀の怪奇人形師・井上勘平（右）と人形たちに囲まれた乱歩
提供：平井憲太郎氏

く、キッチュなのでもなく、当時の都会が醸しだす日本人の怪奇幻想を、文字通りの言葉で演出したかったのだ。

それは、いまなら「われわれが懐旧する都会の心理的陰影」とか「角を曲がったとたん出くわす忘れていた街頭の影」とか「机の抽斗（ひきだし）に放置されたオブジェの意味ありげな主張」といったものになるだろうが、それを乱歩はその場その時に臨んで、実情通りに妄想を描いたのだ。ということは、乱歩は最初の最初から「何がのちに懐かしい怪奇となるか」を知っていたということになる。

こうした、結局は乱歩が計算しつくしたあげくに設定したのであろう手品めいた怪奇の装置と妖異の筋書きが最も端的にあらわれたのが、今夜とりあげた『パノラマ島奇談』だ。「新青年」に連載のうえ、昭和二年に単行本になった。

売れない作家の人見広介が、自分に瓜二つの資産家が急死したのをさいわい、これになりすまして、その資産のすべてを人工楽園づくりに賭けるという話である。未亡人がこのニセの夫の不気味な計画に感づきつつも人工楽園島をめぐるくだり、そのニセの夫の犯罪が暴かれるくだりをへて、もはやこれまでと覚悟した人見が巨大な打ち上げ花火となって、自身の人肉を夕刻の空に光芒と化して散らすという凄絶なラストシーンが有名な作品だ。

乱歩はここでカベーの『イカリア旅行記』やモリスの『無可有郷通信』とともにポオの『アルンハイムの地所』の要素を入れこんで、これらに勝る人工楽園の構築を主人公に思いつかせた。

パノラマ島の光景の描写については、さすがに力を入れている。魚介から人魚までが電光のもとに天然色で水中に踊る海底トンネルをはじめ、数々の信じがたい奇岩景勝が繰り広げられる。大森林と見える森林模型はその全体が異様な妖魔の姿をあらわすといったふうに、随所に見立てを工夫した。乱歩はこの光景を「行くとみえて帰り、登るとみえて下り、地底がただちに山頂であったり、広野が気のつかぬ間に細道と変わったり、種々さまざまの異様な設計が施される」とか、「来てはならないところへ来たような、見てはならないものを見ているような気持ちになる」というふうに説明している。パノラマ島の全貌は「別々のパノラマが集まって、また一つのまったく異なるパノラマができている」ような、いわば部分と全体がいつだって入れ替わるスーパーパノラマなのである。

この美意識は、似たようなユートピック・ファンタジーの古典的名作であるコナン・ドイルの『失われた世界』やジュール・ヴェルヌの『地底旅行』とは、何かが根本的にちがっている。何がちがっているかというと、これらは本物らしさを描こうとしたのだが、乱歩は徹底的に「みかけ」らしさを重視した。

平凡社のコロナ・ブックスに『江戸川乱歩』があって、そこに一三人の執筆者が一三のキーワードをあげている。ユートピア（団鬼六）、探偵（都筑道夫）、窃視症（荒俣宏）、人形愛（谷川渥）、サド・マゾ（鹿島茂）、フェティシズム（佐野史郎）、少年（須永朝彦）、コスチューム・プレイ（種村季弘）、洋館（久世光彦）、暗号（高山宏）、洞窟・迷宮（高橋克彦）、群集（柏木博）、蜃気楼（北川健次）。

なるほど、なるほど。それぞれ乱歩を言い当てている。『パノラマ島奇談』は「ユートピア」「洞窟・迷宮」にぴったりあてはまる。けれどもよく読めばすぐにわかるように、パノラマ島では「人形愛」「フェティシズム」も、「サド・マゾ」「蜃気楼」も少しずつちりばめられているし、最後は「探偵」が出てくる。人見広介がニセの夫となって未亡人を〝妻〟として感じるシーンには「窃視症」も香っている。ここにはあがっていないが、資産家の死体を掘り起こす場面には「ネクロフィリア」が、花火に執着しているところは「白日夢」というキーワードも生きている。

ようするに乱歩はすべての幻想怪奇の断片に関心をもったのであって、そのいずれにも片寄った加担をしなかったのだ。これらを巧妙にブレンドした。しかし注目するべきは、これらすべてが「みかけ」であったということなのである。

べつだん本式の議論をしたいわけでもなく、本格的な異常の歴史を背景に敷きたいわけでもなく、また本物としてのフェティッシュを登場させたいわけでもない。暗示が効けば、それでよろしい。その気になってくれれば、それでよい。これは言ってみれば、乱歩は「それらしい異常」「異常なそれらしさ」「ひょっとしたらそうかもしれない不気味」に夢中だったということなのだ。少しニセモノっぽく見えるほうが、かえってよかったのだ。そして、ここにこそ乱歩の乱歩たるゆえんがあった。

サルバドールがダリ伝説をつくり、アンディがウォーホル伝説をつくったように、平井太郎は江戸川乱歩という伝説的存在をつくった。

まず探偵小説をつくった。探偵小説なら乱歩でございますとなった。明智小五郎と怪人二十面相をつくって、怪しいドッペルゲンガーなら乱歩が引き受けますということにした。性的に卑しい欲情をもつ諸君は、どうぞ心おきなくエログロ乱歩を覗いてごらんあそばせとした。

加えて、どんな犯罪者も江戸川乱歩の見解と関係があるかもしれないという世の錯覚をこつこつと築き上げた。一方では「新青年」に依って若い作家たちの仮親となり、他方では怪しいゴシック・ロマンな洋館に住む偏屈主人のフリをした。ついでに夜な夜な蠟燭で原稿を書いているという噂の主人公にもなった。また「探偵作家クラブ」の主宰者になって業界を支え、江戸川乱歩賞の看板となり、そして大正昭和浪漫の当事者になった。こういう何人もの乱歩がいたのである。

それだけではない。乱歩は少年愛と男色の研究者であって、実際にも男色にひとかたならぬ関心を寄せつづけていた。これに関しては南方熊楠、岩田準一、稲垣足穂に匹敵する衆道やゲイ・セクシャリティの大御所というべきで、ぼくなどはこの男色研究者としての乱歩があったればこそ、すべての乱歩が隠然と輝き続けたのではないかと思っている。このことについてはできれば足穂の『少年愛の美学』を参照してほしいけれど、強調しておきたいことは、この男色研究は精神の抽象性が関与しないことには、何も成果があがりはしない領域だったということだろう。

江戸川乱歩は作品の中身がもつ印象よりもずっと多元抽象的な作家なのである。だからこそ昭和の卑俗な主題を遠方から操作することができた。

第五九九夜　二〇〇二年八月九日

参照千夜

一一七夜：モーリス・ルブラン『奇巌城』　七三四夜：林不忘『丹下左膳』　六六四夜：アガサ・クリスティ『オリエント急行殺人事件』　六二八夜：コナン・ドイル『緋色の研究』　四三一夜：黒岩涙香『小野小町論』　九七二夜：『ポオ全集』　四四七夜：上田秋成『雨月物語』　九一七夜：泉鏡花『日本橋』　三八九夜：ジュール・ヴェルヌ『十五少年漂流記』　九八二夜：荒俣宏『世界大博物図鑑』　一二一三夜：鹿島茂『ドーダの近代史』　四四二夜：高山宏『綺想の饗宴』　一一〇一夜：柏木博『モダンデザイン批判』　一二二夜：アマンダ・リア『サルバドール・ダリが愛した二人の女』　一一二二夜：アンディ・ウォーホル『ぼくの哲学』　一六二四夜：『南方熊楠全集』　八七九夜：稲垣足穂『一千一秒物語』

得体の知れぬ者たちが、
ある刻限をめがけて昭和の帝都をおかしくさせる。

久生十蘭

魔都

朝日文芸文庫 一九九五 / 創元推理文庫 二〇一七

昭和九年（一九三四）の大晦日（おおみそか）だった。それまでもときおり来日し、このときは一ヵ月以上にわたって東京に滞在していた安南国（アンナン）の皇帝 宗龍王（ソーリヨー・チー）が、帝都東京のど真ン中で失踪した。同じ刻限、松谷鶴子という皇帝の愛人らしき妙齢の女性が赤坂山王台の高級アパートメント「有明荘」のベランダから墜落死した。二つの出来事のあいだには二人の間柄からしてきっと密接きわまりない関係があるはずだろうに、謎は深まるばかりでいっこうに埒（らち）があかなかった。

そのころ銀座尾張町に近い土橋（どばし）あたりに「巴里（パリー）」というバーがあった。ここに、北海道の僻村（へきそん）から東京に出てカフェー「白猫」の女給や女優を渡り歩いてきた村雲笑子（えみこ）というマダムがいた。灯芯（とうしん）のように痩せた美女だが飾りっけのないことから人気を集め、

「巴里」には一重瞼の龍眼鳳眦の子爵、吉行エイスケか恩地孝四郎ばりの名うての遊蕩児、酔えばマラルメを口にするディレッタント、銀色の靴を履いて人造ダイヤを指に光らせる米国帰りのダンサー、朝鮮捕鯨会社といった当時を鳴らした国策会社の重役、秦の始皇帝がタキシードを着ているかとおぼしい挙止人相ひとかたならぬ輩というような、風変わりな連中が毎夜つめかけていた。

この連中は、興にのればそのまま横浜ニューグランドホテルか箱根の環水楼にでも繰り出そうかという得体の知れぬ者たちなのだが、あとでわかってきたのは、その連中の何人かが「有明荘」の住人でもあったということだ。いったいこの暗合は何なのか。とんでもない事件の謎解きがはじまっていく。

久生十蘭の長編連載小説『魔都』の幕開けである。昭和十二年の「新青年」十月号から一年にわたった連載で、これで十蘭の名が決定的になった。

眞名古明という警視庁捜査第一課の警視と夕陽新聞の古市加十という記者が、複雑怪奇な事件に翻弄されながらも謎解きにとりくむ話なのだから、ジャンルとしては歴とした探偵小説や推理小説の部類に入るのだが、ぼくはそういうふうには読まなかった。どうみても、これは昭和の帝都のトポグラフィック・ノベルなのだ。昭和九年といえば、満州事変から三年後、日本が国際連盟から脱退した翌年のこと、すでに五・一五事件も十一月事件も、悪辣で名高い治安維持法の起動もおこっている。日本が長きにおよぶであろうファッショな孤立を、誤解のままに胸中に覚悟した年だ。

しかし他方、帝都東京はこの年に向かって最後の爛熟を迎えつつあったともいうべきだった。帝都には、帝国ホテル・三越・警視庁・服部時計店時計台・聖路加病院・築地本願寺が次々に竣工していたし、今日なお当時の結構を誇る新宿伊勢丹は清水組の、いまも丸の内にのこる明治生命館は岡田信一郎の設計で、昭和八〜九年に落成した矢先だった。

上野と浅草を結ぶ地下鉄はすでに開通し、オスカー・ココシュカか、本名がアドルフ・ジャン＝マリー・ムロンであるカッサンドルまがいのポスターが街のめぼしい壁を飾っていた。帝都のそこかしこに自動公衆電話が設置されたのもこの年で、前々年には四家文子の「銀座の柳」が、前年には「東京音頭」(西條八十作詞・中山晋平作曲)が大流行しまくっていた。昭和九年は戦前最後の狂い咲きなのである。

十蘭はこの爛熟する帝都をとらえて上海に倣って「魔都」とよび、魔都でこそおこりうる事件を絡めて、トポグラフィックに綾なす帝都独特の狂言綺語を織りなした。

久生十蘭は本人そのものが変わった男である。小説家や作家だったかといえば、むろん正真正銘の作家だった。快作『鈴木主水』で昭和二六年の直木賞をとった売れっ子だ。

探偵小説作家だったといえば、まさにそうだ。江戸川乱歩・夢野久作・横溝正史・小栗(おぐり)虫太郎(むしたろう)と並ぶのは久生十蘭だ。『顎十郎捕物帳』は岡本綺堂(きどう)の捕物帳を継ぐ傑作だった。これらの日本を代表する推理作家たちは時代も活躍期もほぼ同時期で、ちなみに昭和九年は小栗虫太郎の怪作『黒死館殺人事件』が発表されていた。

劇作家であって演出家でもあった。二六歳のときに蝙蝠座(こうもりざ)を結成して、岸田國士(くにお)に師事しつつ土方与志(ひじかたよし)の演出助手をしたのを皮切りに、いくつもの舞台演出を手がけた。いまなお刊行されている演劇誌「悲劇喜劇」(早川書房)の編集にも携わった。

ここまでなら文芸的な多芸多才の持ち主だという程度かもしれないのだが、この程度にとどまらないからヒサオ・ジューランなのである。いろいろ変わったところがあるけれど、まずもって人脈がふるっていた。また、職能の選び方が凝っていた。

ジューランは本名を阿部正雄という。明治三五年(一九〇二)に函館に生まれて海運業を経営する祖父に育てられた(伯父との説もある)。母親は生け花の師匠で、けっこうハイカラだったようだ。函館の小学校に入るとそこに石川啄木が奉職していた。函館中学では上級生に長谷川海太郎(かいたろう)がいた。この男は七三四夜であれこれ説明しておいたように、のちに『丹下左膳(たんげさぜん)』を書いた林不忘(ふぼう)(牧逸馬かつ谷譲次)のことだ。

子供時代に啄木と海太郎に出会っているだなんて、なかなか得がたい人脈だ。とりわけ中学で水谷準を知ったのが決定的だった。水谷準の名は昭和編集文化史では欠かせない。昭和四年から十三年までの「新青年」の編集長だ。

十蘭は「函館新聞」に勤めた。海太郎の父親が経営していたからだ。それから演劇に関心をもちはじめて蝙蝠座をつくったりし、昭和四年、二七歳でフランスに渡った。演劇を勉強するためかというとそうではなく、パリ物理学校に入ってレンズ光学を学んだ。この職能感覚が変わっている。母親もパリに渡って二度におよぶ生け花展を開いた。母子ともに世の中など恐れていない。

ついで二年後にはパリ技芸学校に入った。ここでやっと演劇界の重鎮シャルル・デュランについた。これで芝居づくりのハクをつけ帰国する予定だったのだが、新築地劇団の演出部に迎えられたのもつかのま、すぐに嫌われて排除されている。個性が強烈すぎたのだ。それにしてもレンズ光学フェチが、いい。

ここから先の十蘭は一転して、「新青年」の売れっ子作家になっていく。顎十郎や平賀源内を探偵に仕立て、万余の読者を唸らせる。大佛次郎の媒酌で結婚もした。ふつうなら、これがジューランの絶頂だったはずである。ところが、あいかわらずそれでおさまるジューランではなかった。文体や口調に凝った。

十蘭は文体が推理なのである。文言が探偵なのである。こういう文体の迷宮性をもって物語を律する語り部は、いまの日本には中野美代子くらいしかいない。中野さんは中国文学者であって、『西遊記』の研究者、それでいて中国文化にひそむ文字と図像のとびきりの解読者であるが、その一方では過激で濃密な幻想小説作家でもある。

そういうと、ひょっとして赤江瀑や京極夏彦などを思い浮かべる読者がいそうだろうけれど、とんでもない。中野美代子は久生十蘭の直系の嫡子というべきで、あえていうなら「久生十蘭↓中井英夫↓中野美代子↓澁澤龍彦」という系譜なのである。

ジューランはそうした文体を駆使しながら、帝都東京を炙り出すべく『魔都』を綴っていった。読んでいくとすぐにわかるだろうが、文体の折り目節目繋ぎ目に帝都東京のエクリチュールを衝く「綾」がふんだんに織りこまれている。それがまさにトポグラフィック・センテンスとしかいいようのないもので、文章そのものが街路や隘路やビルディングや交通になっている。

そのことについては、かつて「ユリイカ」が久生十蘭特集をしたときに、永瀬唯が「公園の腸――『魔都』地下迷宮を読み解く」という試みを書いていたのでそれに譲ることにするが、そこでは昭和初期の帝都の下水構造から「日本の魔都」を現出（幻出？）してみせたジューランの魔術がいちいち解読されていた。

こういう地理解読趣向をもった作家は松本清張以前では少ない。清張はいつもかたわらに五万分の一や十万分の一の地図をおいて、物語に地形・植相・ランドマークを書きこんでいて、その後の地名入りミステリー派や鉄道殺人事件派の大半の凡百の作家たちがそうした習慣を踏襲していた。

しかしそれらの作家と十蘭とには、決定的な差があった。何の差であるか。文体の差である。十蘭の文体は図抜けている。そのトポスをことごとくノスタルジアに仕立ててしまう文体なのだ。

ジューランの文体の特色については、その出自に関して二つほどの理由が考えられる。二つは結びついている。ひとつには、ジャーナリストとしてのルポルタージュ技法を会得していたことだろう。ただのルポではない。突撃ハイカラふうの知的ルポルタージュだ。

先に書いておいたように、十蘭は「函館新聞」の記者だった。大正十二年（一九二三）九月一日、関東大震災の第一報を聞いた地方記者たちが戒厳令下の東京に潜入するために果敢な上京を企てたことがあった。福島を午後四時近く、八時に宇都宮、九時四十分に古河(こが)に着いた十蘭は、「東京日日新聞」などの六人の記者グループと連れ立って、徒歩で帝都突入を敢行した。

そのときの「東京還元」という奮った大見出しの記事がのこっているのだが、それが「資生堂はヴァニラ・アイスクリームとともに溶け」というふうに始まっている。なんという第一報記事か。ルポルタージュとしてどのようにその現場をヴィジュアライゼーションするか、十蘭は大震災の炎上と瓦礫の渦中ですら、こういう抜群のペダンティック・センスを発揮できた。

もうひとつには、ジューランが多くの作品を口述筆記によって組み立て構成していったということがあげられる。口述というのは、まさにみずからが語り部になることで、そこには巧まずして「口調」というリズムが出る。三遊亭円朝がそうであったように（速記を駆使した）、口述は講談調や講釈調を可能にする。

加えて『魔都』は連載物だったので、たとえば安南王の描写にあたっても、「前回では龍太郎とか、王様とか、友達扱いにして呼び捨てにしたが、これなる人物は、仏領インドシナにおいて五百六十万の民草を統治する、至上至高の皇帝なのである。のみならずすでに日本文学博士の学位を持たれ、また欧州の柳暗花明にも充分に通暁せられる学殖遊蕩ともに誉れ高い粋人中の粋人。……」というふうに、自在に読者に断りを入れ、好き勝手な講釈で描写を引っ張っていくという手法がとれた。

さらには、いま引用した箇所にも、安南王に対する敬語があえてつかわれているように（ふつうの小説の地の文ではこういうことはほとんどありえない）、語り部の事情をつねに持ち出す権利を獲得した。十蘭は、「地」の文章（↓ディエゲーシス）ではなく、むしろ「図」の文章（↓ミメーシス）を駆使できたのである。

十蘭のこのルポルタージュ性と口述性、つまりは十蘭の口述的ルポルタージュ感覚とでもいうものは、ぼくの見方では昭和六年ごろから流行した堀野正雄・板垣鷹穂(たかお)・村山知義(ともよし)・大宅壮一(おおやそういち)・吉村貞司(ていじ)たちが試みた「グラフ・モンタージュ」の表現運動とぴったり呼応する。ことに昭和五年に武侠社から創刊されたユニークな「犯罪科学」のグラビアに注目したい。

そこでは東京の光景を一種の「犯す目」（つまりは犯罪の目）によって切り取って再構成するという手法が顕著であって、十蘭の口述ルポルタージュと連動していた。おそらくはドキュメンタリズムを提唱したエイゼンシュテインやジガ・ヴェルトフの「カメラの目」にヒントを得て、それを十蘭は言葉と文体で、堀野や板垣らは写真とデザインで組み立てたのであったろう。いやいやジューランは、もともとフランス仕込みのレンズ光学屋のはしくれであったのである。

『魔都』がどういう物語になっているのかなんてことは、ふれないままにする。犯人像のヒントも出さない。この作品を読むということはもっと大事なわれわれの「忘れもの」に関係があるのだということを、少々申し添えたい。

実はこの作品は、昭和九年の大晦日から翌日の元日真夜中までの話なのである。その、たった一泊二日の出来事が連載長編小説になったのだ。『魔都』を読むおもしろさはこのことに尽きている。

ぼく自身も、この作品で愉しんだのは筋書きや犯人像ではなかった。三五歳のジューランが自分が生きている同時代の昭和の帝都を描きながら、それが必ずや「遠い昭和」になるだろうことを察知していたことを愉しんだ。『魔都』を読むとは、そこを読むことだ。これが大事な「われわれの忘れもの」を思い出させてくれる。

あえてわかりやすくするために、ここにTBS出身の久世光彦の或る一作品をおいてみる。『一九三四年冬――乱歩』(集英社→新潮文庫)という平成五年に発表された作品だ。時は昭和九年、主人公は四十歳の乱歩、スランプに陥っていた乱歩が麻布の「張ホテル」に身を隠したところから物語ははじまる。

久世が試みたのは、乱歩を通して乱歩の昭和九年だけを浮き彫りにすることだった。これは十蘭が試みたことの六十年後の再実験だった。もっとわかりやすくいえば、十蘭も乱歩も、もともと昭和が「遠い昭和」になることを承知して、そこに身の毛もよだつ犯罪事件と帝都光景をいつでも再生可能なようにモザイクしておいたということだったのである。

テレビの当たり屋だった久世光彦はそれに気がついた。この久世の作品に解説をよせた井上ひさしも、むろんそれに気がついていた。気がついていないのは、いまなおたんなるミステリーファンでしかない諸君、昭和なんてどうでもいいと思いこんでいる諸君だけである。

第一〇〇六夜　二〇〇五年二月二一日

参照千夜

九六六夜：マラルメ『骰子一擲』五九九夜：江戸川乱歩『パノラマ島奇談』四〇〇夜：夢野久作『ドグラ・マグラ』九六三夜：岡本綺堂『半七捕物帳』七三四夜：林不忘『丹下左膳』一一四八夜：石川啄木『一握の砂・悲しき玩具』四五八夜：大佛次郎『冬の紳士』九六八夜：澁澤龍彥『うつろ舟』二八九夜：松本清張『砂の器』七八七夜：小島政二郎『円朝』九二九夜：村山知義『忍びの者』九七五夜：井上ひさし『東京セブンローズ』

昭和のバーの片隅には、
たいてい「熾火（おきび）」のような紳士がいたものだ。

大佛次郎

冬の紳士

新潮社 一九五一／講談社文庫 一九九五

大佛（おさらぎ）次郎なら『帰郷』か『パリ燃ゆ』か未完の大作『天皇の世紀』か、そうでなければ『鞍馬天狗（くらまてんぐ）』や『赤穂浪士』だ。そう思っていたのだが、大佛が思いを込めた大衆小説というのか中間小説というのか、そんな曖昧然とした領域になぜあれほど真摯な情熱を費やしたのかということについて、ふと『冬の紳士』という長篇を読んでいるうちにピンときたものがあったので、そのことを書いておこうと思う。

大佛は多作な作家で、ノンフィクションに強い書き手でもあるが、駄作が少ないことでも知られる。大当たりした『照る日くもる日』や『宗方姉妹（むねかたきょうだい）』などを読んだり、映画化されたものを見たりしていると、ただの通俗物語としてうっちゃっておいてもよさそうなのに、ズシンとするものがある。そこには何かを譲らない大佛の信念といったものが感じられる。

もうすこしずばりといえば、大佛を語らずして、「昭和の忘れもの」は摑めまいということだ。いやさらにニュアンスを伝えるために他の作家を並べれば、大佛や山本周五郎や井伏鱒二や山田風太郎や、あるいはまた石川達三や吉行淳之介や有吉佐和子や五木寛之を語らずして、昭和の正体なんて摑めようがないということだ。なかで大佛は最も広くて深い時世観をもっていた。それが短い作品にさえあらわれているということに、あらためて気づかされたわけなのだ。

この小説は身近かな者たちから「冬の紳士」とよばれている尾形祐司という男をスケッチした。この紳士は大佛が紙背に置いていった燠火なのである。

敗戦後の東京、それも新橋や銀座の夜の街と、丸の内や田園調布や霊南坂などの焼け残った東京のあちこちでいささか理解しがたい行動をとる「冬の紳士」と、戦争の傷痕をもったままかつての現場に舞い戻っていった男たちと、どんな現場にも実感をもてなくなった女たちが、なんともいえない日常の哀歓をくりひろげる。話はそれだけなのだが、「冬の紳士」がそこに置いていった燠火が、いい。

これは、昭和二三年に毎日新聞に連載された『帰郷』の元海軍軍人の守屋恭吾が、他人の罪をきて異郷をさまよい、戦後に帰国するものの、そこには守屋が求めていた日本の伝統がすっかり荒廃していて、説明がつかないほどの空しい帰郷感を実感していくという、あの感覚とも共通するもので、大佛が中間小説につねにしつらえた怒りやニヒルや諦観が滲んでいる。ただし大佛はそのことをあからさまに強調しようとはしない。「冬の紳士」の気の毒になるようなダンディズムを通して綴っていく。

だから銀座から新橋に向かったあたりのバー「エンジェル」にいつもふらりと現れる「冬の紳士」の名前も最初はわからないし、紳士が行きずりの女の面倒をみる意図の説明もなければ、最後に生きたままで葬儀を出す理由も、結局はわからないままなのである。けれども、そこには燠火が呟いていた。

もっとも僅かではあるが、「冬の紳士」こと尾形の信条は言葉の端々に出ている。「ひどい曲折のあった世の中だから、誰だって生きるというだけですべてを実感しているはずなのだ」とか、「新憲法になったからといって急に生き方を変えられるわけはない」とか、「北京に行くと食うや食わずの苦力が雲雀を籠に入れ、天気がいい日は籠から放してぼんやり楽しんでいる。夕方になって雲雀が戻ってくるとまた籠に入れて大切に持って帰っていく。私もそうやって自分の雲雀を持ちたい」とか。

とくにぼくがやられたのは、「人間は荷物をこしらえてはいけないのです」だった。かつてヴィリエ・ド・リラダンが「生活なんて召し使いに任せておけばいい」と書いたのを読んで、これはこれはと肝を冷やしたことがあったものだが、いま思えば「人間は荷物をこしらえてはいけないのです」のほうが、響きに遠くて近いものが去来する。これが大佛次郎なのだ。しかしもう一度言っておくが、大佛はこういうセリフをやたらには撒かない。夕顔のようにポツンと呟かせるだけである。

大佛が『冬の紳士』を書いたのは五三歳のときだ。『帰郷』と『風船』のあいだに入る。当時の大佛はしきりに「孤立した年長者」に照準を絞っていた。かつて鶴見俊輔がさすがにそのことを見抜いて、『新樹』の坂西老人、『帰郷』の守屋、『冬の紳士』の尾形、『風船』の村上春樹、『旅路』の瀬木義高はみんな同じ年長者だと指摘していた。

これはつまりは鞍馬天狗なのである。杉作少年にとっての鞍馬天狗だけでなく、幕末の若き浪士たちにとっての、どこからかやってきて、どこかへ去っていく年長の「鞍馬天狗のおじさん」なのである。

考えてみれば、いま、多くの少年少女は「おじさん」を喪失してしまっている。少年少女だけではなく、会社員や学校教員や公務員にも「おじさん」がいない。かつてはそういう得体の知れない「おじさん」がどこにでもいて、つまりは「冬の紳士」がいて、何か天啓のようなものをはらりと落としてくれたものだった。ぼくのばあいは、全盲の叔父であり、日本画家の東福寺のおじさんであり、モーツァルトを聞かせてくれた足利のタモツさんだった。

それがいまはない。日本のどこにも鞍馬天狗としての「冬の紳士」がいなくなって、やたらにスター仕立てのキャラが無謀に待望されるだけなのである。きっと大佛はそのことをはやくも敗戦日本の人間像に見抜いたのであったろう。そしてひとつの年長者の歳寂びた人物像をつくりあげたのだ。その特徴は、ただひとつ、どんなことでも大事にするが、侮辱には耐えがたいということだ。

大佛次郎——。ぼくが大好きだった星の先生である野尻抱影の実弟である。横浜の英町、白金小学校、府立一中、一高、東大政治学科をへて、鎌倉女学校、外務省条約局に勤めた。

有島武郎にホイットマンの訳読を聞き、ラッセルとクロポトキンとポオを読んだことが大佛をつくった。変わったペンネームは鎌倉大仏の裏に住んだのがきっかけになっている。ぼくはこれから読もうと思っているのだが、はやくに源実朝・日蓮・水戸黄門・由井正雪を時代小説にしていた。

大佛の時代ものは、映画になって子供を沸かした『鞍馬天狗』もさることながら、テレビの大河ドラマのはしりとなった『赤穂浪士』が見逃せない。ここに描かれていたのは落日間近い武士道イデオロギーと新興の町人エネルギーの対比であって、かつ中央の政局とはまったく関係できもしない四十七士における人間と政治の激突だった。とくに千坂兵部のスパイ組織に属して大石内蔵助らの動静をさぐる堀田隼人のニヒリズムの扱いには、机龍之助などとは異なる知の闘争が秘められていた。隼人は元禄社会における「冬の紳士」だったのである。

諸君も、いっときもはやく「冬の紳士」に出会いなさい。惚れなさい。焚火を覗きに行きなさい。けれども、「冬の紳士」は自分で葬儀を出しかねない。その前に「冬の紳士」に助けてもらいなさい。そんなときは、少しは「昭和」を覗きなさい。

第四五八夜　二〇〇二年一月十七日

参照千夜

二八夜：山本周五郎『虚空遍歴』　二三八夜：井伏鱒二『黒い雨』　五五一夜：吉行淳之介『原色の街・驟雨』　三〇一夜：有吉佐和子『一の糸』　八〇一夜：五木寛之『風の王国』　九五三夜：ヴィリエ・ド・リラダン『未来のイヴ』　五二四夜：長田弘・高畠通敏・鶴見俊輔『日本人の世界地図』　三四八夜：野尻抱影『日本の星』　六五〇夜：有島武郎『小さき者へ』　九七二夜：『ポオ全集』

作家はおしなべて、どこかが機械っぽい犯罪者なのである。

安部公房

砂の女

新潮社　一九六二／新潮文庫　一九八一

昭和四十年代前半の早稲田は劇団花ざかりで、サルトル、ベケット、安部公房が人気の的だった。みんなエストラゴンやS・カルマ氏を演じたがっていた。ぼくは早稲田の学生としては完全なアウトローだったので、早稲田で流行するものには一応は警戒するのだが、どこかで気になって階段の途中で明かりが少ないなあと感じながら、そっと手にとってみるという具合だった。

安部公房については最初から気になって、『壁―S・カルマ氏の犯罪』を、『闖入者』を、『第四間氷期』を、リルケとハイデガーが体を寄せ合ったような『無名詩集』を、そしてちょうど発売されたばかりの真ッ赤な函入りの『砂の女』を読んだ。たいそう高揚して読んだ記憶があるものの、おそらくそのときは安部公房の手法に興奮しすぎて、ろくな読み方をしなかったのではないかと憶う。

砂というものの定義をする。風化とは何かを考える。昆虫採集家の心理を読む。「村」や「家」といった概念を浮き上がらせる。「住む」や「住まい」にくっついているもろもろの余計なものを殺いでいく。女がどんどん抽象的に見えてくるようにする。こんなことを丹念に、かつぶっきらぼうに配置しながら小説を進められる手法があったのかと、そのことに感心していた。

つまりは、ちゃんと読まなかったのだ。早稲田の学生たちは安部とカフカやベケットとの類似をよく指摘していたが、どうもそんなふうには感じられず、どちらかというとSF、それもJ・G・バラードやレイ・ブラッドベリやイタロ・カルヴィーノのような気がしたが、これもあまり自信がなかった。

安部公房は奉天（現・瀋陽）の小学校を出て、東大の医学部を出身しているので、学生文士たちは「この満州と医療とのあいだにアベコーボーがいるんだよ。ようするに故郷喪失者の文学なんだな」などと知たり顔で言っていたが、さあ、どうか。

ぼくはむしろ高校時代に高木貞治の『解析概論』に夢中になっていたこと、冬の軍事教練がたたって肺浸潤に罹り一年の休学をしたこと、敗戦で引き揚げ船で帰国したのちすぐに女子美日本画科の山田真知子（安部真知）と共同生活をしたこと、最初の試作『粘土堺』が埴谷雄高の支援によって『終りし道の標べに』となったことなどが気になった。もう少し加えれば、昭和二四年の『デンドロカカリヤ』がシュルレアリスムの導入であったこと、「世紀の会」（勅使河原宏・関根弘・瀬木慎一）を結成したこと、「夜の会」（花田清輝・岡本太郎・埴谷雄高・梅崎春生・椎名麟三）に出入りしてとくに花田の影響をうけていたこと、それに日本共産党員であること、そこから除名されたことが気になっていた。

ぶしつけなエロチシズムも気になったのだが、これも学生たちが評定するような「アベコーボーは実存のエロスだよな」というふうではなかった。むしろ相対化を試みたエロチシズムを言葉の上に込めようとした技の妙を感じていた。「うつぶせになった、裸の女の、後ろ姿は、ひどくみだらで、けものじみていた。子宮をつかんで、裏返しにでも出来そうだ」なんてところは、たしかにちょっと実存じみているかもしれないが、その直後に「だが、そう思ったとたんに、ひどい屈辱に息をつまらせた」とくるのは、実存など追求する気がさらさらないことをあらわしていた。

それに、これも学生文士たちが真似したがっていたのだが、例の「乾いた文体」という見方もピンとこなかった。乾いているのではなくて、適用領域や使用範囲をあえて局所化していると見えたからだ。

いま思い出してみると、『砂の女』に日本的なものを感じたことは妙だった。そのころは日本とか日本的とかというものに、ぼくの思念がかたちをなすことはなかったから、きっと日本の町のラーメンが中国のラーメンではなく、喫茶店で出るナポリタンとかミートソースというスパゲッティがイタリアのパスタとまったく違うものであるような、そういう独得の日本的限定感覚といったものを感じたのかもしれない。

それに、なんというのか、日本人の身体のクセのようなものと、安部公房が慎重に選んだ部屋や映画館や村や砂丘のような限られた時空間とが、どこかでふいに入れ替えっこをしているようにも感じた。これはのちに『箱男』や『燃えつきた地図』を読んだときも似た印象をもったので、きっとアベコーボーの言葉と人生そのものの特色か、それともぼくの偏見なのだろう。

この印象は、あいかわらずうまく説明がつかないのだが、駄菓子屋の不均質なガラスの壺の中や、その駄菓子を買うと割烹着姿のおばさんが持ち出すペラペラの紙袋の音が気になるというような感覚につながっていた。駄菓子屋を一時的に仮所有してしまうというような、そういう身近かな身体がくるりと反転していく印象だ。その場面はウィーンのカフェやスターバックスや東南アジアの道端の色水売りの店ではなく、必ず昭和の駄菓子屋でなければならないのである。ぼくはそのあたりにアベコーボーに惹かれる意味を見いだしていた。

というようなことを、思い出してみるとあれこれ辿れるのではあるが、これらが安部公房の入口になっているとも、『砂の女』案内版の説明になっているとも、とうてい思えない。

のちに勅使河原宏さんが俵屋に泊まった夜にぼそっと話してくれたことなのだが、『砂の女』は誰かが着色しようとすると、すぐに逃げ出していくような作品なのである。これではぼくならずとも、着色しようとしたとたんに、説明が風化するのは当然だ。亡き親友を偲んで、勅使河原さんはこんな話をしてくれた。安部公房が「ぼくはね、作品がそのつど後ずさりするように書いているんだ」と言っていたらしい。そうだとすると、これは犯罪である。罠である。それを安部公房はあえて工作しつづけたのであったろう。

作家というものがおしなべて犯罪者であることは自明のことだ。とくに戦後昭和の大衆社会においては、多くの現代文学はどこか犯罪行為じみていた。ところが作家たちは、よもや自分が言葉によって社会や市民をたぶらかしている犯罪者だとはこれっぽっちも思っていなかった。読者やマスコミや文芸批評家も、作家たちにそういう自覚がないことを咎めもしない。もはや事態はことごとく共犯関係になっているからだ。

しかしアベコーボーは、文学することが犯罪であることを、作品そのもののなかで表意した作家であり、そのことを作品を制作していくプロセスそのものによってみごとに確証できた作家だったのである。

このことは、安部が写真に執着していたこと（写真の腕はそうとうなものだった）、楽器や舞台の構造に異常な熱意を注いでいたこと、それにクレオール言語と生成文法の解読に多くの時間を費やしていたことからもうかがえる。安部にとって作品とはそれが作られるプロセスを明示できる詳細設計図だったのである。工作機械だったのだ。

だから安部の文体も詳細設計図か工作機械だった。『砂の女』には、「筋肉の隙間に、石膏を流しこまれたら、おそらくこんな気分になるにちがいない」とか、「大写しになっていた苦痛が、そっと周囲の風景のなかに引いて行く」とか、「頭痛が鉛のひさしになって、眼のうえにずり落ちてくる」というような、主人公の仁木順平が体感した細部の異常がいくつも差し挟まれるのであるが、それらは読者にとっては、〝砂の女〟が仁木の工作機械かもしれないと感じられるようになっていた。

このことは勅使河原が映画化した《砂の女》を見れば、さらによくわかる。岸田今日子がモノクロームのスクリーンのどこかそのあたりにいるらしいことが、あの映画のスクリーンそのものを決定的に安部公房にさせていた。グレン・グールドが何回も何回も見た映画だ。

ところがのちに安部は、この「たいしたもの」を少し失っていく。かつてのＳ・カルマ氏のように、ふたたび主人公そのものが象徴になり、異常のすべてを体現してしまうのだ。これはアベ・コーボーにして「そのつどの後ずさり」をいささか気楽に仕組んだせいだった。思うに安部公房は、その作品の作者がアベコーボーであることを勘定に入れてはならなかったのである。

むろん、こんな感想は安部公房を完全犯罪者と見立てすぎた勝手な感想で、完全犯罪とうたった推理小説を読み終わって、なんだ、そうでもないじゃないかと勝手なことを言うようなもの、まったく安部のせいではない。読者というもの、一度アガサ・クリスティの犯罪の手際を知ると、いつも同じ犯罪の質を求めるもので、そんなことに作家はひっかかってはならないのである。しかしながら、安部が『砂の女』以降に多少とも苦しんだことこそは、実は、ぼくが安部公房という文学者をそうとうに深く信頼しているところなのでもあった。

安部公房が「目の文学」と「耳の文学」と「体の文学」に執着していたことを特筆しておきたい。ひとつは演劇に熱中し、劇作や舞台制作にかなりの時間をかけていたことだ。昭和二八年（一九五三）に初の戯曲『少女と魚』を発表すると、次々に劇作にかかわり（安部真知が協力した）、俳優座によって《どれい狩り》や《幽霊はここにいる》や《人間そっくり》が上演された。

「耳の文学」ともいうべきラジオドラマにも、かなり斬新な手法をもってとりくんだ。昭和三十年放送の《闖入者》は、これを聴いていた杉浦康平や武満徹（たけみつとおる）を大いに驚かせた。

ぼくは杉浦さんからその印象を話してもらったことがある。子供向けのラジオドラマにも実験作をもちこみ、《キッチュ・クッチュ・ケッチュ》《ひげの生えたパイプ》をラジオ第一放送から発信した。

これらは混淆（こんこう）もし、映像化にも向かった。何が最初の映画化だったのかは実は知らないのだが、昭和三六年（一九六二）には勅使河原宏によって『煉獄』を原作とした《おとし穴》が福岡の三菱鯰田（なまずた）鉱業所で撮影され、アートシアターなどで上映されている。チーム化も進捗した。大阪万博の自動車館にはシンクタンク・チームを組んで参加した。こうして昭和四八年（一九七三）、自身主宰の演劇集団「安部公房スタジオ」を渋谷宇田川町に開設すると、新克利（あたらしかつとし）・井川比佐志・田中邦衛・仲代達矢・山口果林（かりん）らが参加し、堤清二の後援のもと西武劇場を本拠地にして、その後は全米巡回公演もやってのけた。

もっとも、これらは斉（ひと）しく、文芸的あるいは芸術的な活動であって、まだまだアベコーボーの一部なのである。アベコーボーの機械っぽさはこれでは説明できない。

まずもって、格別なカーマニアだった。ルノー・コンテッサ、ランチア・スポルト・ザガート、BMW2000、三菱ジープ、チェロキー・ジープを乗りまわし、箱根に仕事場を移してからは自動車部品にも関心をもち、ジャッキを使わないタイヤチェーン「チェニジー」を考案した。

カメラマニアであるのは有名で、コンタックスを愛用して、その写真作品を『箱男』

なに（新潮社）、『都市への回路』（中央公論社）、『死に急ぐ鯨たち』（新潮社）に使った。しかしなにより強調されるべきは、昭和の作家として最初期にワープロによる執筆をしていたということだ。なにしろNECのワープロ「文豪」はほぼアベコーボーのための仕様なのである。ついでに加えると、日本で三台しかなかったころのシンセサイザーの一台とも遊んでいた（他の二台はNHK電子音楽スタジオと冨田勲）。

付言。晩年の安部がクレオール言語とクレオール文化の発生と落着の仕方に集中した問題意識をもちつづけていたこと、および『砂漠の思想』（講談社文芸文庫）に以下のような端倪すべからざることを書いている箇所を二、三つまんで紹介することをもって、アベコーボーの犯罪がやはり正真正銘のものであったことの証しに代えておきたい。以下は『砂漠の思想』からの引用だ。

◎偏見が形成されるプロセスを分析して、その本質をとらえなければならないと思う。

◎日本人の偏見は微温的である。だからあえて特徴づければ、偏見に対する偏見こそもっとも日本的な偏見だと言ってよいのではあるまいか。

◎ぼくには、この反射的感覚の昂揚と、皮膚感覚的な痛みとのあいだには、単に映像と実像の違いといった以上の、なにか本質的な相違があるように思われてならないのだ。
◎外部と内部、環境と生物の日常的バランスが敗れるような条件に出遇った場合、そしてそれが激しい場合、生物はしばしば一時的な原始化、先祖返りの反応を示すことがある。
◎人間はすでに心理的に猫に敗北しているのかもしれない。
◎ユークリッド空間では永遠に交わらない平行線も、非ユークリッド空間では自由にくっついたり離れたりする。ある思考体系からみれば二つのものが、別の思考体系からみれば一つのものになりうる。
◎主題は、あれこれの具体的な犯罪ではなく、まさに犯罪そのものにあったのだ。
◎砂漠が暗示するものは「辺境」である。プラスチックな砂の集合体である砂漠＝辺境が、同様プラスチックであるのは当然だが、しかし量はかならず質に転化するものなのである。
◎けじめのない空間を、内部から、けじめをつけてとらえるというのは大変なことである。
◎私が書きたいと思い、また書かなければならないと思うのは、即時的なアメリカではなく、課題としての、とりわけ日本に対する一種の「犯人」としてのアメリカを発見すること以外にないのだ。

第五三四夜　二〇〇二年五月十日

参照千夜

四六夜：リルケ『マルテの手記』　九一六夜：ハイデガー『存在と時間』　六四夜：カフカ『城』　一〇六七夜：ベケット『ゴドーを待ちながら』　八〇夜：バラード『時の声』　一一〇夜：ブラッドベリ『華氏451度』　九二三夜：カルヴィーノ『冬の夜ひとりの旅人が』　五四夜：高木貞治『近世数学史談』　九三二夜：埴谷雄高『不合理ゆえに吾信ず』　四七二夜：花田清輝『もう一つの修羅』　一二一五夜：岡本太郎『日本の伝統』　一一六一夜：梅崎春生『幻化』　九八〇夜：『グレン・グールド著作集』　六六四夜：アガサ・クリスティ『オリエント急行殺人事件』

シブサワ流の「手の内」は隠していないから、深読みしたくなる。

うつろ舟

澁澤龍彦

福武書店　一九八六　／　河出文庫　二〇〇二

これまでの千夜千冊で兄弟がともに入選したのは野尻抱影と大佛次郎（のちにカール・ポランニーとマイケル・ポランニー、ピエール・クロソウスキーとバルテュスが顔を揃えた）、夫婦で入選したのは坂口安吾と坂口三千代、青山二郎と武原はん、そして、この澁澤龍彦と『反少女の灰皿』の矢川澄子だ。ただし青山と澁澤の二組は途中で離婚した。

澁澤さんとは何度も会っていながら、ゆっくり話したのは晩年の一回きりで、伊吹山の説話や本草について深みにはまって語りあった。鎌倉の自宅でのことだ。「松岡さんとはヨーロッパの話でお茶を濁さなくていいから、気分いいな。ぼくはもう日本のことしか興味がないもの」と言っていた。

この発言は、澁澤の初期の『黒魔術の手帖』（桃源社）や『秘密結社の手帖』（早川書房）、そのあとの『悪魔の中世』(桃源社)や『幻想の肖像』(大和書房)や『ヨーロッパの乳房』(立風書房)に心酔していた純粋苛烈なシブサワな読者からすると、ならびにまた、あれほどにサド侯爵やコクトーやマンディアルグに傾倒していたシブサワイズムの牙城にほれぼれと見とれていた読者からすると、そりゃないよ、いまさら日本だけなんて裏切りだよと文句をつけたくなるようなところだろうが、しかしこのあとのべるように澁澤龍彥には当初から「日本」がうずくまっていたのだった。

そうでなくて、どうして『高丘親王航海記』(文藝春秋)が書けるものか、どうして『うつろ舟』がこんなにおもしろくなるものか。

これは千夜千冊だから、澁澤龍彥がどんな本を好んだかを最初に書いておくことにする。「私の大好きな十冊」がいいだろう。六〇年代はこういうものだった(＊印は「千夜千冊」でとりあげたもの)。

①サド『悪徳の栄え』、②メリメ『イルのヴィーナス』、③フローベール『聖アントワーヌの誘惑』、④＊リラダン『未来のイヴ』、⑤シュオブ『架空の伝記』、⑥ジャン・ロラン『仮面物語集』、⑦＊ジャリ『超男性』、⑧レーモン・ルーセル『ロクス・ソルス』、⑨アポリネール『月の王』、⑩マンディアルグ『大理石』。

一方、一九七〇年(昭和四五)のアンケート「世界の文学」十冊では、①＊カフカ『審判』、②＊プルースト『失われた時を求めて』、③＊ジュネ『泥棒日記』、④＊マン『魔の山』、⑤＊ダレル『アレキサンドリア四重奏』、⑥ムージル『特性のない男』、⑦ランペドゥーサ『山猫』、⑧マンディアルグ『黒い美術館』、⑨＊カポーティ『夜の樹』、⑩＊クロソウスキー『ロベルトは今夜』を選んでいる。

なるほど、これがシブサワかと唸らせるが、これらには「日本」は入っていない。ところが七〇年代が後半になるにしたがって、その好みが変わってくる。「遊」で「今月私が買った本」というアンケートを毎号やっていたのだが、澁澤さんも毎月購入本リストを送ってくれていて、そこでは斎藤正二『日本的自然観の研究』、吉田敦彦『ヤマトタケルと大国主』、神田茂『日本天文史料』などがだんだん目立つようになり、一九七七年のインタビューでは、「いままで日本に関心がなかったわけじゃなく、私はハイカラ好みだし、そのダンディズムからして、たまたま言及しなかったにすぎない。いまは逆に日本の古い事柄がダンディズムに通ずるところがある」と答えた。

一九八二年の「別冊太陽」のアンケートで六〇年代やビートルズのことを聞かれたときは、「ダサイ時代だったと思います」とばっさり切り捨て、一九八六年（昭和六二）の「今年の収穫」では、ただ一冊、網野善彦の『異形の王権』だけをあげた。

少々、註がいるかもしれない。澁澤龍彥は昭和二十年に十七歳だった。この戦火のなかの一月に浦和高校の理科甲類に合格して、「あわよくば航空技術方面に進もうと妄想していた」。ところが四月に東京大空襲をうけて滝野川の家を焼失し、戦後はいわゆるポツダム文科で転換、アテネ・フランセに通うようになった。それまではどんな少年だったかというと、父のカフスボタン、「のらくろ」、ちんどん屋、ツェッペリン号が好きだった。

十七歳で敗戦と遭遇したということは、敗戦昭和というものがとんでもなく決定的で痴呆的であり、とんでもなく尊厳的でバカバカしく、とんでもなく空虚で開放的だったということだ。澁澤のばあいは、この敗戦と玉音放送のあとは、ブルトンとコクトーを読んで「倫理はスタイルで、スタイルは快楽で、快楽は倫理だ」という転身的な飛びこみになった。

ただし、こういう体験も人によってかなり異なっていて、根本は似ていたとしても、澁澤のばあいはやたらに乾いていた。これは矢川澄子や松山俊太郎の証言にもあった乾燥した印象である。

それから東大仏文を二度落ちて三度目に合格するのだが、行ってみたところあまりにアホらしくて、大学には寄りつかない。そこで自分なりの大学ともいうべきものに入学しようと思ってひそかに決めたのがマルキ・ド・サドなのだ。サドというのは、どこにもない精神と肉体の関係を追求した私的大学の門のようなもので、これならどんな外傷からも自由か安全か、どちらかでいられると思ったらしい。

ここから先のことはよく知られていることだろうから省くけれど、そのサドの『悪徳の栄え』（現代思潮社）が猥褻罪でひっかかって、わざわざ有罪を選ぶための戦線の一員となり、ある意味では裁判所で弁論してくれた日本の知性（遠藤・白井・埴谷・大江・大岡・吉本など）の最高の現場表現と出会うと、まあ、そんなものか、あとは自分の探求か遊びかのどちらかだけをやっていけばいいと決断してしまうのだった。

おそらく澁澤にとって、謎や異能や逸脱はとことん深くなくては困るものだった。それが最初は黒魔術だったり秘密結社だったりしたのだが、それを繙いていくとたしかに一応の最深部は見える。さらに次々に覗いていくと、マンディアルグのようにリアルタイムで進んでいる精神と表現はおもしろいけれど、あとはだいたい見当がつく。そうすると、残るはいよいよ自分の血に流れている幻想だけが問題になった。

これが、八〇年代になって深まって書きこむことになる「日本」を素材にしたシブサワな物語だった。ちょっと乱暴にすぎたかもしれないが、だいたいはこういうことではなかったかと思われる。もっとも、このような試みは実は『悪徳の栄え』の翻訳日本語ですでにそうとうに深い幻想実験をしていたともいえるのであって、ぼくがあの現代思潮社版の正続本を読んだときは、ほとんど江戸戯作の究極の和語でサドを読まされたような眩惑をおぼえたほどだった。
なんだか言わずもがなのことばかりの話をしてしまったようだから、ここからは『うつろ舟』のことを書くことにする。

この作品の前提になっているのは『宇津保物語』だ。『源氏』の原型にもなった重要な物語だが、その主題には二つの幻想が塗りこめられている。ひとつは「胞衣」ということ、もうひとつは「うつろ」ということだ。澁澤はこの二つがずっと気になっていて、初期の『犬狼都市』（桃源社）や『神聖受胎』（現代思潮社）の下敷にしていた。

胞衣には胎児や幼児が包まれる。胞衣をかぶったまま生まれた子が異常な、あるいは傑出した生涯をおくるという伝承がいろいろある。「うつろ」は空虚なガランドウや窪みのことで、ぼくの読者なら先刻周知のように、これはウツという語根から派生した言葉で、ウツ→ウツロ→ウツロイ→ウツツというふうに進む。ようするに「胞衣」も「うつろ」も、何も見えないようでいて、そこから何かが生成される、ないしは何かがすでに胚胎しているということなのである。

「うつろ」はギリシア語ではプシケーというもので、そこからピュシスの哲学（生成の哲学）も生まれた。けれども日本では、「胞衣」や「うつろ」はそのままで現世を動きまわることが少なくない。ヨーロッパの不気味は想像だにしない悪魔や怪物があらわれることで伝染していくが、日本の不気味はいまだ未生のものが、この世にそのままいることにある。ここがヨーロッパと日本との大きな違いである。澁澤は当然ながら、この両洋の此彼(これかれ)の違いを十全に知悉(ちしつ)していた人物で、ではこれをもって物語を書くなら、この二つの不気味の文法を自在に交ぜ合わせてみようというふうにした。

そこで『うつろ舟』である。これは「護法」「魚鱗記」「花妖記」「髪切り」などの短篇を集めた作品集で、その一篇が「うつろ舟」になる。だからそのそれぞれを紹介するにこしたことはないが、「うつろ舟」一篇でも澁澤は躍如する。


常陸の国はらどまり村に、享和(きょうわ)三年の仲夏、空飛ぶ円盤状のウツロ舟が漂着した。中に異様な風態の女が一人いる。まだ生きていた。それが目は青く髪は金色だから、どう見ても西洋婦人なのである。この女が一個の筥(はこ)を持って離さない。

村人たちはその夜から詮索を始めた。女のこともあったが、筥の中身が知りたい。おおかたは夫の首かなんかだろうということになったけれど、こういうときは何も知らぬ子がたいていは冒険をするもの、仙吉という少年がウツロ舟に入りこんだ。入ってみると、女が血の色の酒を飲みながら婉然(えんぜん)と坐っている。やがて女が舞いはじめ、仙吉が固唾(かたず)をのんで凝視していると、まるで鞠(まり)を投げるように自分の首を投げてきた。とっさに仙吉は両手でこれを受けとめたが、膝の上で女の首が微笑して、ふふふ、と、こう言った。「あの筥の中が見たいのでしょう」。

おもわずこっくり頷くと、首のない胴体がするすると筥のところへ進んで恭しく筥を掲げ、その蓋をあけて中身を取り出した。それがなんと仙吉の首なのだ。仙吉がハッと自分の首に手をやると、はたして自分の首はない。と、感じたのもつかのま、女と仙吉は首も胴体もつながっていて、今度は女が仙吉に体をくっつけて覆い、仙吉をなすがままに犯していった。

ただただ仙吉が呆然としていると、女はつつと進んで衣をまくり、筥の上に跨がった。そこで女がしたことは小水だった。仙吉の耳にはその音が、「諸行無常、是生滅法、生滅滅已、寂滅為楽」と聞こえる。仙吉は陶然となり、ついには何がなんだかわからなくなっている。翌日から仙吉の姿が見えなくなったというので、村は大騒ぎになった。はたしてウツロ舟もいなくなっている。

いったい何がおこったかというに、ここで澁澤は二つのエピソードを挟んでみせた。ひとつは、それから二百年ほどたったころの話だ。東京を発した大型旅客機が離陸して三時間後のこと、乗客の一人の中学生がイヤホーンで機内サービスの音楽を聞こうとしたとたん、ロックのリズムのまにまに「諸行無常、是生滅法……」が呟かれている。中学生は驚いてそれを聞きとろうとしたが、もう聞こえない。そこへスチュワーデスがきて、その腰やら胸やらを見ていると、なんともたまらなくなってきた。少年はトイレに走って慌ただしくペニスをしごいて事をすませ、さて水を流そうとすると、また、「諸行無常、是生滅法……」。

もうひとつは、ずっと昔々のお話で、天竺に天狗の王国があったころ、あるとき王子が思い立って大雪山を越えて震旦に渡ろうとしたとき、氷河の裂け目から声が聞こえた。耳をすますと、「諸行無常、是生滅法、生滅滅已、寂滅為楽」と聞こえる。訝しくおもって父親の天狗に尋ねると、それは法文だという。それが聞こえてきたからには天狗の王国に攻撃がもたらされる前兆かもしれないとの説明なのだ。

王子は武勇をもって鳴る少年だったので、そんなことを気にもしなかったのだが、さて父親が亡くなってみるとこの話が気になってまた氷河に出掛けた。けれどもすぐには聞こえない。よく聞くと水の底が鳴っている。そこで丸木舟に乗ってしばらく進むと、まだ遠くの水の流れに乗っている。法文が少しずつ高まっていくのに導かれるように、王子は結局は震旦を越え、筑紫に及び、さらに門司をすぎ川尻にいたり、淀川、近江とたずねると、法文の音はますます高まっていく。

ついに比叡の横川から流れ落ちる水音こそ法文にちがいないと知った。その音は妙音ともいうべきで、王子はとろけるように聞きほれる。ふと見上げると、そこには四天王をはじめ諸天童子が威儀をただして水を守っている。ついに王子が「この法文はなぜに水となって聞こえるのか」と問うと、童子は笑って、次のように言った。「これは比叡の僧たちが廁に流す小水の音、それが法文を唱えているのでございます」。

　これで、ふむふむ、澁澤の手の内が読めたなどと思ってもらっては、困る。たとえば『高丘親王航海記』はもっと高尚だ。「胞衣」と「うつろ」を日本の幻想物語の根拠においているのも、的を違（たが）えない。この小品が多幸感（オイフォリー）という、ニーチェすらそれに溺（おぼ）れた快感を下敷きにしていることも、見逃せない。

　しかし、高尚であれ下世話であれ、やはり澁澤は此彼の生成と不気味を交ぜ合わせて遊びきるのが本領だったのであって、それは『うつろ舟』から『ねむり姫』『唐草物語』（ともに河出文庫）まで一貫していた。澁澤のこれらの愛すべき小品を読んでいると、手の内を知らせながら物語を組む快感に徹しているということが、ついに澁澤がたどりついた遊びの極致だったろうことに気がつくのである。それをシブサワな和語を駆使し、まるで自分の言葉を自分で翻訳するかのようにシブサワな物語を紡ぐこと、これは澁澤ならではのオイフォリーだったろう。

　学生時代、ぼくはカッパ・ブックスになった『快楽主義の哲学』から、澁澤龍彦に入ったものだった。そこにはたしか、何度もこう書いてあった。「快楽も幸福も、あいまいなものなのです」と。そのあいまいこそ快楽と幸福の正体だったのだ。澁澤龍彦は、そしてぼくもそうなのだが、このあいまいに全力を傾注する。それがシブサワな侘び寂びで、セイゴオな数寄なのである。

第九六八夜　二〇〇四年四月十九日

参照千夜

三四八夜：野尻抱影『日本の星』　四五八夜：大佛次郎『冬の紳士』　一一五一夜：カール・ポランニー『経済の文明史』　一〇四二夜：マイケル・ポランニー『暗黙知の次元』　三九五夜：ピエール・クロソウスキー『ロベルトは今夜』　九八四夜：クロード・ロワ『バルテュス』　八七三夜：坂口安吾『堕落論』　六〇二夜：坂口三千代『クラクラ日記』　二六二夜：青山二郎『眼の哲学・利休伝ノート』　九〇六夜：『武原はん一代』　五九一夜：矢川澄子『反少女の灰皿』　一一三六夜：サド『悪徳の栄え』　九一二夜：コクトー『白書』　一三三三夜：メリメ『カルメン』　二八七夜：フローベール『ボヴァリー夫人』　八七夜：網野善彦『日本の歴史をよみなおす』　八六五夜：ジッド『狭き門』　一〇二二夜：三島由紀夫『絹と明察』　九三二夜：埴谷雄高『不合理ゆえに吾信ず』　九六〇夜：大岡昇平『野火』　八九夜：吉本隆明『芸術的抵抗と挫折』　一〇二三夜：ニーチェ『ツァラトストラかく語りき』

「おぞましい」のか「つましい」のか。
白洲正子に「こわい」と言わせた小説群。

車谷長吉

鹽壺の匙

新潮社 一九九二/新潮文庫 一九九五

車谷(くるまたに)は『赤目四十八瀧心中未遂』(文藝春秋)で直木賞をとったあと、「文學界」で白洲正子と〝おめでとう対談〟をしている。白洲が「私、十何年も前に見っけたんだからね」と例の気(き)っ風(ぷ)のよい口調で話しだすと、車谷が「白洲先生からいただいたその手紙をここに持ってまいりました」と、短篇「吃りの父が歌った軍歌」(本書に所収)に寄せた白洲の手紙を紹介しようとする。車谷が料理場の下働きをやめてセゾンに勤めていたころの作品である。

この対談には白洲のおかげで車谷長吉(ちょうきつ)の「らしさ」がよく引き出されている。たとえば、車谷が「二十年間、文章を書いてきてファンレターなるものをいただいたのは一度だけです。それが白洲先生からだから、びっくり仰天です」と言うと、白洲はそれを制して「冗談じゃないわよ。なにしろあなたの文章じゃ、誰も手紙なんか出せないわよ」と言う。そして車谷の文章を「こわい」と一言で批評する。これは絶賛に近い。そのあと、車谷が永井龍男の『青梅雨』(新潮文庫)に感動した話をして、こういう名文を書きたいと思うんですが、文章がダメな人は文学者としてダメですねと言うと、白洲は「あたりまえじゃないの」。

車谷はまた、「若いときから西行に憧れて出家したいと思ってたんです」とか、「人が人であることの悲しみみたいなものを書きたい」と言う。これだけで車谷が何を書きたいかはよく伝わってくるのだが、白洲はそのあたりが車谷の甘いところだとも見ているようだ。

また、白洲が「あなた、お辞儀ばっかりしているようなときがあるわね」と言うのも、よくわかる。『金輪際』(文春文庫)という作品集にちょっと風変わりな味の「変」という短篇が入っているのだが、そこに芥川賞を車谷から奪った保坂和志に別の受賞式で出会い、深々と頭を下げる場面が出てくる。そこで車谷が書く、「併し私の中の保坂氏を忌む感情は少しも薄れなかった。そういう謂れのない人々を忌む感情が、絶えず血みどろに私を切り裂いていた」と。この対談でも「ぼくは執念深い」と言っている。

車谷はぼくより一つ年下で、慶應のドイツ文学に入って三年間にわたった江藤淳の江戸文学講義で基礎を鍛えられ、嘉村磯多の『業苦』（福武書店→講談社文芸文庫）その他を耽読したようだ。

学生時代に嘉村の小説を読み耽っただなんて、よほどの重症だ。近角常観の仏教観や葛西善蔵の私小説に傾倒した嘉村作品は、プロレタリア文学に対抗できるものとして昭和の一時期に注目されたものの、その後はほとんど読まれなくなった。それに耽ったとは車谷も大変だったろう。案の定、卒業後は日本橋の広告代理店（中央宣興）に入ってみるもまったく期待されず、昭和四六年（一九七一）から「現代の眼」編集部（現代評論社）に移っている。

このころから小説を書き始めるのだが、うまくいかない。なにより食えない。いったん関西で下足番や料理人（京都「柿傳」）をして、その隙間で書いた『鹽壺の匙』が芸術選奨の新人賞と三島由紀夫賞とをとって、一挙に脚光を浴びた。一番びっくりしたのは本人だろう。

ところで白洲との対談は、車谷が「白洲先生は鬼になって書いていらっしゃる」と言うと、白洲が「私は般若です」と言い切ってそこでぷつんと終わっているのだが、この「般若です」がたまらない。その般若を惚れさせたのだから、車谷も本望だったろう。

車谷長吉の小説は紛れもない私小説である。自分でもそう言っているし、批評家たちもほとんど口をそろえてそう言ってきた。たしかに白洲正子を驚かせた「吃りの父が歌った軍歌」など、車谷の育った日々のことを、その「私性」に執着して書いている。愚かなことも、恥辱も、たいして自慢にならない自慢も、口を憚るような血縁のことも。葛西や嘉村ゆずりだ。

しかしそれだけなら、四七三夜の木山捷平のところにも書いたように、たいていの作家は私小説作家なのである。車谷が私小説を一変させたかもしれないと言われるのは、車谷が私小説のための独得の言葉をつくったからだった。それを白洲は「こわい」と一言で特色づけた。それですべてではあるが、ぼくはそれは「言葉の裂き方」ではないかと思ってきた。吉本隆明はそれを「おぞましさ」と言った。車谷自身は「むごさ」とも言っている。

車谷は『鹽壺の匙』のあとがきで次のような反撃の言い分を書いている。ぼくが解説することなど何もなくなるような言い分、裂き方である。この言葉づかいが、車谷の私小説の糠味噌か骨髄のようなものなのだ。

詩や小説を書くことは救済の装置であると同時に、一つの悪である。ことにも私小説を鬻ぐことは、いわば女が春を鬻ぐに似たことであって、私はこの二十年余の間、ここに録した文章を書きながら、心にあるむごさを感じつづけて来た。併しにも拘らず書きつづけて来たのは、書くことが私にはただ一つの救いであったからである。凡て生前の遺稿として書いた。書くことはまた一つの狂気である。

　この二十数年の間に世の中に行われる言説は大きな変容を遂げ、その過程において私小説は毒虫のごとく忌まれ、さげすみを受けて来た。そのような言説をなす人にはそれなりの思い上がった理屈があるのであるが、私はそのような言説に触れるたびに、ざまァ見やがれ、と思って来た。

　私小説というのは定義も工夫もない粗雑な文芸用語だが、一言でいえば「昭和が責めたてた私事（わたくしごと）」にこだわる小説をいう。これにこだわると、何が不運で何が不幸かはわからなくなる。反面、どんなことも救いにもなる。それにつけて思い出したのは、次の話だ。

　吉本隆明が車谷の作品解説で、吉本らしい指摘をしていた。日本テレビの朝に「ルックルックこんにちは」という岸部シローの司会の番組があったのだが、その水曜日に素人が歌を披露するコーナーがあることを思い出したというのだ（吉本はこれを欠かさず見ていたという）。彼女らが持ち歌を唄う前に、彼女らの閲歴が長々と読み上げられるらしいのだが、その閲歴たるや必ず「不幸な身の上話」になっている。そしてそれが車谷の私小説の「おぞましさ」と一脈通じるものがあるというのである。

なるほどうまい場面とつながったものだ。たしかに車谷の私小説はそういうところがある。が、それでいて、ぼくには一休の『狂雲集』や一休が好んで書いた「諸悪莫作」も思い出される。「諸悪莫作」といいながら一休は「悪」をたのしんでいたのだが、そういう反語的二重性だ。

現代思想やインテリが大嫌いな車谷にわざわざぶつけるようであるけれど、ジュリア・クリステヴァに「アブジェクシオン」の提案がある。おぞましいのに魅惑も感じてしまうもの、それがアブジェクシオンで、かつてメアリー・ダグラスが、体制は「穢れ」の隔離でしか自分を維持していないと指摘したのに対して、その「穢れ」は実は民衆のほうは巧みにとりこんでいて、二重化されたアブジェクシオンにしているのではないかと捉え返したものだった。

べつだん新しい見方でもなんでもなく、そんなことは古代ローマ帝国でも、羅生門が荒れ袴垂が出没した平安中期にも、それこそ八四四夜に書いた『第三の男』の廃墟のウィーンにもおこっていたことであるが、それを自分の生い立ちとその周辺で観察したすべてのことに連続的に発見できるというのが車谷長吉で、こうなると、やはりただならないアブジェクシオンの私小説への流れこみを感じる。

ぼくは母からしばしば、「それは人のものでしょう」と諫められたことがある。学校でも「人を大事にしましょう」と言われた。この「人」はだれのことなのか、よくわからない。他人なのか、自分を含む他人なのか、他人を含む自分なのか、それとも人類なのか、人間というものか、あるいは特定の人なのか、何か人に属するものなのか。

ぼくが最初に車谷を読んだのは、本書『鹽壺の匙』だった。たちまち右に引用したような「人のもの」を感じた。この「もの」は霊であって物であり、モノ・カタリのモノである。車谷がぐいぐいとその「人のもの」や「人のこと」に入りこんでいく言葉づかいに快感をさえおぼえた。これが車谷の「裂き方」だ。

読みながらふと、折口信夫がかつてはこの「人のもの」の「人」こそがマレビトのことだと書いていたことを思い出していた。折口は古代においてはこの「人恋しさ」と「人恐さ」が中心に動いていたという。けれどもマレビトになる「人」は特別のものである。それは客神という神だった。ところが、そう言ってよいなら車谷のマレビトはだれもがマレビトで、どれもがマレモノなのである。どこにも「妣が国」がぽっかり口をあけている。

『鹽壺の匙』の冒頭は、唐突に「今年の夏は、私は七年ぶりに狂人の父に逢いに行った」と始まる。これでわれわれは、車谷が仕掛けたマレビトの前にあからさまに立たされる。しかも語り手の「私」はそう言っておいて、そのまま「宏ちゃん」という叔父の話ばかりに熱中する。そのうち曾祖父の勇吉の話になって、われわれは一族の記憶につきあわされるのだが、そのあいだ「狂人の父」はわれわれの呪文から抜けはしない。むしろその一言で、すべての描写が狂おしく読めてくる。これがマレビト効果でなくて何なのかと思った。

このことは最新作の『赤目四十八瀧心中未遂』でも感じた。焼鳥屋の串刺しで僅かな収入を得て過去を消すために埋もれている主人公が、ある日、ふらりとあらわれた朝鮮人のアヤ子と心中するという話なのだが、そのアヤ子にも存分なマレビト効果が盛られていた。

ま、詮索はそのくらいにしておこう。『鹽壺の匙』から十年、車谷の文章はだんだん澄んできた。『白痴群』（新潮社）のとき、そう感じた。「おぞましさ」ではなく「つましさ」を感じた。「つつましさ」ではない。「つましさ」である。裂き方につきあわせていうと、これは結び方というものだろう。もし織物でいうなら、それこそ綴り方である。

わが家では、いつもひそかな作家の流行がある。車谷長吉の流行は十年ほど前に始まって、まだ続いている。よけいなことかもしれないが、花村萬月の流行は短かった。笙野頼子の流行は小説からネコの随筆に変わってきた。髙村薫や宮部みゆきは間歇温泉のように断続的だ。ちなみに車谷と同じ広告代理店派の新井満や京極夏彦はわが家では流行しなかった。

というわけで、車谷の流行はいまもぼくの周辺では衰えない。随筆も誰かが読めば、その感想が伝わってくる。読者がいちばん平凡で、いちばん残酷で、いちばん自由なのである。ただそれが白洲正子の生きていた昭和とちがって、あまりにフラットになっている。残念だ。

第八四七夜　二〇〇三年九月十日

参照千夜

八九三夜：白洲正子『かくれ里』　二一四夜：江藤淳『犬と私』　四七三夜：木山捷平『大陸の細道』　八九夜：吉本隆明『芸術的抵抗と挫折』　九二七夜：一休宗純『狂雲集』　一〇二八夜：ジュリア・クリステヴァ『恐怖の権力』　八四四夜：グレアム・グリーン『第三の男』　一四三夜：折口信夫『死者の書』　一四〇七夜：高村薫『新リア王』

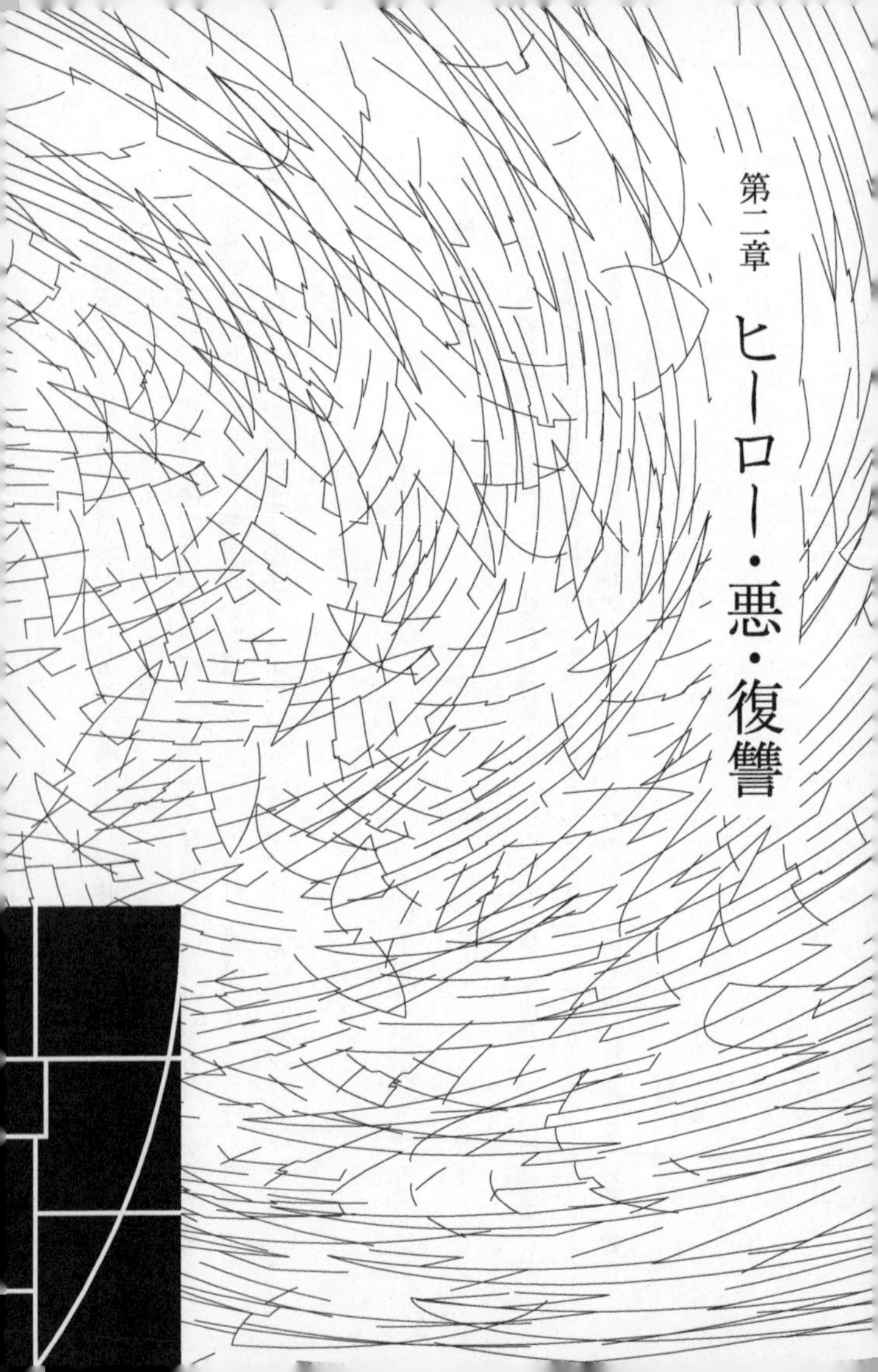

第二章　ヒーロー・悪・復讐

中里介山『大菩薩峠』
林不忘『丹下左膳』
長谷川伸『相楽総三とその同志』
坂口安吾『堕落論』
坂口三千代『クラクラ日記』
宮尾登美子『鬼龍院花子の生涯』
隆慶一郎『吉原御免状』
木山捷平『大陸の細道』
大藪春彦『野獣死すべし』

ニヒルな机龍之助、男装のお銀様、モダンな駒井甚三郎。昭和を駆け抜けた大河小説の、途方もない展開。

大菩薩峠

中里介山

筑摩書房 全二二巻 一九七六 ／ ちくま文庫 全二〇巻 一九九五〜九六

机龍之助のモデルは北一輝だという説がある。机龍之助の剣をラスコーリニコフの斧に、その性格をスタヴローギンに譬えた例もある。

中里介山に、北一輝が二・二六事件の首領として代々木原で処刑された直後に詠んだ「北一輝の判決を聞く」という詩があった。浅からぬ同情を寄せていたらしいことが伝わってくる。二人にはそれなりの交流があったとも仄聞される。そんなことから「机龍之助＝北一輝説」が出てきたのだろうが、これについては介山と一輝の両方についての著書のある松本健一が、それはちょっと無理な推理だと否定している。

机龍之助をラスコーリニコフの斧に譬えたのは中谷博だった。昭和九年の『大衆文学本質論』（のちに桃源社で再刊）にある。龍之助の無明の剣は社会の通念としての道徳を破壊する力を象徴しているという主旨だ。しかしぼくが見るところ、机龍之助には近代的な自我の意識というものがまるでない。確たる目的もない。すべてが前世の「業」のようなものの淡々たる継承であって、大半が「行きずり」だ。ラスコーリニコフとはくらべようがない。

机龍之助が『悪霊』のスタヴローギンに匹敵するとは、たしか仏教学者の橋本峰雄の言い出したことだと思うが、ロシア正教と大乗仏教の舞台のちがいなどを含めて、この比較もしにくい。だいたい『大菩薩峠』は机龍之助のニヒルな性格やアウトローな役割を比喩的に説明したくらいでは、ほとんど何も説明したことにならないほど、膨大無辺、複雑異常、常軌を逸した物語なのである。机龍之助がダークヒーローであることは、この作品のごくごく一部の特徴にすぎない。

ともかくとんでもない大河小説だ。これを文学用語の大河小説といっていいかすら判定しがたい。少なくとも介山の創作意欲の持続が生んだ作品だなんてものではないことはたしかである。作家の執念とか根性などではほとんど説明がつかない。

だからといって無謀、大胆、自在な展開といった言葉で片付けるわけにもいかない。文章はひどくヘタだし（全編「です・ます調」）、中だるみもあるのに、比較するものがすぐに見当たらないような曰くいいがたい感動と展望が寄せてくる。しかし表向きは、ただただ呆れるばかりの終焉のない物語なのである。

第一巻「甲源一刀流」が「都新聞」に連載開始されたのが大正二年（一九一三）九月だった。机龍之助の無情なニヒリズムが大正デモクラシーの風潮に切りこんで、たちまち大人気を博した。

冒頭からして、目を覆う。机龍之助が大菩薩峠で旅の老巡礼を理由なく斬り殺すところから始まり、奉納試合で相手となる宇津木文之丞に勝ちを譲ってくれと頼んできた内縁のお浜を犯し、おまけに試合では文之丞の頭蓋骨を打ち砕いて殺してしまうというのだから、端っから話が破壊的である。

なぜ龍之助がそのようなことをするのかという説明はない。龍之助も何も語らない。そのため読者はつい引き寄せられる。そこへ次から次へと登場人物がふえていく。

時代は勤王佐幕が入り乱れる幕末。龍之助はふとしたことから芹沢鴨と知り合い、兄の文之丞の仇を探す兵馬も新選組に入る。兵馬は龍之助を見いだし果たし状を送るのだが、龍之助は自分の子をもうけたお浜すら無情に斬り殺し、おまけに芹沢鴨から頼まれた近藤勇暗殺の仕事のほうは、気分が冥界をさまよう一夜のせいで機会を逸してすっぽかす。気まぐれで、アナーキーなのである。

第四巻「三輪の神杉」と第五巻「龍神」では、今度は龍之助が天誅組（公卿の中山忠光を主謀とした尊王攘夷の武装集団）に巻きこまれ、十人の浪士たちと十津川山中に追われる。そこで仮の宿とした山小屋で火薬が爆発して龍之助は失明寸前におよび、ますます無明と幽冥のはざまの境地に入って、一人寂然として龍神の湯につかるのである。

　こんな主人公はいなかった。こんなにニヒルな剣士はいなかった。その後も、林不忘の丹下左膳から柴田錬三郎の眠狂四郎をへてさいとう・たかをの無用ノ介まで、時代小説や劇画にはそれなりのニヒリストが誕生したけれど、これらはいずれも龍之助の後塵を拝したもので、しかも龍之助の徹した非情や無情には及ばない。それぞれどこか人間味が隠されていた。龍之助にはその人間そのものがいない。

　ところが、介山はここでいったん筆を擱く。おそらく龍之助をこれ以上に発展させることができないと見たのであろう。そこで二年余をへたのちの大正六年、第六巻「間の山」以降の続篇を再開したときは、ガラリと様相を変えてきた。あとで少しだけ感想を書くけれど、この間の山のお君がすばらしく、読む者の心を奪う。

　お君は黒い大きな犬を連れ、三味線を片手に放浪をする遊行の女で、物語に新しい風を送りこんでいく。ここに米友や道庵先生などの天性陽気な庶民たちが絡まってきて、俄然、別種の様相を呈していった。

　第六巻から、物語の舞台はようやく裾野を広げて、数々の宿命が幾重にも折り重なってくる。悪名高い代官を象徴するような神尾主膳が甲府勤番にまわされてヒールなキャラクターを発揮すると、そこに後半の主人公となっていく駒井甚三郎が勤番支配として着任するというので、二人のあいだに確執と権謀術数が交わされる。そこへ折からの貧窮組などの打ち壊しや「ええじゃないか」の発端が各地におこり、物語は甲府と江戸に二極化されていく。

後半を飾るヒロインも登場する。介山は龍之助とは異なる「悪」を設定したかったようだ。お銀様という。新たな物語を引っ張る強烈なキャラクターで、他を圧する。駒井のほうは洋服を着て望遠鏡や船艦技術などのテクノロジーを操って、お銀様は御高祖頭巾をしたままダンディな男装をして龍之助を追いかける。こういう、異様な二極構図になってくる。龍之助はどうしたかといえば、主膳に雇われたまま伯耆安綱や手柄山正繁の名刀にほだされ、江戸に下っては夢遊者のごとく辻斬りをするという隔絶した迷妄に囚われている。

話はますます興味本位におもしろいのだが、物語構造はかなりメチャクチャになってきた。さすがの介山も種が切れたのか、また休筆に入るのだが、大正十四年(一九二五)に第二一巻「無明」が「大阪毎日新聞」(東京日日新聞)に掲載されて、不死鳥のように蘇ってしまうのである。ここまでですでに十年以上にわたる執筆になっていた。

一読した印象は大長篇劇画やインド映画に近い。荒唐無稽な筋立てといい、無責任な人物のめぐりあわせといい、とうてい筋立ての見通しが立っているとはいいがたいからだ。あきらかに場面主義であって、場当たり的なのである。中里介山には作家としての才能があるのかと疑いたくもなる。

けれども、そのデタラメともいえる進捗のなかから、しだいに幾つかの思想思念の軸が立ち上がってくるから恐ろしい。それが最初はゆらゆらと陽炎のごとく揺動していて、静かに組み合わせを変えているのにもかかわらず、時代が幕末の最終場面に向かうにつれ、その揺動がじりじりと革新的な形をあらわしてくる。ここが妙なのだ。時代設定を近代日本の「夜明け前」にしたことが、介山に他の追随を許さない想像力を切らせなかったのだろう。

その立ち上がってくる思想思念とは、まずは机龍之助だが、最初に書いたように、龍之助は無明と幽冥のあいだの夕闇を最初からふらついていて、「日本刀」という時代が捨てていこうとする儚い象徴の裡に漂っている。その龍之助の剣に、新選組・天誅組・赤報隊のような、〝御一新〟の中心から外された連中が宿命に導かれたかのごとくに絡んでいく。

そのため、物語の時代的相貌がしだいに無常と異相を往還しはじめるのである。大乗仏教や菩薩道に立ち入った中里介山にして、ぜひとも浮上してほしかった穢土と浄土の往還の相貌があらわれはじめるのだ。

とはいえ往還が見えてくるというだけなら、ただの仏教小説か悪人正機(しょうき)説だ。それでは大向こうは息詰まらない。そこで介山は、ここに時代の変革とも仏教思想ともかかわりのない、庶民や遊女や旅行者や見世物屋を立ちはたらかせた。とくに「遊民の群像」を意図的に描いた。

これは介山がマージナルな遊行者たちに格別の思慕を寄せているせいなのだろうけれど、物語技法として巧みだったのは、遊民たちにもそれぞれの宿命があることを欠かさなかったところだ。冒頭の巡礼の惨殺をはじめ、次々に無名の者たちが殺され、死に絶えていくにもかかわらず、その生きざまについての描写を欠かさなかったのだ。邪心のない遊民にも容赦なく時代の苛酷が襲ってくることを、介山は自覚的なのか巧まずそうしていたのかはわからないが、ちゃんと描いたのだ。

介山の粘りは物語が何匹もの長蛇をもつにしたがって、だんだん活きてきた。いわば菩薩道が逆のほうからゆっくり歩みを進め、しだいに龍之助を追いこんでいくというふうになった。

そのなかで神尾主膳と駒井甚三郎の対立にみられる旧守の者と進取の者の二つの「悪」が引き立っていく。この悪は、歌舞伎の「色悪(いろあく)」のような暴力的な魅力を発揮する一方、時代の裂け目を互いに脱出しようとしている「悪」でもあった。神尾は享楽の限りを尽くして、そこになにやら近代消費社会の先取りを見せ、他方の洋学派の駒井は洲崎で船舶建造にとりかかると、ひたすらキリスト教に関心を示し、物語の外に向かって脱出する。この「悪を物語の外へ」という仕掛けが、長大な『大菩薩峠』に奇怪な展開をもたらしていったのだ。

いや、脱出は悪だけではない。小さなところでも頻繁におこる。脱出など叶うはずもない庶民の生活の日々でも、たとえば女軽業のお角が興行を打つ「切支丹大奇術一座」がそうなのだが、それは駒井の科学技術とはまったく正反対のことをしているようでいて、どこかにワープしたがっている。そのいい例が、放浪の絵師の田山白雲にお角が見せたキリシタンの油絵だった。

このへんで介山は『大菩薩峠』をいったん了えて、別の物語をいくらも書けそうでもあったのに、そして作家というものはそのようにして作品を何度も蘇生させていくはずなのに、介山はまだまだこの物語を打ち切ろうとはしない。もう、昭和三年である。関東大震災がおこり、大杉栄が虐殺され、大正は終わっていた。

それで、どうなったのか。第二八巻「オーション」で、駒井甚三郎と田山白雲が九十九里浜で落ち合って、白雲が鹿島神宮から鹿島灘に出て広大な景観に包まれていったのである。これでさすがにこの物語も終止符を打てたかと思われた。実際にも、いったん休筆に入った。ところが介山はそこからは誌紙を自在に変えて蘇り、ふたたび昭和六年から物語が再々開してしまったのである。

龍之助は虚無僧姿で尺八「鈴慕」を吹く身になっている。仏道に入ったようだが、あいかわらず市川雷蔵なら似合いそうなハイパージャパニーズ・ニヒリストであることは変わらない。他方、お銀様は火事に遭ったあとはあえて「悪」に徹したくなって、反抗と憎悪と呪詛を象徴する悪女塚をつくっている。こちらは凄味のあるヒロインである。駒井は科学技術を究める試験所をつくって天体研究にさえ乗り出し、コズミック・テクノクラートめいていく。神尾は染井の化け物屋敷で蕩尽をたくらみつづけ、兵馬は仇討ちどころかつねに事件に攪乱されたままである。五人は五様、なんら衰えない。無邪気なままなのだ。

こんな状態でいったい物語がどうなるかと心配したくなるのだが、これが昭和十六年までえんえん連続し、ついに第四一巻「椰子林」に及んだ。

結局、連載開始からの合計はなんとも二八年間にわたった。介山が書き始めたときは松井須磨子が《復活》で「カチューシャかわいや別れのつらさ」と唄っていたのに、終わったときには日本軍が爆音とともに真珠湾に突っ込んでいた。日本は日本史上にも稀な昭和の暗闇を疾駆していったのだった。

にもかからず、『大菩薩峠』はひたすら幕末ばかりを深く深く掘りこんで、登場人物のすべてが時代からとりのこされ、まるで物語の中にのみ芽生えたヴァーチャルな殺戮浄土と将来浄土だけが光芒を放っていったのだ。

　ここまで途方もない物語がいったいどこに向かっていったのかということだけは書いておいたほうがいいだろうから、結末をバラしておくが、駒井はついに「無名丸」という近代蒸気船を仕上げ、房州洲崎から出港した。お銀様はなんと伊吹山の山中でユートピア「胆吹王国」の着手に向かった。

　これだけでも破天荒な結末が予想されるのだが、それなのに介山は近代に向かって「夜明け前」の扉をけっして開こうとはしない。あくまで前近代にとどまろうとする。そこは島崎藤村よりなお頑固だった。

　では何もおこらないかというと、駒井の無名丸が総勢五十余名を乗せて太平洋を沖に出始め、やがて東経一七〇度北緯三〇度付近の無人島に着く。これまた信じがたい展開だ。ここで駒井以下白雲たちが耕作をはじめ、古風な剣術を習いあう。まさに維新が始まろうとしているにもかかわらず、『大菩薩峠』の結末においては時間は逆行しつつあったのである。

　こうして終幕、お銀様は胆吹王国を出て大江山へ、さらには醍醐の三宝院へ向かう。米友は幕末維新に最後のカードを振り出そうとしている岩倉具視の岩倉村に入り、そんな社会の動向とまったく無縁な賭場に向かう。神尾主膳は上野輪王寺を訪れたあと、お絹の待つ化け物屋敷で書道に打ちこんだ。

どんどん影が薄くなっている龍之助は、最後の最後に大原寂光院に忍んで尼僧と交わることだけを影法師のように求めている。いかにも龍之助らしい最後のゆらゆらとしたエロチックな行動だ。道庵先生はなぜか一休禅師の研究三昧に耽っている。宇津木兵馬は山科に入って光悦屋敷に向かっている……。

すべてが古代王朝回帰というのか静寂回帰というのか、将来浄土への回帰というのか、もはやまったく何もおこらないかのようであって、かつまた大きな大きな時間がすこぶる小さな一人ずつの菩薩に向かっているかのようなのだ。なにしろ最後の最後が寂光院と一休と光悦なのである。

かくて物語は椰子の林のかたわらで無名丸に乗りこんだ中国少年金椎がなぜかしきりにキリストに祈っているというところで、さしもの多頭の怪物のような物語も、チョーン！になる。

ざっとこういうことなのだが、ここまで粗筋を書いてきて、伝えられることがあまりに少ないことに驚いた。こんなことで何かを伝えられただろうか。気をとりなおして、ぼくがどのように『大菩薩峠』を読み始めたのかという話をして呼吸を整えたい。

そのころ、半村良の『妖星伝』（講談社）で火がついた伝奇ロマンの読み耽りが自分のなかで下火になってきていたのだった。もっと痛快なものはないか、もっと興奮覚めやらぬものはないかと白井喬二の『新撰組』（講談社）や『富士に立つ影』（報知新聞社）や国枝史郎の『神州纐纈城』（講談社）を読んで、やはりこれは中里介山だと一念発起したのだったと思う。

十数ページ読んで、たちまち虜になったことをよく憶えている。ただしそれからが大変で、読めば読むほど介山の妄想に付き合わされているようで、それなのに気になる出来事がいやというほどに連鎖されるので、半死半生のような気分で読んだものだった。そのうち、これは日本人の多くが読むべきだという熱いものが胸に溢れてきた。「遊」の編集者たちに急遽プロジェクト・チームをつくらせ（一九七〇年代後半のこと）、ついには『大菩薩峠』のダイヤグラムづくりに取り組んだのである。この感慨はいまなお名状しがたいものがある。ダイヤグラム作成に乗り出したというのは、どうすれば感慨を表象してよいやらわからなかったせいで、本当はぼくもどこやらにしけこんで机龍之助のように尼僧と交わっていけばよかったのかもしれない。感慨を言葉にしにくいということでは、いまなお同じであるからだ。

ぼくはこのように読んできたのだが、ところがこれだけの大作・問題作をめぐっての評論や批評が、ほとんど見当たらなかった。意外だった。無視されているか軽視されているか、駄作としての烙印が押されたままになっているのか、それともそのように受け取られてしまう何かを介山が犯しているのか。きっとその程度の理由なのだろうが、ガッカリしてしまった。

そうしたなか、わずかに熱い視線を注いでいたのが、冒頭に紹介した松本健一と、そして鹿野政直の『大正デモクラシーの底流』(NHKブックス)だ。とくに鹿野の言い分がひっかかっていた。鹿野は『大菩薩峠』が慶応三年のままに終わっていて、決して維新に入りこまなかったことにふれ、かくも大胆に維新の意義を否定したのは日本の歴史学には皆無であって、ひょっとしたら中里介山はそのような歴史観をもっていたのではないかというようなことを書いていた。さあ、どうなのか。

中里介山は自由民権運動にも縁深い東京郊外の多摩の地(羽村)に精米屋の次男として生まれ、電話交換手や代用教員をしながら、社会主義青年として育っている。

やがて「都新聞」に入社して、そこで短編小説を書くようになるのだが、それらは島原の乱や高野山の義人をとりあげたもので、介山が社会主義の小さな香りに託すものがあったことを窺わせる。けれども大逆事件で幸徳秋水らが処刑されたことに驚愕してからは、容易に理想が実現できないだけではなく、それらがあっけなく叩き壊されるものだということを知った。

介山がキリスト教に惹かれたのは内村鑑三を読んでからで、そのうちキリスト教とも社会主義とも仏教とも交わりつつ、しだいに大乗仏教に惹かれていったのは、おそらく明治大帝と乃木将軍の死のあとである。介山は「上求菩提下化衆生」という言葉を抱いて『大菩薩峠』を書きはじめた。

もっとも「上求菩提下化衆生」をそのまま書く構想はない。そこが韓国とちがって近代日本に高銀の『華厳経』のような大乗仏教小説がうまれなかった理由でもあるだろうが、それはそれとして、介山はなぜ日本はこのように矛盾に満ちた国になってしまったのかということを考えはじめた。まずもってその矛盾を描きたい。それなら書き始められそうなのだ。

介山は、その矛盾を机龍之助の剣に象徴してみたいと思う。無明の動向をもつ剣である。介山はその剣で、冒頭、老いた巡礼を意味なく切り捨てる。すなわち、テロルが信仰を切る。介山の問題提起の発動だった。

介山が国や幕藩に包摂されない人物ばかりを好んで描いたことは明白だ。それは介山が維新後半世紀をへた日本にそうとう失望していたことをあらわしていた。たんなる失望ではなく、希望すべき階層や人物を見いだしえなかったという失望だったろう。そこで介山は駒井甚三郎のように独立して自律共和国をめざしたり、お銀様のようにあえてファシズムを恐れずに独裁王国を築いたり、そうでなければ、神尾主膳のように蕩尽をほしいままにするような登場人物を次々に用意した。
お銀様が言うように、介山にとっての人間というものは、「絶対に統制されるか、そうでなければ絶対に解放されるべき」なのである。介山は、この選択の行方を現実の満州に見てしまったようだった。

介山には昭和六年の『日本の一平民として支那及支那国民に与ふる書』という文章がある。満州事変を正当化するとともに、満州をつくることは日本に与えられた天職のようなものなので、ぜひとも支那のみなさんはこの事業を見守ってほしいというような主旨のことを書いている。介山は本気だったようだが、やがて満州がそのような理想王国ではないことが見えてくると、大逆事件の結末と同様、介山はまたしても日本の近未来に打ちのめされる。

介山は大いに迷う。一方では合気道の植芝盛平の道場に通ったり、古文書に分け入って『日本武術神妙記』(角川文庫)を綴ったかと思えば、他方、よせばいいのに昭和十一年の第一九回総選挙では東京七区の多摩地方から立候補した。むろん手ひどい惨敗だ。最下位だった。介山は挫折して、かつて与謝野鉄幹がそうであったように、ここでも現実と理想の乖離を味わった。介山がお銀様の胆吹王国を崩壊させようと思ったのは、おそらくはこのころであったろう。

それだけではなかった。ここで介山はさまざまな理想の現実化のプランを捨てて、あえて農本主義に戻ろうとする。第三八巻「農奴」にはその転回が描かれる。また、『大菩薩峠』の途中でありながら『百姓弥之助の話』を書いて、百姓道も提起した。

この転回が、やがて駒井の船舶に「無名丸」という名がつき、駒井が上陸する無人島が農耕の場になっていくことにつながっていった。ついに「無名のもの」にしか希望と期待を見いだせなくなったのだった。こうなれば、『大菩薩峠』の舞台を「近代」に踏み出させるわけにはいかなかった。明治以降の近代日本は日韓併合から満州経営の失敗まで、介山にはすべてが理想失墜の日々だったのである。

以上が、鹿野政直が『大正デモクラシーの底流』で、介山が物語のすべてを慶応三年で封印しようとした理由を問うたことに対する、ぼくなりの返答だ。

では、最後に間の山のお君のことについて。お君は第六巻にまるで行きずりのように登場する。場所は伊勢神宮の内宮と外宮のあいだの「間の山」。この伊勢の古市をおもわせる場所がいい。そこにお杉とお玉という女芸人がいて、三味線片手に「間の山節」を唄ってみせる。そのお玉（芸名）がお君（本名）なのである。

いつも黒いムク犬を連れていた。やがて神尾主膳にとらえられ、何度にもわたる運命の糸によって駒井甚三郎と結ばれた。駒井が失脚したのちは悲嘆にくれて尼寺に身をひそめてそのまま死んだ。駒井は別の地でこのことを知り、キリスト教に関心をもつ。
このお君が唄う「間の山節」がいい。片岡千恵蔵主演だったか市川雷蔵主演だったかは忘れたが、映画でもこの節が流れていてそれが耳の奥に響いているのかもしれないが、おそらくはこの節回しこそ介山の大乗感覚のすべてをあらわしていたにちがいない。こういうものだ。

夕べあしたの鐘の声
寂滅為楽(じゃくめついらく)と響けども
聞いて驚く人もなし
花は散りても春は咲く
鳥は古巣へ帰れども
行きて帰らぬ死出(しで)の旅

先にも書いておいたように、『大菩薩峠』は間の山のお君が黒い犬と若い米友を連れて登場したとたんに、まったく新たな様相に突入し、読者をニヒリズムの藍染めからロマンティシズムの紅染めへと誘(いざな)っていく。すべての縒(よ)り糸は三味線片手の「間の山節」にあらわれていた。

さて、ここまで書いてきてふと思ったことがある。机龍之助にはやっぱり北一輝の面影があるかもしれない、お銀様にはぼくのごく身近にいる女性の面影があるかもしれない、これからの日本文学にはそろそろ仏教が網代（あじろ）掛けをするといいかもしれない、ということだ。諸君、平成十五年の退屈きわまりない正月にはきっと『大菩薩峠』がぴったりだ。

第六八八夜　二〇〇二年十二月二十六日

参照千夜

九四二夜：北一輝『日本改造法案大綱』　九五〇夜：ドストエフスキー『カラマーゾフの兄弟』　一〇九二夜：松本健一『日本の失敗』　七三四夜：林不忘『丹下左膳』　七三六夜：『大杉栄自叙伝』　一九六夜：島崎藤村『夜明け前』　九八九夜：半村良『産霊山秘録』　二五〇夜：内村鑑三『代表的日本人』

「姓は丹下、名は左膳、ぶっふっふ」。

隻眼片腕のヒーローは、どんな怪優よりセクシーだった。

林不忘

丹下左膳

同光社　全三巻　一九五三

ながらく読めなかった。手に入らなかったからだ。そのあいだずっと、遠い日々の白黒映像に動きまわっている大河内伝次郎を水戸光子が待っていた。

大河内伝次郎は墨襟の白紋付に髑髏を染め抜いている。水戸光子は藍の万筋模様に小柳の半襟、媚茶の博多を鯨仕立てできりりと締めている。その鯨仕立てが左膳を待ちきれない。けれどもなかなか原作にお目にかかれなかった。結局、痺れをきらして古本屋で入手した。

本書は「時代小説名作全集」全二四巻（同光社）のうちの三冊ぶんで、この全集には他に岡本綺堂『修禅寺物語』、長谷川伸『関の弥太ッペ』、大佛次郎『夕焼け富士』、野村胡堂『隠密縁起』、佐々木味津三『旗本退屈男』、三上於菟吉『雪之丞変化』に加えて、直木三十五・山手樹一郎・川口松太郎といった大衆時代小説の横綱級の名作がずらりと顔を揃えていた。

　いまこういうものに熱中する読者がどのくらいいるのか知らないが、もしこのあたりの一冊も読んでいないのだとしたら、そのくせ時代小説は山岡荘八・村上元三・司馬遼太郎その他あれこれ好きだというのなら、その不幸にこそ同情したい。岡本綺堂・長谷川伸・大佛次郎・野村胡堂・直木三十五・三上於菟吉、そして林不忘こそ、何を犠牲にしようと読まなくてはいけません。

　丹下左膳は、わが少年時代の絶対無比のヒーローだった。もう一人いた。アラカンこと嵐寛寿郎が扮する鞍馬天狗だ。こちらは幕末を舞台にした黒の覆面頭巾で、馬に乗っている。大佛次郎原作である。一方、丹下左膳は大岡越前守の世に徘徊した隻眼片腕の化けものだ。鞍馬天狗か丹下左膳かと言われると困るのに、それでものべつ「セイゴオちゃん、どっちが好きやねん」と、そんなことを聞く野暮な大人がいた。

　丹下左膳は右腕がない。だからぼくも左手で棒をもつ。丹下左膳は右目もない。だから右目をつぶって絆創膏を貼ったり、手拭いで右目を覆ったりする。それで腰に紐を巻き、棒っきれを差し、左手でこれをズバッと抜く練習をする。これがなかなかむつかしい。何度も練習してやおら表の通りに出陣し、向こうからやってくる近所の大人の前で

「姓は丹下、名は左膳。ぶっふっふ」と言ってパッと抜いてみせる。「なんや、へたくそな丹下左膳やな」。たいていは失敗だ。それでもまた棒っきれを腰に収め、ふたたび抜いて、そこで大河内伝次郎の真似をする。「あわわわ、そいつが苔猿の壺なのか、あわわわ」。母親は笑いころげてくれた。笑われようと何されようと、どこかに相手がいれば、すわチャンバラだ。新聞紙を丸め、呉服の反物の筒をもち、右目をつぶって左手で闘った。

　剣怪という言葉がある。おそらくは林不忘の造語だろう。まさに丹下左膳はめっぽう妖しくて、異様に不死身な剣怪だった。

　長じて『丹下左膳』をオトナ用の文字でちゃんと読んでみたいと思ったのは、中里介山の『大菩薩峠』や国枝史郎の『神州纐纈城』を読んでからである。ながらく読めなかったすえに、やっと林不忘を読んでみると、物語の急テンポな運びや人物の出入りの映画的なところもさることながら、その小気味よく省略のきいた文章にあっというまに巻きこまれていた。ともかく何にもとらわれていない。うまいのではない。勝手気儘なのに破綻していない。「操り文才」とでも名付けたい。おそらくは書き流しているのだろうが、それにしては破墨・潑墨の調子をどこかで心得ている。お主、もてなし上手の使い手じゃな。

舞台は徳川八代将軍吉宗の城内城下。そこに案配された人物も道具立ても器用にあしらってある。寒燈孤燭の城下町、達意の宗匠、人を狂わす金魚籤、これがいかにもという高麗屋敷、ルソン古渡りの茶器、とんがり長屋の嬌声罵声、板張り剣道指南の道場格子、大川端の邪険な風情、長襦袢から零れる下闇の奥……。

通俗時代小説にはおなじみの仕立てだが、そこへ「植物性の笑いがおこった」とか「人事相談にはなりません」とか「こんなこと昨今のアメリカでもおこらない」といったチャチャが割りこんでくる。苔猿の壺が三阿弥（能阿弥・芸阿弥・相阿弥）の名物帳の筆頭に記載されていた天下の名器であることも、初めて知った。

久々に遊びまわれる読書となったこと、いまやすでに懐かしい。これぞ噂の大正昭和のエンタテインメントの抜き身の王者の出現だったのである。

林不忘が実は牧逸馬であって、また谷譲次であることはいつのまにか知っていた。本名は長谷川海太郎という。作家長谷川四郎の兄貴にあたる。

明治三三年に佐渡に生まれ、父親が「北海新聞」の主筆となったので函館で育った。やけに海っぽい。函館中学五年のときにストライキの首謀者として放校されると、大正七年には何かに見切りをつけてさっさとアメリカに渡り、六年間を皿洗いやらホテルボーイやらギャンブルやらカウボーイやらをして、遊んだらしい。このテキサス時代の海太郎が谷譲次である。谷譲次の『テキサス無宿』『めりけんじゃっぷ商売往来』はずっとあとで読んでみたが、とても林不忘と同一人物の作家が書いたとは思えない代物だった。「ジャップ」と揶揄われた日本人の無宿者が一九二〇年代のアメリカの無知を大いに嗤っているのだ。なんという奔放無類の文意才々か。牧逸馬のほうは翻訳者としてのペンネームでもあったが、『この太陽』『新しき天』などの、そのころ一世を風靡したという家庭小説も書いた。

それにしても三様のペンネームを適宜に駆使してそれぞれまったく別様の文体と物語に書き分けてみせるというのは、ぼくもペンネームを使い分け書き分けるのができないわけではないけれど、やはりよほどの技芸者だ。長谷川海太郎においては武芸者の遊びにこそ近い（五一七夜にぼくの昔のペンネーム一覧をリークしておいた）。

おそらくは世界出版史上でも前代未聞の『一人三人全集』というものを、新潮社が昭和八～十年に全一六巻で刊行してみせたことがあった。新潮社、お主、やるではないか。それを縮めて、河出書房新社が昭和四十年代に六巻集に仕立てたが、これは残念ながら見ていない。

長谷川海太郎が原稿を書きはじめたのは、大阪のプラトン社の「女性」や「苦楽」だった。プラトン社は三六四夜の直木三十五のところで少々案内しておいたように、化粧品会社の中山太陽堂が小山内薫や川口松太郎を顧問に、山六郎・山名文夫・橘文二の意匠と岩田専太郎の挿絵を擁した出版社のことで、「女性」「苦楽」はそのころ巷間を唸らせた大正末期の名物女性雑誌のことである。大半の作家文人を籠絡し、幸田露伴には大枚一五円もの原稿料を払っていた。日本のモダン・エディトリアルデザインの多くはここに発芽した。ただし例の改造社の「昭和の円本」が出てきて、凋落していった。

海太郎の文才を発見したのは中央公論社の嶋中雄作だ。嶋中は「婦人公論」の投稿原稿を見て、林不忘として『新版大岡政談』を書かせ、特派員として豪勢にもヨーロッパ旅行をさせている。海太郎はこういう待遇にはすぐ応えるほうで、こうして谷譲次となってはメリケンものを、牧逸馬となっては家庭小説と実録ものを、まことに器用に書き分けた。五木寛之は牧逸馬名義のドキュメンタリズムこそおもしろいと言い、中田耕治は牧逸馬こそが自分にルクレツィア・ボルジアの耽美陰惨な生涯を教えてくれたのだと告白していた。

話を丹下左膳に戻すけれど、この妖怪剣豪はもともとは『新版大岡政談』のワキに出ていた忘れがたい剣客なのである。それがいつしかシテに躍り出て、「こけ猿の巻」「濡れ燕の巻」「日光の巻」の奇想天外の連作になった。海太郎どの、お主、ずいぶん楽しませてくれたものじゃのう。あわわ、あわわわわ。ギラッ、バシャッ、ズバッ。

そういう丹下左膳を独自の映画にしてみせたのは天才・山中貞雄である。昭和十年のメガホンとシナリオによる《丹下左膳余話 百万両の壺》で、すでに丹下左膳役で当てていた大河内伝次郎が演じた。翌年、山中は中国に出征して河南省で急逝した。二八歳だった。封切中の《人情紙風船》が遺された。戦後になって山中を偲ぶように、昭和二八年にマキノ雅弘が大河内左膳を復活させた。ぼくが少年時代に見たのはこちらの左膳だった。

山中どの、お主が昭和の時代劇を作ったのじゃのう、二八歳で客死とは惜しかったのう、おう、おう、ギラッ、ズバッ。

第七三四夜　二〇〇三年三月十七日

参照千夜

九六三夜：岡本綺堂『半七捕物帳』　八六四夜：長谷川伸『相楽総三とその同志』　四五八夜：大佛次郎『冬の紳士』　三六四夜：直木三十五『南国太平記』　九一四夜：司馬遼太郎『この国のかたち』　六八八夜：中里介山『大菩薩峠』　九八三夜：幸田露伴『連環記』　八〇一夜：五木寛之『風の王国』

股旅物の作家力が、香華を捧げるように
維新の犠牲の一群を綴り上げた。

長谷川伸

相楽総三とその同志

中公文庫　全二巻　一九八一

赤坂に三分坂という坂がある。編集工学研究所と松岡正剛事務所がある稲荷坂からそれこそ三、四分で行ける。そこに相楽総三が父と妻子と住んでいた。当時は小島四郎といった。板垣退助が幕吏に追われたときは、総三は板垣をここに匿まった。

板垣も総三が追われたときは土佐の藩邸に匿まっている。のちに総三が諏訪で打ち首になったとき、板垣は甲州方面へ新選組の始末に出向いていたのだが、「もし、わしがいれば相楽をあんなふうにさせなくとも済んだのに」と悔しがった。あんなふうにというのは偽官軍の汚名を着せられて相楽たちが斬首されたことをいう。

明治維新には数多くの犬死があった。とくに会津藩士たちが戊辰戦争で犠牲を多く出した。箱館（函館）にまで出ていった土方歳三も報われていない。江藤新平は日本の法制度の基礎に着手したのに、恨まれるように斬首された。そうした例はそうとうに目立つのだが、なかで最も悲劇的なのが相楽総三の赤報隊だった。犬死というより、謀られたかのように汚名を着せられ、まるごと死んでいった。官軍と闘って死んだのではなく、自身は官軍と信じながら、〝偽の官軍〟のレッテルを貼られて死んだ。

大学二年のとき、親友の守矢信明を訪ねて諏訪に遊んだ。初めて諏訪の上下（かみしも）の神社や諏訪湖をめぐり、ミシャグチ信仰や銅鐸（どうたく）の跡を訪ね、たっぷり学生遊学の気分を満喫した。守矢はいまは香川大学教授になっている。そのとき下諏訪の一角に「魁塚（さきがけづか）」というものがあり、相楽総三の血染めの髪の毛が埋められていることを知った。毎年四月三日に相楽祭が催されているとも聞いた。慄然とするものがあった。

大学を出て三年目、もう一人の親友の佐藤司の家が営んでいる会津芦（あし）ノ牧（まき）に遊んだ。佐藤は「いし万」という石屋に生まれて、そのころは建設会社として発展し、芦ノ牧温泉に同名の旅館を開いていた。気っ風のよい佐藤に頼みこんで、そこに無料で数週間泊めさせてもらった。

会津を訪れたのは、諏訪を訪れたのと多少は近い理由があって、なんとなく「外された日本」を感じたかったからだ。そのころはまだ漠然とはしていたが、幕末維新の日本が何を残して何を切り捨てたかに関心があったのだ。会津にはその音が残響している。

会津藩士荒川勝茂の日記に取材した星亮一の『敗者の維新史』（中公新書→青春文庫）という本もある。水戸にも遊んだ。ここには湯川洋がいた。やはり親友である。水戸天狗党の蜂起と惨敗があった。

このように、諏訪・会津・水戸の三ヵ所にそれぞれ青春時の親友がいたことは、まことに因縁深いものを感じている。ぼくはふだんは旅行を好まないのだが、このときという時、この場所という所へは、さすがに出掛ける。信州諏訪や会津や水戸（そのほか熊野や宇佐や椎葉や近江など）は、そういう行き先である。そこになぜか、必ず親友がいた。諏訪と相楽総三と赤報隊、会津と白虎隊、水戸と天狗党。これらは、ぼくのなかのどこかにいまだにひっかかったままにある。

長谷川伸が相楽総三について最初の調査をまとめた長編小説を書いていることを知ったのは、いつだったろうか。その仕事を、長谷川自身が「紙の記念碑」あるいは「筆の香華」と刻印したことを知った。昭和十八年に初版本が出たときの言葉だ。作者自身が自分の書いた成果をこのように刻印して呼称するのはめずらしい。初版本の冒頭にこう書いた。よほど万感胸に迫るものがあったのである。

相楽総三という明治維新の志士で、誤って賊名のもとに死刑に処された関東勤王浪士と、その同志であり又は同志であったことのある人々の為に、十有三年、乏しき力を不断に注いで、ここまで漕ぎつけたこの一冊を、「紙の記念碑」といい、「筆の香華」と私はいっている。

連載は昭和十五年三月から翌年の七月まで、「大衆文芸」に『江戸幕末志』として掲載された。およそ八〇〇枚。それから二年、いくたびも加筆訂正が加わって『相楽総三とその同志』という表題の、肺腑を抉るような傑作が誕生した。

長谷川伸が赤報隊のことをこんなに詳しく書いていたこと自体が意外だった。長谷川伸といえば『瞼の母』や『刺青判官』や『沓掛時次郎』である。忠太郎や百之助だ。股旅物だ。八五八夜に紹介したが、白井喬二がおこした二十一日会で革新的な大衆文芸作家としてのスタートを切り、その後も耽綺社や二十六日会（これは戯曲の研究会）を主宰して、昭和の「時代劇」を流行らせ、もっぱら大衆作家あるいは劇作家としての地歩を築いたばかりの作家だ。

その長谷川が十数年をかけて克明に資料にあたり、徹底の調査をつづけて相楽総三と赤報隊の悲劇的な幕末維新の動向を書きつづけていた。衝撃だった。「筆の香華」なのである。冤罪を晴らすためだった。

王政復古と維新を画策する薩長土肥の志士と、朝廷側に立つ岩倉具視らが最後の最後になって倒幕のために幕府を〝内戦〟に引きこもうとしたことは、よく知られている。この内戦策を買って出て、それを差配したのが西郷隆盛や大久保利通による「薩摩の仕掛け」だったことも、いまではほぼ確かめられている。最初は薩長両方で幕府をまきこむ作戦を分担する予定だったのだが、長州が幕府とあからさまに対決することになって、「仕掛け」は薩摩がすべて引き受けた。

慶応三年十月、京都三条の旗亭。各地に「ええじゃないか」の掛け声とともに御蔭参りが狂騒していた。西郷吉之助（隆盛）のもと、配下の益満休之助、伊牟田尚平、小島四郎（相楽総三）と大久保一蔵（利通）が杯を酌み交わしている。

一ヵ月前の九月には、土佐を代表して訪ねてきた後藤象二郎が大政奉還の建白を相談したとき、西郷は「時すでに遅く、薩長は倒幕に踏み切っている」と告げた。それでも後藤はあきらめず、老中板倉勝静を動かし、土佐藩の老公山内容堂による大政奉還建白書の提出にまでこぎつけた。もしこのまま幕府が大政奉還をなしとげてしまったら、倒幕はなくなり、したがって維新政府の船出は公武合体路線のままになりかねない。土佐案が固まらないうちに、幕府を攪乱したい。西郷と大久保は江戸内外の攪乱を仕組むことにした。

こうして内々の指令が何人かのリーダーに飛んだ。相楽もその一人である。隠密諜報の訓練をうけている益満休之助には江戸の「まぜっかえし」を画策することが託された。すでに清川八郎とともに万延元年にアメリカ公使館通訳のヒュースケンを斬っていた伊牟田尚平は、長吏頭の浅草弾左衛門らと組んで義挙めいた動きをすることになった。二人は怪盗・龍造寺浪右衛門なるあやしげな男を雇い、江戸市中で金子物品を盗ませて、これを薩摩藩邸に運ばせたりもした。

この挑発に、幕府がひっかかる。慎重派の勝海舟を抑えて、幕閣の小栗上野介が薩摩藩邸襲撃に踏み切った。倒幕派が待っていたことだった。

相楽には、あたりかまわず不平分子を集めることが申し渡された。そして「食いっぱぐれたら薩摩屋敷の相楽を訪ねてこい」と言わせた。相楽は十一月末には早くも五〇〇人を集めて、「薩邸浪士隊」を急造する。総裁が相楽、副総裁が落合源一郎、大監察が権田直助・長谷川鉄之進・斎藤謙助。落合は国学をおさめて水戸天狗党に関与した攘夷論者、権田らも平田篤胤系の国学派であった。

これ以前、相楽はいくつかの活動で暗躍していた。文久二年には出羽の久保田にいて信濃・上野・下野・越後を勤王攘夷にまきこもうとしていた。そのとき「慷慨組」が上州赤城山に挙兵しつつあって、相楽は軍資金を提供した。相楽の家は素封家だったのである。元治元年三月には水戸天狗党の筑波山挙兵に加わった。この蜂起が水戸藩の藩内抗争になってきたのを見て、失意のまま下山した。相楽は発奮もすぐするが、すぐ失望もする。ひっかかりやすい性質だ。

悲憤慷慨の心境をこめて日本の将来に対する思いを『華夷弁』に書いた。これが西郷・大久保、公卿の鷲尾隆聚、岩倉、板垣らの目に留まった。筋がいいと見込まれた。しだいに勤王倒幕派から相楽に対する期待が高まってきた。

西郷・大久保は関東繚乱の役割こそ相楽にふさわしいと見た。それなのに薩摩藩は軍資金を一両とて出すわけではない。相楽は赤坂三分坂の父を説得して二〇〇〇両を工面してもらい、各自にもそれぞれ金子を用意するよう頼んだ。

相楽は独自に関東繚乱の決行計画をたてた。野州挙兵隊は江戸から陸奥へ出る口元を押さえる。甲州攻略隊は甲府城を攻める。相州隊は荻野陣屋を占領して東海道を分断する。江戸に残った者は昼夜を分かたず幕府を挑発しつづける。こういうプランだったのだが、うまくいかない。

そこにおこったのが薩摩藩邸襲撃である。先にも書いたように、勝が抑えようとするのを小栗が決断し、幕府は薩摩藩邸を襲った。かねての打ち合わせ通りだったのか、伊牟田と相楽は藩邸を抜け出し、江戸湾で翔鳳丸をのっとって海へ出る。追いすがる回天丸を振り切り伊豆へ向かい、そこから京都に入った。これが鳥羽伏見の戦いが始まって二日後のことだった。

京都に入った相楽はそのころ薩摩の拠点となっていた東寺に西郷を訪ねた。西郷は「これで戦端が開けた」と労をねぎらった。その場にいた谷干城がその有りさまを記録にのこしている。そして秘策を授けた。江州坂本に行って、近々に東征軍の先鋒となる綾小路俊実と滋野井公寿と合流し、そこから先は行く先々の民心を懐柔してほしいという作戦だ。これはおそらく西郷の本心から出た計画の依頼だったろう。

ついに「官軍の先鋒」としての任務をもらえたと欣喜雀躍した相楽は、さっそく一〇〇人を集めて琵琶湖をわたり、近江松ノ尾村に入った。隊員も興奮していた。ここで命名されたのが「赤心報国隊」である。略して「赤報隊」とした。軍裁として相楽、鈴木三樹三郎、油川錬三郎、山科能登之介が立った。四頭体制にしたところに、相楽の「共同感」と、リーダーでありながら強権発動ができない「弱点」とが見えている。

意気は充実していた。部下の士気も上がっていた。ただ、太政官議定からこの挙兵を認可する書状と「官軍之御印」が下賜されていないことが気になっていた。さすがにこれはおかしいと感じた相楽はたびたび嘆願書を出すのだが、本部からは「官軍が三道から関東に入るときになったら下賜しよう」という返事しかしてこない。相楽は深くは疑わなかった。いずれ「錦の御旗」は必ず送られてくると信じていた。このあたりから、計画の〝解釈〟を握ったのは西郷ではなく、岩倉になっていた。

こうして相楽は意気揚々と近江路を出発し、美濃路へ、中山道へと入っていく。「年貢半減令」の高札を各地に立てながら──。

相楽には「嚮動先導」の大役に対する高まりへの期待がありすぎたようだ。そこに問題がある。また、朝廷が民意を引き付けるために「年貢半減令」の高札を相楽に立たせた「仮の意味」を鵜呑みにしすぎた。岩倉に踊らされたわけである。

これが惨すぎるほど痛ましい悲劇を生んだ。岩倉が相手ではやられるに決まっているだろうが、それに気がついたときはすでに諏訪に入っていた。そしてまんまと裏切られて死んでいく。

それにしてもここまでの長谷川伸の記述はまことに微に入り細を穿っていて、少しずつ追いこまれながら犠牲者になっていく相楽とその同志たちの言動を克明に捉えて離さない。この悲痛な迫力には凄いものがある。たとえば鷗外の歴史もの（稗史）にくらべて、どんな省略もしていないかのような決意を感じる。相楽の冤罪を晴らすためには、何が証拠となるかわからないために、すべてを精緻に追っている弁護士のような努力だ。すべての証拠を揃えようとする執念の確信がどの一行にも滾っている。「日本史という裁判官」に向かって、さあ、どうだと問いつめているところがある。

こうして終盤、長谷川のペンは相楽がどこで「裏切られたのか」という一点を求めて事態のすべてを証していく。けれども残念なことに、その一点がはっきりしない。

あまりに相楽が草莽の士としての役割意識をもちすぎていたというのが、長谷川の見方だ。とくに伊牟田尚平が事態のあやしさに気づいて相楽に手紙をもたらし、「自分は何かがおかしいと思ったが、いまのところ変なことは見当たらない。けれどもいったん京都に戻ってよく事態を見澄まして、それから再出陣してほしい」と書いてきたのを、相楽が「もはやまにあわない」と見たところに、後戻りのできない最後の一線があっただろうと、長谷川は見た。

ここから先の相楽の死までの経緯は、紹介するに忍びないほどだ。絶望をかかえて咆哮しつづけた草莽の士の末期があるばかり、俗に「信州追分戦争」とよばれる最後の闘いをへて、相楽総三とその同志はことごとく殲滅させられたのである。相楽総三、まだ二九歳だった。

そのほか、伊牟田尚平も部下が強盗をはたらいたという微罪を理由に自刃させられている。益満休之助は上野戦争で戦死したことになっているが、おそらく消されたのではないかと思う。一方、これらの一連の冤罪事件の黒幕は岩倉具視だろうと睨んだ権田直助や斎藤謙助らは、ついに岩倉暗殺を計画するのだが、これは事前に発覚し、未然のうちに万事は終わっていく。夫総三の冤罪を知った妻の照は、赤坂三分坂で夫を追って喉を刺し貫いて死んだ。

どんな時代のどんな社会にも相楽総三はいるのだろうが、この相楽総三は近代日本が用意した「犬死」となった。せめて一介の草莽として走り抜けさせたかった。

長谷川伸を通俗的時代小説の看板作家などと見ないほうがいいということについて、一言加えておきたい。

昭和二年（一九二七）、すでに述べておいたことだが、耽綺社が結成された。小酒井不木、長谷川伸、江戸川乱歩、土師清二、国枝史郎が顔を突き合わせて、大衆文学の「合作」を試みようとした。さすがに「合作」は容易ではなかったが、長谷川は懲りずに二十六日会を設けて、作家や劇作家がアウトローを描けなかったらどうするかと問うた。ここに若き北条秀司、村上元三、池波正太郎、山手樹一郎がいた。また昭和十五年には十五日会、その延長の新鷹会を主宰して、この顔ぶれに山岡荘八、戸川幸夫、西村京太郎を参加させていた。昭和を代表する時代小説や歴史小説の作家たちは、ほぼ長谷川伸のハッパを聞いて育ったのだ。

長谷川は極貧に育った。小学校を中退すると、船渠に従事したり住み込みで走り回ったりしていた。字が読めなかったので、港湾に落ちている新聞のルビを読んで漢字をおぼえた。さらに大工や石屋の見習いをへて、新聞社の雑用係にもぐりこんだ。

こういう長谷川が「渡世人」を初めて主人公に仕立て上げたのである。『沓掛時次郎』

『股旅草鞋』『関の弥太ッペ』『中山七里』『瞼の母』『一本刀土俵入』『暗闇の丑松』『刺青奇偶』などだ。いまはまとめて股旅物と呼ばれているが、つまりは渡世人、つまりはヤクザ者をヒーローに仕上げたのである。

反社会性を擁護したのではない。アウトローたちが「義」に苦悩する姿を描いた。鍵屋の辻の三六人斬りで知られる剣客を描いた『荒木又右衛門』（講談社）を読んで、あまりに又右衛門の内面が描写されているので驚いたものだった。長谷川ならではのことだろう。そんな長谷川の半生記は『ある市井の徒』（中公文庫）に詳しい。

第八六四夜　二〇〇三年十月七日

参照千夜

三三八夜：勝海舟『氷川清話』　八五八夜：寺田博編『時代を創った編集者101』　一一六七夜：『西郷隆盛語録』　七五八夜：森鷗外『阿部一族』　五九九夜：江戸川乱歩『パノラマ島奇談』　六九九夜：池波正太郎『私が生まれた日』

日本人なら見抜けるはずなのに、
あんたたちは、わざわざ目を曇らせてきたんだよ。

堕落論

坂口安吾

角川文庫　一九五七

私の生涯のできごとでこの人との邂逅ほど重大なことはほかにない、と書いたのは檀一雄だった。重大扱いされた相手は坂口安吾である。一人の相手との邂逅をこのように重大に扱えること、そのように相手から自分との邂逅を指摘されること、ともに貴重だ。ただし、この二人のあいだで交感されているのは友情や文学的同盟ではない。「日本の家」に対する憎悪と絶望であった。

昭和十七年、安吾は『日本文化私観』（「現代文学」に発表、のち岩波文庫ほか）を問うた。その後の一連のエッセイの原型になるものだ。最初に言っておくが、日本文化が好きな者、とくに現代における伝統文化の方向に深い関心を寄せる者には、安吾の『日本文化私観』と金子光晴の『絶望の精神史』（講談社文芸文庫）がゼッヒツである。この二冊を読まずには、またこれらが指摘していることを理解できないでは、日本文化など議論はできない。まして「日本流」とか「日本数寄」などとは言えない。

安吾がここで何を書いたかというと、田能村竹田や小堀遠州や桂離宮を骨董趣味にする日本人のインチキを暴いた。ブルーノ・タウトは日本を発見しなければならなかったが、日本人は日本を発見するまでもなく、体でわかるはずだということを書いた。その体でわかることを、日本人は無理をして黙っているからおかしくなる。安吾は「僕はそれを書く」と宣言し、実際にズバズバ書いた。たとえば世阿弥の『檜垣』は文学としてはかなり上出来だが、能舞台のほうは退屈きわまりないというふうに。

安吾が隠岐和一に誘われて祇園で遊んだときのことである。昭和十二年の冬だったらしい。当時の祇園には三六人くらいの舞妓がいたらしいのだが、安吾の座敷にはそのうちの二十人くらいが次々にあらわれた。そこで安吾は「これくらい馬鹿らしい存在はめったにない」と感じた。

愛玩用の色気があるかといえばそんなものはなく、ただこましゃくれているだけ。少女性を条件にしていながら、子供の美徳がゼロ。羞恥もない。安吾は呆れてうんざりしていたのだが、隠岐に誘われるままにそのうちの五、六人を連れて、十二時をすぎて東山ダンスホールに遊びに行った。そこで安吾は驚いた。座敷ではなんらの精彩を放たない舞妓たちが、ダンスホールでは異彩を放つ。どんな客よりもそこの専属ダンサーよりも、外国人よりも、圧倒的に目立っている。着物と日本髪とダラリの帯が現代のどんな風俗をも圧倒していた。こうして安吾は喝破する。日本人は日本の保存の仕方がまちがっている。日本人は日本の見方がまちがっているにちがいない。

祇園の後日、安吾は亀岡に行く。大本教の本部があるところで、不敬罪によってその本部がダイナマイトで爆破された直後だった。爆破された廃墟を見て、安吾はその規模があまりにも中途半端なことに驚き、出口王仁三郎もまたインチキだったと感じた。ここには芭蕉がいない、大雅がいない。きんきらきんの新興宗教の宮殿をつくりたいのなら、むしろ秀吉になるべきだと安吾は思った。万事に天下一になりたいのなら、何事にもためらわず黄金の茶室も侘びの茶室もつくり、美女を集め、利休を殺し、大坂城を誇るべきなのだ。王仁三郎にはそのスケールがない。それならもっとスケールを小さくすればいいのに、そうするには今度は芭蕉や大雅がない。

その後、しばらく京都に滞在した安吾は、嵐山に逗留したこともあって、しきりに嵐山劇場に通う。小便の匂いのする場末の劇場で、へたくそな芸人しか出ていない。しかし、ここにはそれにふさわしいモノとコトがあった。

東京に帰った安吾は、あるとき小菅刑務所の塀にさしかかった。大建築物である。この建築物にはまったく装飾がない。高い塀はただ続くだけ。が、これに感動した。いったいこれは美しいのだろうかと安吾は考える。そしてかつて、銀座から佃島まで散歩をしているころ、聖路加病院の近所にあるドライアイス工場に心を惹かれていたことを思い出した。ドライアイス工場は必要な設備だけで造作されているもので、そこにはなんらのデザインはない。しかし、図抜けて美しい。魁偉ですらある。小菅刑務所は聖路加病院にくらべてあまりにも貧困の産物ではあるけれど、聖路加病院が嘯く「健康の仮構」などがない。

もうひとつ安吾は思い出す。ある春先の半島の突端に休んでいた軍艦を見たときのことで（そのころ軍艦は海防のために海を動いていた）、その軍艦は謙虚なほどに堂々と必要性を告示していた。安吾は感動してその「春の軍艦」を飽かず見つめていたという。

こうして安吾は小菅刑務所とドライアイス工場と春の軍艦の側から、自分の体に感じるものを日本文化の本質に向けてぶつけるようになったのである。その後に岡本太郎が試みたことに近い。

昭和二一年四月、安吾は「新潮」に『堕落論』を書いた。つづいて十二月、「文学季刊」には『続堕落論』を書いた。いずれも爆発的に評判をよんだ。

視点は『日本文化私観』とまったく同じだが（安吾にはくりかえし同じことを書くというビョーキ

がある)、今度は敗戦直後だったことが手伝って、昭和の日本人の目を洗った。「半年のうちに世相は変った」と始まるこのエッセイは、一夜のうちに価値観を変更させられた日本人の魂を打った。歯に衣着せずに、天皇についても書いた。「天皇制は天皇によって生み出されたものではなく、天皇はときには陰謀をおこしたこともあったものの、概して何もしておらず、その陰謀はつねに成功のためしがなく、その存在が忘れられたときにすら社会的に政治的に担ぎ出されてきた」。

天皇を冒瀆(ぼうとく)する者が天皇を利用するだけだというこの見方は、敗戦直後の日本人の心に沁(し)みわたった。反発も買った。しかし安吾は天皇を議論したかったのではなく、返す刀で日本人が武士道や茶道や農村文化に寄せる表面的な過保護感覚を斬りつけた。日本人の「ウソ」のすべてを暴きたかったのである。ジャン・コクトーのように、「日本人は洋服など安易に着るべきではなかった」と言いたかったのだ。

期待してはいけない。『堕落論』には堕落についての哲学的な見方や思想的な見方は残念ながら一言も書いていない。そういうことは安吾にはできない。だいたい安吾はむずかしい言葉をつかわない。素朴な言葉もつかわない。素朴ぶることや醇朴(じゅんぼく)ぶることは、哲学ぶることよりもっと嫌いだった。粗野で粗暴な言葉をそのままつかった。また、実感の言葉をそのつど用いた。

そういうふうにして、安吾がこのベストセラーで何を書いたかというと、「日本は堕ちよ」と訴えた。そして「戦争に負けたから堕ちるのではなく、人間だから堕ちるのだ」と書いた。

安吾は権謀術数には騙されない。文壇や新聞雑誌界は権謀術数の巣窟だから、そのへんは早くから見抜いていた。また世の中で美談になる出来事にも騙されない。「きれいごと」には必ずやインチキやウソが充満していることを見抜いていた。それなら「堕落」あるいは「沈淪」こそが、事態の本質を見抜くための絶対不可欠の態度だというのである。こうして『堕落論』は、戦争未亡人は恋愛して地獄に堕ち、復員軍人は闇屋となれと煽ったのだ。

安吾は新潟の生まれである。手のつけられないガキ大将で、学校の半分は休んで遊び呆けた。中学では放校処分にあった。スポーツと宗教だけは好きだった。

東京に移ると小学校の代用教員になりチェーホフの『退屈な話』にいたく感服して何度も読むうち、東洋大学の印度哲学倫理学科に入った。仏教の精髄を知りたくて、わざと禁欲を強い、苦行してみた。ナーガールジュナ（龍樹）の考え方に惚れた。一方でアテネ・フランセでモリエールやボーマルシェやヴォルテールにとりくんだ。そのうち何かを書きたくなった。昭和六年の散文ファルス『風博士』（山河書院→講談社文芸文庫）が牧野信一に激賞された。牧野の同人誌「文科」に加わって、井上友一郎・田村泰次郎・北原武夫・矢田津世子らと「桜」をつくり、長編『吹雪物語』を書くのだが、評判とは無縁だった。

矢田津世子との五年にわたる恋愛と破局が安吾を変えた。孤独癖が出て漂泊に憧れ、ガキ大将が消えかかりそうになっていた。取手や小田原に逼塞した。これをやっと破るようになったのが昭和十五年に大井広介・平野謙・佐々木基一らの「現代文学」に身を投じてからのことらしい。毎晩、カストリをくらって議論ができた。安吾は開きなおった。開きなおってどうしたか。日本人の社会と文化をあからさまに見る気になった。

安吾は政治や社会制度というものは「目のあらい網」だという実感をもっていた。人間はこの網からつねにこぼれるのだという見方があった。だから、そのこぼれた人間のほうから網を見ろと開きなおったのである。

昭和は戦時・戦後をあっというまに駆け抜けた。そのなかで国と国の対立の解消や戦争の解消を言い出すのはかまわないが、そんなことをしたところで、つねに人間と人間の対立だけは残るということを指摘したかった。

『堕落論』の半分は当たっている。いや、もうすこし当たっているかもしれない。ただそこに逆説的な日本文化論があるとか、新たな日本人が拠って立つ基礎が与えられているという期待はしないほうがいい。安吾は日本人の陥りやすいインチキに溺れる体質ばかりを徹底して暴きたかったのである。それが『安吾史譚』や『信長』や『日本文化私観』になった。ときに「坂口安吾こそが信長を発見した」と言われたり「司馬遼太郎的な歴史小説の原型はほとんど安吾によって先取りされていた」と持ち上げられたりもする。たしかに安吾の史観は無類におもしろいのではあるけれど、そこに「日本」が際立ってくるような構想が控えているかというと、そういうものは少ない。そのかわり、既存の見方がこっぴどく覆されるのだ。

　安吾は『堕落論』以降、まるで悪乗りするかのように、この手のエッセイを次々に発表した。相手かまわず権威と建て前を斬りまくった。『デカダン文学論』では藤村や漱石を槍玉(やりだま)にあげた。「漱石の知と理は奇妙な習性の中で合理化という遊戯にふけっているだけで、真実の人間、自我の探求というものは行われていない」「家庭の封建的習性というもののあらゆる枝葉末節のつながりへ、まんべんなく思惟がのびていくだけで、その習性の中にあるはずの肉体などは一顧だに与えられていない」というふうに。

　また『教祖の文学』では小林秀雄を俎上(そじょう)にのせて、自分はいままで小林の文章に騙されて迷わされてきたが、言い回しの「型」をつくったにすぎないのではないか。「小林はその魂の根本において、文学とは切れているくせに、文学の奥義を編み出し、一宗の教祖となる。これ実に邪教である」というふうに。

『戯作者文学論』では荷風も血祭りにあげた。荷風の「俗の衒い」は戯作者としてはインチキであるというふうに。戯作者を任ずる安吾にとっては、荷風は俗物根性のフリをしているだけで、あんなものは「きれいごと」にすぎないというのだ。安吾にとっての荷風は、銀座・浅草を歩いてもドライアイス工場を発見できない男だった。

安吾は歯牙を剝き出したついでに、フォークの背にご飯をのせて食べるような愚の骨頂を笑い、「親がなくとも子は育つ」はウソで、「親があっても子は育つ」と言うべきだと笑った。日本人をダメにしているのは結局は「家庭」なのである。家庭を守ろうとする「良識」のすべてが昭和の日本をダメにしていったと詰め寄った。そこには、女を女にしていないニッポンの家庭に対する痛烈な批判があった。

坂口安吾は自身を堕落させることによって、ほとんど自暴自棄のように政治・社会・文学を斬りまくった。その妖刀はほとんどぶった切りで、昭和社会をまるごと振り回す酔っ払いの風情ではあったけれど、そこにはいくつも真実の断片が舞い踊っていた。安吾を知らないまま日本文化をとくとくと語るのはよしたほうがいい。この程度の病原菌こそ日本には必要なのであって、こういう真理を衝いた暴言を相手にして初めて、日本は日本を問題にすることができる。「坂口安吾なき昭和」や「嵐山劇場なき日本」では、日本など問題にできないと覚悟したほうがいい。

安吾をここまで決然とさせたトリガーや契機や理由としては、そうとうに多くの仏縁があっただろうが、ぼくは昭和十一年(一九三六)からの数年が痛かったのではないかと思っている。矢田津世子との別離、恩人であった牧野信一の自殺、安吾作品では最も長大な『吹雪物語』(竹村書房)が酷評されたこと、そのほかあれこれだ。

ここで一転、キリシタン殉教を題材にした初の歴史小説『イノチガケ』(春陽堂)を書き、またシャルル・ペローを読んで「生存それ自体が孕んでいる絶対の孤独」に気づき、自分たちは「残酷な救ひのない結末」を先取りするしかないと覚悟した。

言うまでもないだろうけれど、『堕落論』やその手の一連のエッセイだけで坂口安吾を語るのは、安吾のおもしろさの半分にも達していない。ここではぼくが好きな『風博士』『イノチガケ』『白痴』『青鬼の褌を洗う女』『桜の森の満開の下』などを褒める余裕はないので、ただ一作だけをあげるにとどめるが、なんといっても、ともかくは『夜長姫と耳男』を読むべきだ。どんな話かということは、六〇二夜の坂口三千代『クラクラ日記』にかいつまんでおいた。坂口三千代はむろん安吾夫人のことである。

ついでながら、かつてぼくは「bit」というコンピュータ関係の雑誌に頼まれて、『耳男はバーチャルリアリティの中で目をさませるか』という文章を書いたことがある。フィリップ・K・ディックをもじって書いたもので、仮想現実などというものに騙されてはいけないということを書いた。そのとき、ふと安吾の耳男が浮かんだのだ。われわれは満開の桜の下の殺戮や耳男の彫った化け物についての想像力をこそ重視したほうがいいのであって、本物と違わぬニセモノをパソコンで体験したからといって何の想像力も湧かないぜよということを書いてみたものだ。

第八七三夜　二〇〇三年十月二一日

参照千夜

一六五夜：金子光晴『絶望の精神史』　一一八夜：世阿弥『風姿花伝』　九九一夜：松尾芭蕉『おくのほそ道』　一二五夜：岡本太郎『日本の伝統』　九一二夜：ジャン・コクトー『白書』　二五一夜：ヴォルテール『歴史哲学』　一〇五六夜：牧野信一『ゼーロン・淡雪』　九一四夜：司馬遼太郎『この国のかたち』　五八三夜：夏目漱石『草枕』　九九二夜：小林秀雄『本居宣長』　四五〇夜：永井荷風『断腸亭日乗』　七二三夜：ペロー『長靴をはいた猫』　六〇二夜：坂口三千代『クラクラ日記』

向島を離れて桐生市の旧家に居を構えた坂口安吾と三千代（1952年）。息子綱男が生まれ、47歳にして父となった安吾は、堕落した生活とは縁を切り、穏やかな晩年を過ごした。1955年の冬の朝、三千代と綱男に布団をかけにいき、ストーブに石炭を入れたあと、突如脳出血で世を去った。「貴方の場合に限り死なんてことが考えられるだろうか。死ぬなんて、こんなことで死ぬなんて。」（三千代）

たいていの「悪」の衝動の動勢は、安吾の『夜長姫と耳男』に書いてある。

坂口三千代

クラクラ日記

文藝春秋　一九六七／潮文庫　一九七三／ちくま文庫　一九八九

「おわりにしてみて考えてみますと、どうも彼のいい面、善行の部類はとうとう書けずじまいで、善行というものは書きにくいものだと思いました」と「あとがき」にある。彼とは坂口安吾のこと、著者の坂口三千代はその夫人だ。坂口がアドルムとヒロポンに溺れて錯乱したとき、自分もヒロポンを呑んで坂口と同じ体験を通過しながら凄絶（せいぜつ）な介護をやってのけたという伝説の持ち主だが、本書を読めばわかるようにたいへんに優美で健気（けなげ）な人である。

その三千代さんが、当時勇名を馳（は）せていた「酒」の編集長佐々木久子に勧められ、昭和三二年から十年にわたって書き綴ったのが『クラクラ日記』だ。安吾と暮らしてクラクラした日々を綴ったという意味ではない。クラクラというのは三千代さんが銀座五丁目に開いたバー「クラクラ」のことで、安吾が脳出血で倒れたのが昭和三十年二月だったのだが、その一周忌も終わらぬうちに開店した。

坂口安吾の夫人がバーのマダムになったのだから、さぞかし「頭がくらくら、気分がくらくら」という趣向か、そうでなければ「お客のみなさんにクラクラしてほしい」というつもりでつけた店の名だと見たくなるが、これも残念ながらそうではなくて、フランス語なのである。野雀のことで、ソバカスだらけの当たり前の少女のことをいう。獅子文六が三千代さんに頼まれて店名をつけた。

本書は日記とはいうものの、日付はない。戦後の新宿闇市のバーで安吾と出会って以来のことが随筆の連鎖のようになっていく。まことにおもしろい。屈託がない名文というのか、何の衒いも感じさせない普段着の文章が心地よく書かれている。

安吾はこういう人に惚れたのかということもすぐ伝わってくる。短気で狂暴で堕落を好んだ安吾のような男によくも辛抱できたものだという、本書を読めばだれもが感じるような当然の感慨もある。よほど最初に安吾に惹かれたのである。実際にも、なぜ彼女が安吾に惚れたかということも、たった一言だが書いてある。

三千代さんは十九歳の昭和十八年に政治家の息子の鈴木正人と結婚し、二年ちょっとで別れていた。その後、昭和二二年に新宿闇市のバー「チトセ」で安吾に出会った。すぐ惚れたらしい。

向島百花園の料亭チトセの娘さんがやっていたバーで、彼女とは長唄を一緒に習う仲だった。その娘さんの旦那が安吾とはアテネ・フランセでの友人なので、店には安吾がよく来ていた。会ったとたんにドキンとしたという。「今まで見た事もない顔だった。厳しい爽やかさ、冷たさ、鋭く徹るような、のちに何遍かこんな表情を見ているのだが、そのたびに、私はギョッとした。胸をしめつけるような、もののいえなくなるような顔」だった。「私は黙って飛び出して来てしまった」というのである。写真で知る安吾のどの顔のことかと思うけれど、それはそういうものではないらしい。

これと似たようなことを田中優子から聞いたことがある。「女はねえ、やっぱり男の顔に何かが読めたときに理由なく惚れるもんなのよ」。「それ以外はないの？」とおそるおそる聞いてみると、「それで、みんなわかるの！」である。

これは男のほうからではとんとダメである。女を顔でわかったつもりでも、ほとんどあとから訂正したくなる。男は、安吾がまさにそうだったのだが、君、これを読むといいよなどと言ってモーリアックの『テレーズ・デスケルウ』や石川淳の『普賢』を好きな女に渡し、それでいっぱしの理解を示したつもりになる程度なのだ。こういうときは女のほうはとっくに腹が決まっていて、彼女のばあいも風呂敷包み一個で、この男を助けに行った。

坂口安吾については、ぼくは『夜長姫と耳男』を知って以来というもの、どれだけ威儀を正しゅうしてもいいぞというつもりで読んできた。最近の読者は『桜の森の満開の下』を評判にしているようであるが、『夜長姫』のほうがちょっと出来がいい。

こんな話だ。飛騨の匠の弟子に耳がピンと大きい耳男というのがいて、親方の代わりに夜長長者に呼ばれた。娘の夜長姫の守り神として弥勒菩薩を彫ってくれないかという依頼だが、他の二人の名人との競作で、それに勝てばハタ織り奴隷の美しい娘のエナコをくれるという約束だ。ところが、そこに移り住んでいるうちに、耳男はエナコに耳をちぎられる。夜長姫の戯れからそんなことになったのだが、それでも耳男は三年にわたって仏像を彫るのに賭けた。

けれども、弥勒菩薩ができかけても奇態というのか、嬌態というのか、そういう姫君たちに嬲られているような日々は何も変わらない。かえってエナコが耳を切った懐剣で自分の喉を突くというようなこと、そんな山奥にまで疱瘡がはやるというようなこと、そういう血腥いことが次々におこる。おまけに、丹精こめて彫った仏像がやっとできあがると、これがバケモノのようなものだった。それでもバケモノなんだからきっと疱瘡神と対決できるだろうとおもわれて、これが門前に掛けられているうちに、なんとその村の疱瘡は収まった。

これで物語は万事めでたしで終わるかというと、ここからが坂口安吾が「堕ちるときは徹底して堕ちる」と考えていた真骨頂で、また違った疫病がやってきた。そこで、村人たちがバケモノ弥勒の霊験に託してこれを祠に置いて退散を仕掛けてみたのだが、今度はその祠の前で祈りながらキリキリ舞いさせられて死んでいく者のほうが多い。さて、そこでどうなったかというのは伏せておく。

ともかくも、この作品は絶品だ。ぼくはいろいろなところで宣伝してきたのだが、どうも耳男が坂口安吾に見えてしかたがない。そんなことを書くと、三千代さんが夜長姫になりかねないが、そういうことではない。この夫人は夜長姫にあこがれる耳男をすら包んでしまった人なのである。

ところで、余談のような話になるかもしれないが、平成元年に野田秀樹が《贋作・桜の森の満開の下》という舞台を発表したことがあった。

さっそく観にいった。『桜の森の満開の下』とともに『夜長姫と耳男』が巧みに交じっていた。溝口健二がモーパッサンまで入れて『雨月物語』を映画にしたというほどではないにしても、さすが野田秀樹、アチャラカもうまく配分していた。その野田の舞台について、坂口の長男の坂口綱男さんが、あの舞台はひやひやしてほとんど内容を見ている気分になれなかったと書いていた。母はそれまで夫の作品が原作に忠実に読まれ、原作に忠実に映画化されることだけを希望していたので、原作の乱取りをしたような舞台をどう思うか、そうとうに心配したというのだ。ところが、三千代夫人はこの舞台をおおいに楽しんだらしい。
話はそれだけ。そばかす少女クラクラはとっくに安吾文学の本質を見抜いていて、それを自在な舞台にした野田の横着をふんわり包めたということなのである。

第六〇二夜　二〇〇二年八月二一日

参照千夜

八七三夜：坂口安吾『堕落論』　七二一夜：田中優子『江戸の想像力』　三七三夜：モーリアック『テレーズ・デスケルウ』　八三一夜：石川淳『紫苑物語』　五五八夜：モーパッサン『女の一生』

男たちの放埒は、
私が万端、着付けてさしあげます。

鬼龍院花子の生涯

宮尾登美子

文藝春秋　一九八〇／文春文庫　一九八二／中公文庫　一九九八

母が読みおわって、「ふーっ、おもしろかったわ。よう書けてたわ」と言った。上村松園をたっぷり書いた『序の舞』だ。ただ松園の日本画にちょっとひっかかるぼくは、あとで読んだ『松風の家』のほうに感心した。

明治を迎えた京都の茶道の家元「後之伴家」が糊口をしのぐ日々を迫られて、そこから草がもちあがるように立ち直っていく物語で、むろんどこをモデルにした小説かはわかるのだが、それより家元が仙台から娶った由良子がよく描けていて、そこに京・帝都・仙台の言葉がまじり、茶の香りと松風の音が聞こえてくるのが渋かった。

あるつまらぬ文芸評論家によると、女性作家の作品は男どもからすると「女が描いた女」に関心が向いてしまって、作品を正当に読まない邪道の気分がどこかに動くものだというのだが、そんなことは野上弥生子このかたとっくに解体していることである。少なくとも宮尾登美子をそんなふうに読む者はいない。けれども宮尾を読んでいると、これは男には絶対に書けないものだということが、すぐ伝わってくる。ただしどこが男に書けないかというと、これが微妙なところだ。

いまは亡き夏目雅子が「なめたら、なめたらいかんぜよ」と柳眉ひとつ動かさずに啖呵を切る。この啖呵にはその前のセリフがある。「わては高知の俠客鬼龍院政五郎の、鬼政の娘じゃき、なめたら、なめたらいかんぜよ」。

予告篇のCFでもさんざん流されて一世を風靡した映画《鬼龍院花子の生涯》の啖呵だ。夏目雅子がこのあと死んでしまったので、よけいに滲みる女の啖呵のシンボルのようにもなったけれど、実はこのセリフは原作にはない。

だいたい宮尾登美子のような文章達者が、相手を前にしてのセリフに、こんな自己紹介のような言いまわしをつかいっこない。相手というのは、主人公の松恵（これが夏目雅子）の夫、田辺恭介の実家の連中である。ようやく一緒になれた夫を戦争と病気で死なせた松恵が、その夫の実家で「極道、やくざの娘」とか「なんでうちの息子の嫁になった」と罵られ、そこで映画では、なかなか渡そうとはしなかった夫の遺骨をやっと奪いとった直後、実家の連中に振り向くように叩きつけたのが、松恵の目がきっとしての、

「なめたら、なめたらいかんぜよ」のセリフになっている。

が、原作の練達の文章は次のように描写されている。「この人たちに、何でこれほど憎まれる、と思えば悲しいが、恭介を愛したための苦しみと考えればじっと忍ばねばならぬ、と自分を宥めつつ、しかし心細さ限りないひよわな雛舟であるだけに、心のよりどころとなるべき夫の骨はたとえ一片なりと欲しいと思った。再三懇願しても叶えられぬなら、松恵はとうとう心を決めざるを得ず、非常手段を取ることにして機を窺っていたところ、蜩の鳴いている夕方、家のなかにいっとき無人の静寂があった……」。

松恵は留守になった田辺の家から、おそるおそる遺骨を少し持ち去っただけだった。それを映画ではクライマックスのひとつに仕立てた。五社英雄の映画の出来は悪くなかった。宮尾も自分の原作の映画化では一番の出来だったと言っている。

宮尾登美子はかなり苦労した作家である。どこかで本人が書いていたが、書くもの書くものがことごとく落選したり、編集者に認められなかったりで、デビューの昭和三七年の『連』から数えても、昭和四七年の出世作『櫂』（私家版→筑摩書房→中公文庫→新潮文庫）で脚光を浴びるまでにざっと十年の空白がある。

そういう沈澱や不運がはたして作家にとってどのくらい滋養になるのかはわからないが、宮尾にかぎってはすばらしい発酵をもたらしたのではないかと思う。なにしろ書きっぷりがいい。物語としても、文章としても、その場面に必要な情報を切り詰めて出すということにおいても、失敗しているとか疎漏があるとか、饒舌に走ったなと感じる箇所がまったくないといってよい。

さあ、これを名文というかどうかはべつとして、こういう文章はちゃかちゃか騒がれた連中や筋書きや言い回しだけで勝負をしている連中には書けまい。『鬼龍院花子の生涯』も、冒頭から高知の侠客の鬼政（鬼龍院政五郎）のところに養女としてやってきた松恵の目に映った一家の事情をおよそ書ききる四〇〜五〇ページあたりまで、ほとんど完璧なカマエとスジとハコビの着付けなのである。しかも、そこまでまだ表題に謳われた花子は生まれていない。

松恵の目に映ったといっても、松恵の目ばかりで書いているわけではなく、そのあいだに次々におこる事件や人物の顛末は、まるで紙片の端っこに細字でメモ書きしたものが意外に見逃しがたい内容だったというような扱いで、そのつどみごとに処理されている。それでいて、大きなものを外さない。『松風の家』ではまさに茶の家そのものが主人公なのである。

また、これも映画になって話題をよんだと思うのだが、『藏』は時を食む蔵そのものが主人公なのだ。『櫂』『春燈』『朱夏』『仁淀川』は、むろん綾子が主人公なのだが、そこには「時代」を主人公にして書いているという作家の大きさもあらわれている。並の苦労では、こういうふうにはならないのではないか。ともかくも『鬼龍院花子の生涯』の最初の五〇ページだけでも、ぜひとも読むといい。きっと文章文体の稽古の上々のテキストになる。

宮尾登美子の生家は高知の遊廓にあった。父親は女衒を営んでいて、実母は女義太夫の芸人だった。登美子は父が愛人に産ませた。十二歳の昭和十三年、両親が別れ、義母に育てられた。この遊廓のことは『櫂』に描かれている。

女衒の家に生まれたというのは、よほどである。女たちを目利きして遊廓などに斡旋する仲介業のことだ。芸娼妓紹介といえば聞こえはいいが、福内鬼外（風来山人＝平賀源内）が『細見嗚呼御江戸』に書いたように、身売り仲介のプロだった。だから女の品定めには歩き方から指の反りかげんまで見極めた。宮尾はそういう女衒の家に生まれたのだ。

昭和十八年に高坂高等女学校を卒業して代用教員となると、同僚と結婚するも満蒙開拓団の一員として満州に渡らされた。満州の話は『朱夏』に描かれた。敗戦後は引き揚げてからずっと農業に就くのだが、辛酸をなめた。肺結核に罹って死を覚悟したとき、せめてもと思って日記を書きはじめ、昭和二三年に小説『村芝居』を仕上げた。その後も少しずつ文芸誌に投稿してみたようだが、まったく認められなかったようだ。だから太宰治賞となった『櫂』は自費出版だったのである。

作品のすべてで「女」が主人公だ。どれもこれも身を削るように綴りつづけたという。せめて、そういう苛酷な「女」たちを美しくしたくて、作品の中では必ず着物の描写が織り込まれた。これが映画化やドラマ化にあたっては好まれた。

さきほど、着付けと書いた。まさに宮尾登美子の小説は次々に「着付けのよい様子」を見せている。それは、そこに出てくる女や男の人生の具合の着付けでもあり、また、場面そのものの着付けでもあって、そういうところがちゃんとしている。作者の毅然とした着付けの心が作品のすみずみに通っている。

着付けは着物文化の命のようなもので、これがぐさぐさだったり強すぎたり、妙にこそこそしたり変に威張ったりしていると、本人よりも見ているほうが辛くなる。宮尾はそこが勝負で、一本の紐で締めている。ご本人その人が着付けの名手で、とても趣味がいい。『きものがたり』（世界文化社）、『花のきもの』（講談社）という著書もある。ぼくはこういう着付けのよい小説を読んでいるかぎり、気分はとてもよくなっていく。作品のなかの着くずれの人物たちさえ逆におもしろみが感じられてくる。

ぼくも呉服屋（悉皆屋）の倅に生まれ育ったので、多少のことはわかる。とくに母が着付けの具合をよく話してくれた。絽などの夏もの、合いもの、羽織の着方など、母は街で見かける着物が美しいと必ず感心していた。着付けは母にとっては生活文化そのものだった。

今夜選んだ『鬼龍院花子の生涯』もそこが読ませた。昭和初期の俠客や男稼業の周辺が「着付け」と「着くずれ」で描かれていた。大阪の松島を仕切った男たちが、高知で番を張るというそのローカリティもおもしろかった。『陽暉楼（ようきろう）』（中公文庫・文春文庫）につづく傑作である。五社英雄が映画にしたかった理由、よおっく、わかる。

とはいえ、この「着付け」と「着くずれ」は昭和の苛酷な葛藤を生き抜こうとした者たちの、夜陰の花火のような「徒花（あだばな）」でもあり、また「悪」でも「色」でも「意気」でもあったわけである。

第八三九夜　二〇〇三年八月二九日

参照千夜

九三四夜：野上弥生子『秀吉と利休』

悪所・吉原を仕切る男の正体には、
時の権勢の「隠れた印」がひそんでいた。

隆慶一郎

吉原御免状

新潮社 一九八六／新潮文庫 一九八九

参った。唸った。この作家のことを何も知らずに読んだせいか、よけいに驚いた。いまなお吉原の「見世清掻」の三味線の調べや松永誠一郎の弱法師めいた韜晦の歩きっぷりとともに、当時に一読したときの衝撃がのこっている。

この本のことは民放のTVディレクターから教えられた。「隆慶一郎って知っていますか」という。知らないと言うと、「えっ、それは松岡さんらしくない」と勝ちほこっている。「すごくおもしろいですよ」と一人でニンマリしていた。しばらくたって、読んで脱帽、おもしろいどころではなかった。時代小説の名作かもしれない。

加えて、隆慶一郎という名前も聞いたことがない作家が、もとは映画やテレビで活躍していたシナリオライターの池田一朗で、『にあんちゃん』などを手掛けていたこと、もともとは東大仏文科で辰野隆や小林秀雄に師事していたことも意外だったが、さらに驚いたのはこの『吉原御免状』が小説のデビュー作で、それも六一歳になって初めて小説を書いたというのであるから、ますます感服した。

時は明暦三年（一六五七）。宮本武蔵に肥後で鍛えられた松永誠一郎が江戸をはすかいに横切るホトトギスの声を聞きつつ、ふらりと吉原を訪れる。武蔵が肥後藩士に託したことがあったからである。誠一郎が二六歳になったら江戸に向かわせ、庄司甚右衛門を訪ねさせよというものだ。甚右衛門は江戸開府とともに遊郭吉原を自力で開いた男である。なぜ武蔵がその甚右衛門を訪ねさせたかは、物語のなかでは当分わからない。

誠一郎がなにやら殺気を感じながら五十間道から衣紋坂を下り、吉原の見返り柳あたりにさしかかったのは、八月十四日。新吉原が誕生して、最初の見世が開く日にあたっていた。北町奉行の石谷将監は、四十年ほど続いた元吉原を別の地に移すにあたって本所か浅草日本堤のどちらかを選ばせたところ、吉原の年寄たちは浅草を選んだ。その浅草に新吉原が出現した。まるで江戸きっての模型都市、いわば出来立てのほやほやのシミュレーション・シティである。夕まぐれ、そこへ誠一郎が入っていく。

誠一郎を迎えたのは百挺をこえる三味線が奏でるせつない音色である。これが「清搔」だ。新造たちが一斉に弾く三味線の奏曲で、この曲を合図に吉原は夜の帳を開いていく。誠一郎はその妖しい合奏を聞きながら大門をくぐり、西田屋に行く。けれどもすでに庄司甚右衛門は死んでいた。事情は二代目の庄司甚之丞から聞くしかない。

物語は何から何までもがつくりもののような人工街区・吉原の風情を背景に進んでいく。そこに奇怪な老人の幻斎が登場し、水野十郎左衛門が率いる神祇組が絡み、高尾大夫をはじめとする遊女や花魁がまとわり、誠一郎を襲う影たちがいる。

何が物語の主題なのかは、しばらくまったくわからない。それでも、とりあえずわかってくるのは吉原が旗本や町奉行の手も届かない完全な自治組織であるらしいこと、すなわち網野善彦のいわゆる「無縁」や「公界」であることだ。

そのうち影たちの正体が裏柳生であることが見えてくる。なんだこれは五味康祐か柴田錬三郎かとおもうと、とんでもない。作者は柳生の裏を描きたいのではなく、吉原の裏を、徳川の裏を描きたいのだということがようやく見えてくる。けれどもなぜかれらが襲ってくるのかは、まだ見えない。

こうして決定的な謎として、歴史学者すら知らない半ばフィクショナルな謎として浮かび上がってくるのが「神君御免状」である。家康が江戸開府にあたって庄司甚右衛門に与えたらしい御免状があったらしい。これが怪しく、また妖しい。どうも裏柳生はこれを奪いたがっている。いろいろ探ってみると、影たちを動かしているのは徳川秀忠らしい。では、いったん幕府が与えた御免状を、なぜいまになって幕府は取り戻したいのか。その謎がつかめない。そのあいだにも誠一郎は哀感をもって遊郭吉原の細部に染まっていく。そこがこの作品を光らせる。

解かなければならないことは作品を読むにしたがって次々に膨らみ、少しずつ謎があかされるというふうになっていく。謎は次のように組まれる。

第一に江戸幕府はなぜ吉原の設立を甚右衛門だけに許したのかということ、第二に、それゆえ甚右衛門とはいったい何者だったのかということ、第三に、その甚右衛門に会うことを勧められた誠一郎はどんな秘密に出会うべきなのかということ、第四に、裏柳生に誠一郎を襲わせてまで御免状を取り戻したい秀忠の真意は何かということ、第五に、ではそのような複雑な謎を孕む吉原とはそもそも何なのかということ、第六に、その吉原にはそれ以前の闇の歴史がありそうなこと、第七に、そうだとしたら、その闇の歴史があかるみに出る危険をもつものとしてきっと御免状があるのだろうということ、そして第八に、その御免状はいったいこの作品でどんな結末を迎えるのかということだ。

隆慶一郎は、これらの興味津々の謎の数々を、さらに差別の歴史や被差別の歴史とともに浮上させていく。吉原の三味線や仲の町の夜桜の奥から仄暗く見えてくるのは、その闇の歴史を背負った者たちの名状しがたい顚末なのである。

謎は「公界」（苦界）や「傀儡子一族」の章などを通して、しだいにあきらかにされていく。そこには「道々外在人(みちみちげざいにん)」「道々の輩(ともがら)」などとよばれた中世以来の遊行者たち、虐げられはしたものの、さかんに日本を彩ってきたネットワーカーたちが蠢(うごめ)いていた。

この主題は、ぼくが『フラジャイル』(筑摩書房)や『日本流』(朝日新聞社)などでもとりあげたこと、すなわち網野善彦を筆頭にした中世史家たちが深々とした研究成果によって強烈な照明をあてた歴史、すなわち長吏(ちょうり)や浅草弾左衛門や車善七(くるまぜんしち)の、夙(しゅく)や津泊(しんぱく)を渉(わた)る者や遊女や非人の、つまりは日本の歴史のなかでも最も暗部におかれていながらも、その活動こそが日本の最も濃い起伏をつくってきた歴史の、そういう物語につながる主題なのである。一読、この作品に心底驚いたというのは、この主題を隆慶一郎がみごとに描ききっていることだった。

ところでこの作品は、これでは終わらなかったのである。そのためぼくはこれ以降ずっと隆慶一郎を熱病のごとく読み追うことになったのであるが、この物語の続編はまず傀儡子一族と裏柳生が正面から斬り結ぶ『かくれさと苦界行』(新潮文庫)になり、一転して、そもそも家康自身の驚くべき出生を問う『影武者徳川家康』(新潮文庫)となり、さらには、これをここに書いてしまうのは、これから隆慶一郎を読もうとする読者には憚(はばか)られるのだが、ええい仕方ない、書いてしまうことにするが、実は松永誠一郎の父にあたる後水尾(ごみずのお)天皇をたっぷり描いた『花と火の帝』(日本経済新聞社→講談社文庫)へと連なっていったのだ（ああ、書いちゃった！）。

後水尾天皇は天皇になりたくなかった天皇である。幕府と一戦を交えて押し切られてしまった天皇である。その血は父の後陽成天皇が早々に譲位をしたがったところから発していた。後陽成は鎌倉政権以来の〝院政〟を企んだのである。後水尾はその父の挫折を継いで幕府に抵抗しようとして、やはり挫折した。以降、徳川時代の天皇はさっぱり動きのない天皇になっていく。しかし当初の後水尾においては、そこには驚くべき計画もひそんでいた。それは……。

いやいや、これ以上、隆慶一郎の作品を追うのは、ほとんどの謎を本気で明かすことになるので差し控えよう。本書を、ぼくの親しいすべての後輩に薦めたことだけを、強張しておくことにする。

第一六九夜　二〇〇〇年十一月十三日

参照千夜

九九二夜：小林秀雄『本居宣長』　四四三夜：宮本武蔵『五輪書』　八七夜：網野善彦『日本の歴史をよみなおす』　三五二夜：五味康祐『柳生武芸帳』

韜晦する私小説は、
はたして「昭和」の何を抉ったのか。

木山捷平

大陸の細道

新潮社　一九六二　／　講談社文芸文庫　一九九〇

潜伏したまま両手に爆弾をかかえて国境を越え、相手の戦車に飛びこんで自爆する。日夜、体が丈夫でもない連中がそんな訓練を明日とも知れぬ命とひきかえに黙々とする。いまどきの過激派のテロリストしかやっていないと思われるだろうが、いやいや日本軍がこのような訓練をさせていた。所は満州国旧首都の新京近く、国境とはソ連国境のこと、戦車はソ連軍の戦車で、爆弾をかかえるのはおじさん日本兵である。

数日後にソ連軍が進攻してくるというので、木川正介もこの訓練をやらされていた。爆弾はフットボールで、戦車が乳母車。よたよた走ってフットボールを乳母車の下に投げこんで伏せる。そのくりかえし。木川はこんな自殺訓練がばかばかしくなって、炊事場に行って酒でも盗み飲みしようと現場を離れると、若造の見習い士官に見つかって鉄拳の前に立たされる。木川は、ふん、こんな奴、結婚して子供が生まれるときは片腕のない子になれ、片足がない子になれと呪いをかける。

なんともいえない小説だ。実話とも作り話ともつかない。木川正介が木山捷平のもどきであることはすぐわかるが、そのこと以上のことは伝わってこない。

一言でいえば『大陸の細道』というふざけた表題の小説は、戦争の旗色も悪くなりすぎた昭和十九年に（つまりぼくが生まれた年に）、満州国農地開発公社の公報嘱託となった一人の男が、猛烈な寒冷気候で喘息（ぜんそく）と肋間（ろっかん）神経痛に悩みながら、ソ連進攻に脅え、仲間と淡い関係を結び、難民の混乱にまきこまれ、ただ疲弊混乱のままに何の成果もなく敗戦を迎えて行商など始めるという、まことにだらだら唯々諾々とその状況を書きつないだような小説なのだ。

それを木山はなんと足掛け十五年をかけて、短篇を積み重ねていって完成させた。そのいずれのエピソードも、状況はたしかに人間の歴史にとっての頂点の修羅場なのだが、描かれているのはひどく私的な状況ばかりなのだ。しかもどんな言動にもとうてい自慢にならないような動機だけが描かれる。いったいこれは何なのだろう？

これが私小説というものなのだ。三島由紀夫がとことん馬鹿にして、唾棄した私小説だ。隣のおばさんの会話やタクアンの切り口をめぐって中年夫婦がたとえ七ページにわたって感想を交わしあっていても、それで小説になるという私小説だ。

私小説のルーツはその気になってさかのぼれば田山花袋や葛西善蔵や志賀直哉や宇野浩二までということになろうが、ふつうは尾崎一雄・外村繁・高見順らの第一世代、安岡章太郎・島尾敏雄・吉行淳之介らの第二世代というふうになる。

定義などはない。大正十年前後に「私は小説」とか「私を書く小説」といった用語があらわれて、その代表のひとつに菊池寛の『無名作家の日記』や久米正雄の『良友悪友』あたりが照準となったにすぎない。原点には葛西善蔵と嘉村礒多がいたのだと思う。

ぼくがこのような私小説を読むことになったのは、そういう文学史的な価値からではない。家のそこかしこにたえず「小説新潮」や「オール讀物」が積んであったからで、こういう雑誌で拾い読みをしたのはたしか舟橋聖一か吉行淳之介か小島信夫あたりからだったと思うが、通りすぎてみると尾崎一雄・井伏鱒二・川崎長太郎から上林暁・梅崎春生・庄野潤三まで一通り読んでいた。

それだけである。なかで木山捷平などまったくおぼえていないのだが、これらの通りすぎてみた連中の何人かを総じて私小説作家とよぶのだと知ったのは、ずいぶんあとのことだった。

だいたい、小説や表現作品をどういうレッテルで腑分(ふわ)けするかなどということは、まったくどうでもよいことで、そういう用語があることを知った瞬間からとりわけ大嫌いだったのが、この私小説だった。何だって私小説ではないか。それをことさら「私」を強調するのはほかに名付けようがなかったからというだけのことで、他に理由があろうはずがない。もっとも「純文学」「大衆小説」「中間小説」もかなりくだらないし、もうちょっと広げて「ユーモア小説」「ヘタウマ」などというのもひどくつまらない。

木山捷平がどんな系譜に属するかなどということはこのさい知らなくてよろしいが、木山の作家としての人生は暗示的だ。明治三七年に岡山に生まれ、父親が漢詩人の岩渓(いわたに)裳川(しょうせん)に入門して永井荷風と同期だったこと、その後は村役人を長く勤めた父親から逃げるように大正末年に上京して、最初は詩を書いていたのだが、昭和八年に太宰治らと同人誌「海豹(かいひょう)」をつくって、このころから小説を書きはじめた。井伏鱒二と知己となり、昭和十五年の『河骨(こうほね)』が芥川賞候補になった。

昭和十九年、満州の新京（現在の長春）に農地開発公社の嘱託社員として赴任し、翌年には現地召集を受けて兵役に就いた。そこからは難民の日々で、これが『大陸の細道』の体験につながっていく。引き揚げてから、少しずつ作家になっていった。

木山の経歴で注目しておくべきことが二つある。ひとつは、昭和六年に『メクラとチンバ』という強烈な表題で詩集を自費出版したことである。のちに差別用語問題がメディアと出版界を席捲して、この作品はとりあげられることすらなくなってしまった。おかしなことである。しかしこの感覚こそはその後の木山の「失う者の日々」とでもいうべき生活思想を予告していた。

もうひとつは、昭和九年に中原中也らと「青い花」を創刊したあと、翌年に保田與重郎の「日本浪漫派」に合流したことである。これについても、長らく保田が文芸的戦争犯罪者のように扱われたために、木山もワリを食うことになった。やはりおかしなことだった。

木山については、これまでさまざまな評判が立ってきた。飄逸作家、庶民作家、無頼派作家、望郷作家、ユーモア作家、自虐作家、反骨作家、反戦作家などなどだ。とうてい同一作家のための評判とは思えないのはいつものことで驚くほどのことではないのだが、なかで「木山には韜奇性や韜光性がある」という見方があって、なるほどと思ったものだった。

韜奇性も韜光性もすぐれた才能を包み隠そうとするという意味なのだが、それが木山が描く主人公たちを自分より低いもの、劣等なものにしてきたというのだ。けれども、これではヒゲ（卑下）小説だ。それほど取りたてて議論したいところではないだろう。

ところで、このたび久々に『大陸の細道』を再読して感じたことがある。それは戦争難民のことである。

木山捷平の体験だけにそくしていうが、旧満州の戦場で木山が巻きこまれていったのは戦争難民の日々だった。長春五馬路（ウーマロ）の片隅では瘦せ衰えて襤褸（ぼろ）をまとって外気の寒さに転がった。敗戦で四五日をかけて東京に戻ったときのことを夫人が淡々と書いている文章があるのだが、そこには「骸骨同然」「生きているというより、呼吸する意志がいるというだけ」といった言葉がしるされている。日本に帰ってからも似たような日々だったようだ。

夫人はそれでもやっと帰ってきた夫との再会が嬉しくて、なんとか満州での様子を聞き出すが、木山は「難民生活の一年は百年を生きた苦しみに相当する」とだけ言うばかりだったという。苛酷な戦争状態からの解放とは、むしろ虚脱だったらしい。その虚脱した者がそれまでの状況を描けるとしたら、それが批評家たちがさかんに「飄々とした描写」とよんだ『大陸の細道』の文体になるのであろう。

こういう作品は私小説などというものではない。「底の文学」というものだ。木山にこんなものすごい句がのこっている。「見るだけの妻となりたる五月かな」。

昭和はかくも厄介な時代だった。ありとあらゆる不埒（ふらち）と矛盾がリアルタイムで踵（きびす）を接して入り混じった。自分の足と他人の靴の区別さえつかないほどなのだ。ひたすら「私」を綴る上林暁や梅崎春生や木山捷平が登場してくるのは、昭和の当体全是（とうたいぜんぜ）だったのである。けれども、原爆が二つ落ちてアメリカ軍が占領してからのことは、次の世代の作家たちによる「私」化ならぬ「底」化を待つ必要があった。

第四七三夜　二〇〇二年二月七日

参照千夜

一〇二二夜：三島由紀夫『絹と明察』　一二三六夜：志賀直哉『暗夜行路』　五五一夜：吉行淳之介『原色の街・驟雨』　四三四夜：舟橋聖一『悉皆屋康吉』　一二三八夜：井伏鱒二『黒い雨』　一一六一夜：梅崎春生『幻化』　四五〇夜：永井荷風『断腸亭日乗』　五〇七夜：太宰治『女生徒』　三五一夜：中原中也『山羊の歌』　二〇三夜：保田與重郎『後鳥羽院』

昭和のハードボイルドでは、
孤立するヒーローはマンマシーン化していた。

野獣死すべし

大藪春彦

角川文庫　一九七九

カーマニアでガンマニアの大藪春彦が『野獣死すべし』を書いたのは早稲田大学在学中だ。早熟な内容と文体、それに鼻持ちならない若気の至り。そうではあるけれど、鮮烈なデビューには侮れない矜持があった。

ときどき読んだ。『汚れた英雄』は半ちらけながら二、三度読んだのではないかと思う。シリーズ型の長編である。その二ヒルで孤立した主人公のスピードレーサー北野晶夫の名は、しばらくぼくの体を揺らしていたのではないか。北野がいつも熱いシャワーと珈琲で朝食をとるのを何度も見せつけられて、シャワーというもの、そんなに鉄線めいているのかと思わされたものだった。二五歳くらいまで、ぼくはシャワーのついている空間とは縁のない生活をしていた。そのかわり銭湯に行き、帰りにアイスコーヒーをがぶがぶ飲んだ。

えっ、松岡さんってオーヤブハルヒコ、読むんですか。「遊」に興味をもって手伝いにきた二十代の連中とそんな話になって驚いた。えっ、おかしいか。松岡さんがオーヤブなんておかしいっすよ。そうかなあ、だってハードボイルドはハメットもチャンドラーもみんな好きだよ。オーヤブハルヒコはそういうんじゃないっすよ。もっとブルータスじゃないですか。

大藪春彦がブルータスだというのは、ハメットやチャンドラーには濡れ場がないという意味だろうか。大藪のセックス描写だってやたらに乾いていてハードボイルドなのである。ぼくが読むのは変だというのも、わからない。

殺人も乾いている。マシーンがあるからだ。大藪のアンチヒーローたちのセックスや殺人は、その行為にいたるまでの凶器の準備や会話の速度を仕上げていくための、いわば〝おつり〟のようなもの、どんな欲情溢れるセックスも、どんなに狂暴きわまりない殺害も、だいたいあっというまにおわる。そのくせ自動車にのりこんでイグニッション・キーをまわし、スピードをあげて都会の夜を抜けきっていく描写は、うんざりするほど長い。銃器についての描写はおそらく当時の日本一だろう。

『のちに松田優作が演じて話題になった『蘇える金狼』（アサヒ芸能出版）の例でいえば、トライアンフに乗ろうとする朝倉哲也はこんなふうにクルマにかかわっている。「ハードトップの屋根が暗灰色をした漆黒のトライアンフTR4は、猛魚のそれのようなヘッドライトの眼を剝いて、マンションの駐車場の中央に蹲っていた。二個のSUキャブレターをおおうボンネット上のコブのようなふくらみが精悍だ」。

ボンネットのコブまで精悍なのである。つづいては、「深く彎曲して体をすっぽり包むバケットシートの位置と背もたれの角度を調節して安全ベルトを締めた。傾斜した短いシフト・レヴァーに左手を落とし、小型航空機のそれのように計器の並んだダッシュ・ボードを睨む。垂直に近く立った三本のスポークのステアリング・ハンドルの奥に、二百キロまで目盛ったスピード・メーターと六千回転までのタコメーターが見える」。ダッシュボードを見るまでにこんなに意気ごんでいる。

そして、「朝倉は、各種スウィッチのあいだにある点火スウィッチにキーを突っこんで捩った。生き物のように回転計の針が跳ねあがり、エンジンは吠えた。すぐにエンジンはラフなアイドリング音を響かせ、タコメーターの針は八百から九百回転のあたりで小刻みに揺れる」。

作家の本質はデビュー作にすべてあらわれているというような言い方は、つまらない。ところが大藪春彦のばあいはこの常套句がびっくりするほど当たっている。

迂闊なことに、きのう『野獣死すべし』を三十数年ぶりにサッと読んで、このデビュー作には大藪春彦がほとんど赤裸々というか、隠しようもなくあからさまにさらけ出されていたのを改めて知った。とびきりの車フェチ・銃器フェチであること、主人公が気取ったローン・ウルフであることが露出しているだけでなく、早大生だった大藪のペダンティックで典型的に早熟な観念が、包み隠さず噴き出ていた。ぼくはそのへんを読まずにオーヤブハルヒコを読んでいたようだ。青春期の読書なんて、そういうおっちょこちょいで半端なものだ。本というもの、気にいった本というものはたいていは二度読む必要がある。

伊達邦彦は四国が故郷だが（大藪春彦は一九三五年のソウル生まれで十一歳から香川県で育った）、ハルビンに生まれている。ハルビンはギリシア正教寺院の尖塔が大陸の黄金の夕日に映える雑多な民族が行き交う夢の町である。伊達の父親は会社を乗っ取られ、北京・奉天・新京を転々とし、アジアに戦争が始まったころは北の平壌にまで動いていた。

何をしてでも食わなければならなかった少年伊達は、戦争が終わると家畜輸送車で釜山へ送りこまれ、リバティ船で佐世保に着く。そこでやっと人並みの日々に包まれて四国の中学へ通うようになった（大藪春彦とまったく同い歳の四国出身作家がいる。だれだかおわかりか。大江健三郎だ）。

伊達は大陸でおぼえたロシア語感覚が忘れられず、ツルゲーネフの『猟人日記』からロシア文学に入り、『カラマーゾフの兄弟』の大審問官に人間の意識の極致を見た。そこからニーチェに進んで、ニヒリズムは思想ではなく実践するものだと覚悟した（ちなみに大藪春彦より三歳上に、早稲田でロシア文学を学んでいた五木寛之がいた）。しかし伊達がもっと好きだったのはニコライ・オストロフスキーの『鋼鉄はいかに鍛えられたか』なのである。宗教といえども、こんなに美しい人間をつくりあげたことはない。

やがて高校に進んで新聞部に入り、図書館で『マルクス・エンゲルス選集』を漁っては、ときおり大阪に抜け出してヒロポンを買った。そういうなかで父親が死ぬ。金庫には土建屋からまきあげたらしい株券がごっそり入っていた。伊達はレールモントフの悪魔主義とスタニスラフスキーの計算つくされた演技論に駆られていく。演劇部にも出入りして、眞船豊『たつのおとしご』や三島由紀夫『近代能楽集』の「卒都婆小町」、福田恆存の『龍を撫でた男』を演出（この三つを選んだところがオーヤブの矜持なのである）、ついでに役者の女子高生を次々に誘惑するも、まったく満足感がない。

受験勉強は面倒なのでキリストの評伝を書き、神学校に入って美術部をつくり、死臭の漂うようなキリスト教絵画を習作する。試験で割礼を科学的に説明した答案を書いて放校、そこでレイモンド・チャンドラーを知った。

翌年、東京の私立大学（これが早稲田）に編入、留学生たちにポーカーのいかさまの手ほどきをうけ、金を巻き上げ、ハードボイルド探偵小説を読み耽り、余った時間を拳闘ジム通いと大学射撃クラブで過ごした（大藪も早稲田の射撃部にいた）。卒論は「ハメット＝チャンドラー＝マクドナルド派におけるストイシズムの研究」。大学院にも進んでアメリカ文学を専攻したが、関心はノーマン・メイラーと殺人だけになっていた。

この前歴を、ぼくはすっかり忘れていたらしい。あきらかにオーヤブハルヒコの青春自画像の粉飾であり、しかも当時の、腹に一物あるペダンティックな大学生が突ッ張り精いっぱいに考えそうなことが、紋切り型ですべて出ている。大藪はぼくより一回り上の世代だが、その後の時勢の変化と照らしあわせてみると、こういうオーヤブ的学生はぼくの学生時代まで辛うじて続いていたようにおもう。とくにノーマン・メイラーの『裸者と死者』が流行っていたのが懐かしい。

こうしたオーヤブ的学生のコンセプトは「復讐」である。何に復讐するかはそれぞれだが、野坂昭如・野末陳平・五木寛之、みんなそうだった。ともかく復讐したい。そういう昭和が顔を剝き出しにしていた。

昭和三三年（一九五八）に『野獣死すべし』は早稲田の同人雑誌「青炎」に発表されたのち、すぐに「宝石」に転載された。しかし、本書に収められている『野獣死すべし』の復讐譚をはじめ、昭和三九年の『蘇える金狼』にも、昭和四二〜四四年の傑作『汚れた英雄』(徳間書店)にも、昭和四七年の『復讐に明日はない』(集英社)にも、このような自画像はいっさい顔を出さなくなった。そればかりか、デビュー作『野獣死すべし』の文体から小説構成まで、大藪はこれらをほとんど改めてしまった。そのかわり、ハードボイルドでストイックな感覚をどんな作品にもちりばめる処方を獲得していった。

オーヤブハルヒコはデビュー作にこそすべてが語られている。その後のオーヤブは流行作家になりすぎた。何が変わったのか。昭和が変質し、読者のほうがブルータスになったのだ。

第五六〇夜　二〇〇二年六月十七日

参照千夜

三六三夜：ハメット『マルタの鷹』　二六夜：チャンドラー『さらば愛しき女よ』　九五〇夜：ドストエフスキー『カラマーゾフの兄弟』　一〇二三夜：ニーチェ『ツァラトストラかく語りき』　八〇一夜：五木寛之『風の王国』　一〇二二夜：三島由紀夫『絹と明察』　五一四夜：福田恆存『私の國語教室』　一七二五夜：ノーマン・メイラー『ぼく自身のための広告』　八七七夜：野坂昭如『この国のなくしもの』

第三章 歴史の影を射る

永井路子『北条政子』
野上弥生子『秀吉と利休』
井上靖『本覚坊遺文』
三浦綾子『細川ガラシャ夫人』
大原富枝『婉という女』
村山知義『忍びの者』
山本周五郎『虚空遍歴』
舟橋聖一『悉皆屋康吉』
織田作之助『夫婦善哉』
藤沢周平『半生の記』

鎌倉殿と北条の「柵」を、
母なる政子の目で描いた歴史の影。

北条政子

永井路子

講談社　一九六九／文春文庫　一九九〇

頼朝と政子が恋に落ちて歴史が変わった。武門の時代が始まった。トロイのヘレンこのかた歴史が恋を変えることは多々あるが、恋が歴史を変えることもたまにある。

仁安二年（一一六七）の冬。京都警固の大番役をすませた北条時政が三年ぶりに伊豆の北条郷の館に戻ってくると、長女の政子が頼朝を慕っていると聞いて驚いた。時政は京都から一緒に戻ってきた目代の山木兼隆に、娘の政子をお主の嫁にやるぞと言ったばかりだったのに、政子は「私は佐どののほかには嫁ぎません」と言う。

佐とは、頼朝が右兵衛佐に任官したときからの愛称である。時政は娘をあんな流人にやるものかと怒る。さんざん説教をして、山木に嫁ぐことを了解させた。政子はすでに頼朝とは肌を許しあっていた仲なのに、強引な父の話を承知する。魂胆があったからだった。鹿ケ谷で、俊寛という僧侶が清盛公を討つための密談をしたらしいという噂が聞こえてきたころの話である。

頼朝は源義朝の三男にあたる。父の義朝は東国に落ちのびる途中の尾張で殺され、長男の悪源太義平と次男の朝長は平清盛との平治の乱で死んだ。弟に範頼と義経がいた。その一行に加わっていた十三歳の頼朝も殺されるところだったが、清盛の継母の池禅尼の嘆願で助命され、伊豆の蛭ケ小島に流された。そこは平時忠の知行国だった。頼朝は清和源氏の家督を継ぐ立場になった。

蛭ケ小島は狩野川が蛇行した一角にあって、島のように見えたのでこの名がついている。北条の館からは二キロしか離れていない。頼朝は流人とはいえ平家に謀反さえしなければ放置されるままなので、比較的自由に青年期をすごしつつあった。伊豆山権現の文陽房覚淵、箱根権現の別当行実を学びの師とし、読経写経に勤め、家来と遊んだ。そういう青年頼朝のところに、伊豆や相模の豪族の若者たち、工藤茂光・天野遠景・岡崎義実・加藤次景廉などが出入りして、狩りをたのしんだ。武者なる者たち、のちの武士団のメンバーだ。

そこそこの乙女に成長していた政子は颯爽とした頼朝に恋をした。頼朝がくどいたのかもしれないが、前後のいきさつはわからない。どちらにせよ政子は十七、八歳のころには頼朝に従っていこうと決意したようだ。しかし時代は平安末期、容易に男女が添えるわけではない。「家」が時代のすべてであり、「家」が社会のすべてなのである。家父長の時政の意見を聞かなければならないことは多い。そこで一計を案じた。

当時、「足入れ婚」というものがあった。結婚に先立って花嫁が先方に赴いて事実上の夫婦の行為をずることをいう。庶民の社会ではごく一般的な風習だが、地域豪族や武士たちはめったにそんなことはしない。時政は政子のことが心配だったのか、娘を山木兼隆のところに足入れさせることにした。

足入れとはいえ、豪族と目代の関係である。一応の支度をしなければならない。都から袿や化粧用具をとりよせ、兄の宗時や郎党・侍女とともに山木の館へ入った。そこからが政子の計画だ。体をほしがる兼隆に、私は伊豆山権現に誓うことがあるのでそのときまでお待ちくださいましと言って身をかわし、半年後の夏、突如として出奔し、頼朝が待つ伊豆山権現の塔頭で逢引きをした。頼朝側近の安達盛長と政子の弟の北条義時がフォローしてくれた。父の顔をたてて足入れもし、そのうえでの出奔だ。目代とて手出しはできなかった。

こうして治承二年、政子は頼朝の子を産んだ。大姫である。時政は政子の勝手を許し、山木をあきらめさせた。政子はそういう父の心理をあらかじめ読んでいた。頼朝は頼朝でこのころからそういう時政の力を憑むようになった。
二年後、以仁王の令旨が伊豆に届いて、頼朝による平家追討の蹶起が促された。頼朝は水干に装束し、男山八幡を遥拝してこの令旨を読んだ。時政や義経が活躍した。頼朝が「武家の棟梁」となる日がしだいに近づいていた。それは政子が愛した頼朝とわが子の頼家と実朝の武家政権の幕開きを約束する前触れだったが、その鎌倉三代の死滅への合図でもあった。

この小説は、永井路子が『吾妻鏡』を読みこんで作りあげた歴史小説である。永井は『炎環』（光風社→文春文庫）で直木賞をとっていた。『炎環』は一種の連作で、頼朝、時政をはじめ、梶原景時や阿野禅師を次々に登場させて、その脇にいた女たちの宿命と冒険を炎の燃え尽きる様相のごとく描いた。ＮＨＫ大河ドラマ《草燃える》の原作にもなった。これらを政子の日々としてまとめたい。

永井は作家ではあるが、本格的な歴史研究家でもある。古河の瀬戸物商の家に育って、茨城県立古河高女から東京女子大の国文科に入り、丹念に古文書を読んだ。とくに東京女子大に入った昭和十六年が太平洋戦争勃発の年だったので、一国の来し方行く末を考えるようになった。女として、一国が作られ一国が滅びる歴史を見るようになり、そこに生きる者と死ぬ者たちの宿世を観じた。

敗戦後は東大の聴講生となり、今度は日本経済史を学んだ。経済史をやるなんて、日本の女性作家としてはめずらしい。また結婚にあたっては日本史研究者の黒板伸夫を選び（選ばれたのかもしれないが）、生活の周辺すべてを歴史で埋めた。関心の大半が、一国が生まれて死んでいく様相に向けられていったのだ。なかでも『吾妻鏡』に魅せられた永井は、その歴史観を「鎌倉という世」に集中させようと決意した。

ただ、歴史には編集が付きものである。永井は現実がどのように編集されていくかを肌でも言葉でも割付けでも感じるために小学館に入社して、「女学生の友」のペーペー編集者から「マドモアゼル」の副編集長になるまで、徹底して現場にいつづけた。それは歴史とはべつの日本の現代を、とくに「女の昭和」を体と言葉で感じるためだったらしい。そして、そのあいまに小説を書きはじめたのである。そういうこともあってか、永井の小説は何というのか、決して時代ぶってはいない。

かつて講談社の日本美術文化全集『アート・ジャパネスク』の対談企画で、永井さんに会う機会をもった。対談者の村井康彦さんに一歩もひけをとらずにしばしば反論していたのをほれぼれしながら聞いていた。

たとえば村井さんが鎌倉と京都の二極構造を話題にして、いわゆる鎌倉リアリズムといわれるものが武家社会から出てきたとよくいうけれど、はたして頼朝や北条にそんな武家のリアリズムがあっただろうか、鎌倉には独自のリアリズム文化はまだ生まれていないのではないかと言うと、永井さんは「そうでしょうか」と静かに反証した。

東国の首長の頼朝のリアルな肖像を描いたのは貴族の似絵師の藤原隆信で、頼朝が父の義朝の冥福を祈って勝長寿院につくった仏像は優美な成朝作だったのですが、北条時政が願成就院に寄進した仏像は運慶に頼んだもので、そこには京風のものとはあきらかに異なる造容が出ています。その数年後に和田義盛が芦名の浄楽寺で運慶につくらせた仏像群にも鎌倉リアリズムが芽生えています。

頼朝はたしかに京風文化を東国に移すわけですが、最初のうちこそ公家っぽい文化が漂っていたとしても、その次にはあきらかに東国の独自性に着手しています。そうでなければ東国は治められませんよというのだ。

対談が終わって、永井さんが「明治が鎌倉の終わりなんです」「日本の本質は七〇〇年の継続的特色を解くことです」となんなく言ったのも、当時のぼくはびっくりしたものだ。鎌倉に始まった武家政権が幕末まで続いたという意味ではあろうが、それ以上の凝縮を感じた。永井さんには『異議あり日本史』（文春文庫）という裂帛の一冊もある。

そこで本書だが、この作品には『炎環』が扱った鎌倉三代の断片的な流れが、あらためて北条政子という一人の女の襞に焼きこまれるように描かれている。

長らく政子は「尼将軍」とか「男勝り」という猛々しいイメージで語られてきた。しかし、これは江戸時代の『大日本史』が「性妬忌ニシテ」とか「厳毅果断ニシテ丈夫ノ風アリ」と書いたあたりの形容からくるもので、同時代の描写にはそんなものはない。いや、そもそも政子の性格を描写しているものなど、ほとんどない。

江戸時代の判官贔屓の風潮によって義経にくらべられた頼朝の人気が落ち、それが政子を悪妻扱いにしていったにすぎず、ほぼでたらめな政子のイメージがつくられたといっていい。おそらく源平抗争史の研究者だった明治大学の渡辺保の『北条政子』(吉川弘文館)と永井路子のこの小説が、政子についての最初の詳細な描写だったろう。

永井さんは政子の並々ならぬ母性を強調するのである。長らく日本の女性の母性を語ってこなかった日本史では、このことに注目できなかったことが決定的な欠落だった。政子には頼朝夫人の日々と、その後の頼家・実朝の母の日々と、そして夫とわが子を失った尼の日々があるのだが、なかでも二人の将軍の母としての日々が、日本史上でも日本女性史上でも特筆されるのである。

いったいわれわれは鎌倉三代と政子の歴史、および北条氏の台頭というものを看過しすぎているようだ。義経や『平家物語』や親鸞に目を奪われすぎたため、鎌倉問題についての目を曇らせたようだ。

たとえば、頼朝の天下草創がどこで始まるかといえば、頼朝が以仁王の令旨をうけとって最初にとりかかった山木攻めに発端した。山木とはさきほどのべた山木兼隆のこと、政子が婚姻を押し付けられた相手である。頼朝は平家の知行国を守っている目代をまず攻めたのだ。つまり近親の平家から攻めた。これに時政が加担した。頼朝はこの瞬間から公然と平家に反旗をひるがえし、同時に北条時政・政子の父娘と宿命をともにしたことになる。

このあと頼朝は石橋山の合戦で梶原景時らによって敗走させられ、いったん房総に退去するのだが、そのあとは領地の武士団を巧みに統合しながら逆襲に転じて東国を制していく。とくに富士川の合戦では西国から下ってきた平家の軍勢を数万羽の水鳥の羽音とともに追いちらかした。

この「東国を制する」とはどういうことだったかというと、源氏の棟梁の頼朝を頭目とした武士団が、他の武士団を制圧して関東を経営するということだ。そうしたかった関東の豪族はいくらもいたけれども、まだ武士団の力の差が出ていない。また、頭目になるという大義名分がない。とりわけ都からの命令状がない。この時期は、前代から続いていた律令性（＝貴族公家的任官性）を一方で引き継ぎ、他方では在地領主の武士団が培ってきた土豪性（＝農村荘園的武闘性）を二つながら兼ね備えている者こそが、新たなリーダーシップをとる必要があった。

それを頼朝がはたした。それには時政・政子の土豪性が強い味方になることが必須だった。逆に北条氏からいえば、その頼朝につくことが、東国の歴史のなかで経営グループに入るための一度だけのチャンスだった。政子の生涯もここで決まった。

歴史学では、十世紀の武力集団のことは武士団とはいわない。武士ではあるが、武家ともいわない。平将門らの武力集団は一時的な戦闘にたとえ一千余の兵力を集められたとしても、ふだんは農業に従事している「兵（つわもの）」だった。

それが十二世紀になると各地に所領をもつ在地領主でありつつ、かつ一族郎党を率いた常時の戦闘能力をもった集団に変化する。これが武士団である。三浦氏も大庭（おおば）氏も北条氏も武田氏も武蔵七党も、各地の源氏（村上源氏や清和源氏）も平氏（桓武平氏や伊勢平氏）も、こうした戦闘集団としての武士団だ。そういう戦闘集団が日本列島各地で鎬（しのぎ）を削っていた。このうちには、都に上って官位をもらうことがステータスだと考えた武士団のリーダーたちもいたが、そんなことをしてもせいぜい検非違使（けびいし）庁の属官に任ぜられる程度で、在地に帰ってきてもたいした力をもてなかった。

そこへ平清盛が登場して貴族（公家）と伍（ご）して、太政大臣までのぼりつめた。そうなると、平氏が次期長期政権になったときの権力ピラミッドに入っておいたほうがのちのちの発展があると判断する者がふえてくる。これを源氏は許せない。

初期のころの源氏の武士団は平氏同様に貴族と伍する位置をほしがったにすぎず、存分な戦闘能力をもっていながらも官位をほしがった。このように貴族（公家）に侍ってのし上がる者が「侍」である。貴族に屈して仕えたから「侍」だ。「侍」は「兵」ではない。また、このような武士は武門ではあるが、武家ともいわない。しかもこの「侍」の競争は平氏が圧倒的にリードし、源氏その他の武門はまったく手が出なかった。こうして清和源氏の棟梁の血筋をもつ頼朝に、千載一遇の反撃のチャンスがまわってきたわけである。

　頼朝の時代は、都から見ると最後の権力をふるっていた後白河法皇とまだ十代だった後鳥羽天皇の時代にあたる。九条兼実の実権が次第に確立しつつあった。その弟が『愚管抄』を書いた天台座主の慈円だ。兼実は後白河の横暴きわまりない院政に眉を曇らせていた。頼朝はそういう都に上ってわざわざ官位をほしがるようなことはしなかった。在地領主の武士団の戦闘能力を結集するだけで、一挙に勝ち進むという方針にした。だからこそまず山木を叩いた。

　こうして頼朝は関東を経営する「源氏の棟梁」となったのだが、鎌倉に仮の居宅をおいて政務を始めたときは、それはたんなる家政機関というもので、まだ武家政権ではない。この時期は頼朝の傘下に入った者を家人として来たるべき政権組織をかためた。ここれが「鎌倉殿の御家人」である。頼朝は御家人を管轄する別当に和田義盛を任じた。ここまでは地方政権としての関東経営者にすぎない。

このあと頼朝は義経に命じて平家を追い落とさせる。複雑な事情が手伝って頼朝と義経の兄弟に決定的な亀裂が生じた。ついで義経が後白河法皇に頼朝追討の宣旨を出してもらうのを知ると、頼朝は法皇に宣旨の無責任を突いて文句をつけ、その見返りとして各地に守護・地頭を配置する勅許をとった。これで全国を制圧するパスポートを手にした頼朝は奥州に逃げた義経を討った。

ここで後白河が崩御した。このタイミングが重要だ。頼朝は入洛して関白九条兼実とはからって征夷大将軍に任官される。鎌倉幕府の開府であり、武家政権の誕生である（現在は、守護・地頭を設置した一一八五年を鎌倉幕府成立とする）。武家政権という用語をつかうのは、公家の政権にとって代わった武家の政権が誕生したからだ。以降、幕末まで日本は武家の棟梁を競いあった政権交代をくりかえす。永井路子が「明治が鎌倉の終わりなんです」というのはこの意味だった。

頼朝は五三歳であっけなく死んだ。残された四三歳の政子は十八歳の頼家、十五歳の乙姫、八歳の実朝をかかえる母に戻る。前々年に長女の大姫は病死していた。政子は落飾して黒い絹布をかぶった。御台所ではあったが、政務は父の北条時政と弟の義時、大江広元、三善康信、比企能員らに任せた。頼家は第二代の将軍を継いだ。その直後、乙姫が死んだ。

　三年のうちに夫と二子を次々に失った政子の悲嘆を、永井路子は「政子は、もう私の生涯は終わった、と嘆じた」というふうに描いている。実際にも、政子はしばらく死者と向き合う日々をおくる。しかし政子を試練させ、奮い立たせることが、またまた続いた。頼家がおかしかったのだ。政子の目から見て「不堪」であり、慈円の目から見て「不覚」だった。家臣を信用しないし、蹴鞠で遊んでばかりいる。

　やむなく十二歳の実朝を三代将軍に立てた。ところが実朝もまたかなりの病弱で（疱瘡にもかかった）、和歌の好きな青年将軍にすぎなかった。頼家は幽閉同然の修善寺で二三歳で死んだ。永井も暗示しているが、暗殺説もある。

　政子は一心不乱に神仏詣でをする身になっていった。孤立した将軍実朝は、しだいに北条一族とその周辺の武士団が発揮する土豪的なるものを嫌悪する。実朝の土臭いものを嫌う感情は、義時が和田義盛を討ったことで頂点に達した。急速に貴族化し、和歌を詠み、聖徳太子に憧れて瞑想し、『万葉集』を贈ってきた藤原定家とは書を往復するといったことばかりしていた。

　政子はせめて神仏への帰依を促したく、園城寺に修行していた十代の公暁を鎌倉に呼んで、実朝の心身を慰めるため鶴岡八幡宮の別当にした。公暁は頼家の遺児である。けれども、そんな程度では実朝の孤立はとうてい癒されない。かつて父の頼朝が親しかった九条兼実が失脚して、公家の権力が土御門通親の手にわたっていたことも実朝を孤立させていた。絶対の孤立というべきだった。

大海の磯もとどろによする波われてくだけてさけて散るかも（実朝）
山は裂け海はあせなむ世なりとも君に二ごころわがあらめやも（実朝）

そこへ信じがたいような悲劇がおこった。実朝が公暁に殺された。ハイティーンによる叔父殺しだ。永井はこの暗殺事件の黒幕が三浦義村だろうと推理した。それに気がついたとき、政子はくらくらとする。すべての子を失うことになった政子はもう六三歳である。残されたのは死か、鎌倉三代の菩提を弔うか、それしかない。時代は後鳥羽院の時代になっている。永井は物語をここでぷつりと切った。「火は燃えつづけるのだろうか。私の生きるかぎり……」というふうに。

小説は終わったが、ここから先の政子がいわゆる尼将軍の日々になる。とはいえ、どう歴史の日々を想像しても、政子が政務をしたかったとは思えない。まして策略をめぐらしたとも思えない。むしろ自分の恋と血がかかわった鎌倉三代がこれほど弱体化して短時日に瓦解していったことに悲嘆とも暗澹ともいうべき感慨をおぼえて、これに圧される思いであったろう。母なる政子は、母なる政子として解体したのだ。

現実の日々はそれでも苛酷に進行した。まず将軍を決めなければならない。源氏の棟梁の血族は断絶したのだ。なんとか穏便に事態を継続させて、そのうえで新たな展望に立ち直さなければならない。協議したうえで六条宮か冷泉宮を迎えることにしたが、後鳥羽上皇に拒否された。やむなく九条頼経を迎えることにした。このときたった二歳、のち幼くして将軍になる。飾りでしかない。武家の将軍でもない。当然、北条家が執権として幼少将軍を手助けしなければならなかった。

この事態は、後鳥羽上皇側からみれば、もはや武家政権の継続とは見えないものだった。勝手な公武合体が北条主導で進められているとしか思えない。政子はその疑念をはらすため簾中で政務を司るのだが、時すでに遅かった。後鳥羽上皇が討幕の軍旗を掲げて挙兵した。「承久の乱」である。後鳥羽上皇軍からすれば、執権北条義時の打倒が大義であった。

政子と義時と御家人代表の大江広元らは、鳩首を寄せて対策を練った。迎え撃つか、攻め上るか。談義は二転三転して、打って出た。攻め勝ちだった。後鳥羽院は敗退、隠岐に流された。そのあと、義時が死ぬ。

このあたり、歴史はどんなときでもそうではあるが、後鳥羽院から事態を見るか、政子から見るか、北条義時から見るかでは戦乱の動向にひそむ心情は異なって見える。ぼくは長らく後鳥羽院の立場で「承久の乱」を見てきたのだが、この小説を読んだときばかりは、さすがに政子の身を想像した。政子は辛くも甥の泰時を執権に就かせて戦後処理のすべてを整えると、気絶したまま息をひきとった。

第一一一九夜　二〇〇六年三月二日

［追記］令和四年のNHK大河ドラマは、三谷幸喜による《鎌倉殿の13人》だった。つぶさに見たわけではないのだが、永井路子の数々の「鎌倉もの」を下敷きにして、これに《ゲーム・オブ・スローンズ》や《ゴッドファーザー》の味を加えて、鎌倉殿をめぐるホームドラマに仕立てたようだ。武門という「家（ホーム）」がドラマになったのである。

参照千夜

五二〇夜：村井康彦『武家文化と同朋衆』　一一夜：渡辺保『黙阿弥の明治維新』　三九七夜：親鸞・唯円『歎異抄』　六二四夜：慈円『愚管抄』

ここに昭和を代表する女性作家の
最高の知性が見抜いた真相が疼いている。

野上弥生子

秀吉と利休

中央公論社　一九六四／新潮文庫　一九九二／中公文庫　一九九六

野上弥生子がいない。こんな老媼（ろうおう）はもう出現しないだろう。昭和六十年に九九歳で大往生した。宇野千代も円地文子も瀬戸内寂聴も、この人の一徹と慎ましさにはまったくアタマが上がらなかった。上がらなかっただけでなく、その教養の深さと広さと速さの相手などつとまらない。たとえば能や謡曲については、白洲正子ですらお孫さんのようなものだった。

女性作家として抜きん出ていただけではない。老境に達したフリをした谷崎潤一郎が勝手なものを書いているのを読んだときは、「こんな御座なりを書くほか書くものがなく、また書けないのなら、断ってゆっくり遊んでいればいいのよ」と文句をつけ、これじゃトーマス・マンは日本に出てこないわね、誰もやらないなら私がやらなくちゃと嘆いた。

その野上弥生子がいない。そう思うと、とたんに日本がこれから何を準備しなければならないかということを、背中にギュッと烙印されたような気分になる。もっと読まれるべきである。『真知子』（角川文庫・岩波文庫・新潮文庫）は二十代になったすべての女性が立ち会うために、『海神丸』（岩波文庫・角川文庫）は人間の犯罪が秘める大きな本質を知るために、『迷路』（岩波文庫・角川文庫）は日本の青年知識に巣くう左翼思想の意味を問うために、そして『秀吉と利休』は安易な歴史小説ブームに遥かな頭上から鉄槌を下すべく、それぞれじっくり読んだほうがいい。

少しだけ案内しておくが、大正十一年（一九二二）の『海神丸』は昭和二九年の武田泰淳の『ひかりごけ』（新潮文庫）にはるかに先んじて、人肉を食べる事情をめぐった小説で、人間が人間を食べるという悍ましい主題に真っ向から挑んだ作品だった。

漂流した貨物船のなかの食料がなくなり、食べ物の幻覚に脅かされた八蔵と五郎助が三吉の白い足にふと食欲をおぼえて、船長の眼を盗んで三吉を殺すのだが、血だらけになった死骸は戦慄をよぶばかりで食べられない。この悪夢のような船中の数日間を扱って、高まる緊張を船長が金毘羅信仰をもちつつ、どのように迎えていったかという、息詰まる物語だった。

昭和十一年から二十年をかけて発表された『迷路』は二・二六事件から日中戦争におよんだ昭和の暗部を、東大法科の学生菅野省三の変転を通して緻密に描いた。権力をもった政治家の生き方、財閥に嫁いだ多津枝の宿命、省三の友人たちの死、延安の中国赤軍とのつながり、軍部の策謀などをたくさんの竹を編み包みこむように綴り、最後に、能楽者に「これからの日本は、ああいう青年たちの世界になるかもしれない」という冷めた言葉を吐かせて終わっている。七転八倒する昭和の迷路を、世をすねた能楽者は外から見ているにすぎなかったとも、作者は言いたかった。

おそらくタイトルだけは広く知られているであろう『秀吉と利休』も、いまや〝おばさん茶道〟ばかりで埋めつくされた日本の体たらくに対して、今日なお鋭利な難問を突き付けている作品である。歴史小説のように寝転がっては読めないし、桃山文化への憧れやお茶への愛着があったくらいでは、たちまち弾き飛ばされる。

作者は、秀吉の猛然たる執念が何にあるかをまずとらえ、ついで、その秀吉に愛憎半ばの癇気と情気をぶつけられたがゆえにその本質を見通したかもしれない利休を、ことごとく対比的に描いてみせた。

このように秀吉と利休を対比するのはいまでは常識になっているけれど（井上靖から赤瀬川原平まで）、このような対抗社会的視点を譲歩を許さぬ構えで導入したのは野上弥生子が最初だった。この人は歴史の構想においても、つねに先頭を切っていた。どこかで発言していたが、「歴史の先生に任せていると、ほら、日本の大きな歴史が見失われますでしょう」と言っていた。

作品は、利休が山上宗二の無惨な死にざまを見せつけられたのをきっかけに、ついに秀吉への抵抗を示すところに追いこまれていく様子にさしかかってから、日本文学最高の格調となっていく。利休の心の動きを追う眼として、利休の末子に紀三郎をフィクショナルに設定したのも、この作品を重厚にした。野上弥生子はこれを七六歳から七八歳にわたって悠々と書きつづけたのだった。

というわけで、こういう作品が示す野上弥生子の作家としての赫々とした視野をぞんぶんに知ってほしいのだけれど、他方しかし、この人の生き方を支えるつっかえ棒こそが、いまはもっと不可欠になっているという気分が、いまのぼくにはどうしても先に立つ。そこで、以下は老婆心のようなことを書く。

自分で言うのもなんだが、この千夜千冊には、ときおり『読経の世界』『文房清玩』『蘭学事始』『都鄙問答』『夜学』『明六社の人びと』『蝸牛庵訪問記』『朝倉文夫の青春』『日本の幼稚園』『ハルビン学院と満洲国』『近世数学史談』といった、いわば学舎についての一冊が羊歯植物のように青い葉をつんつんと出してきた。そこから「学びの場の渦流」と「遊びの場の渇望」とがつながって見えてくるようにしてきた。

そのひとつに一三四夜の『明治女学校の世界』（青英舎）がある。そこには木村熊二・巌本善治・植村正久・若松賤子・星野天知らの鮮烈な活動とともに、山路愛山が支援して島崎藤村がにわか先生をした「小諸義塾」のことを触れておいた。数ある明治の学舎のなかでも、とりわけ女性の自覚と奔放にとって、この明治女学校がはたした役割は格別だったからである。

その魅力の発揚にあたっては、むろん木村・巌本らの努力もあったのだが、その名を世に玲瓏に轟かせたのは相馬黒光・羽仁もと子・野上弥生子の三羽烏だった。野上弥生子という静謐で苛烈な生き方は、まずもってこの女学校に始まった。

大分の臼杵の酒造家から東京に来ていた弥生子は、明治女学校時代に一人の青年と会う。それが一高生の野上豊一郎（臼川）で、二人は同郷だった。

やがて弥生子は東大に進んだ豊一郎から漱石を紹介され、寺田寅彦を知る。周囲のすすめもあって弥生子は豊一郎に嫁すとともに、漱石の「門」をくぐり、さっそく「ホトトギス」に作品を書いた。最初は『明暗』で、次が『縁』という小品である。察しのとおり、この『明暗』がやがて姿を変えて漱石の最終作になった。

弥生子が豊一郎と恋をしたのではなく、学問と創作の伴侶に選んだと割り切っていたことは、本人があっさり証言している。弥生子に必要なのは社会と人間の深さだった。

弥生子は恋心のほうは別にちゃんととってあった。その相手というのが『銀の匙』の中勘助（なかかんすけ）なのである。勘助に寄せた恋情については、弥生子は長きにわたって「秘すれば花」を貫いた（いまでは野上弥生子日記も公開されて、有名になってしまった関係である）。

野上弥生子
(1885－1985)

漱石門下の中勘助は、二六歳にして野尻湖畔の僧坊や弁天島の廃屋で孤高の日々をおくるのを好むようなところがあって、弥生子はそういう勘助を慕いつづけていた。それでも叶（かな）わぬものは叶わぬものとして、弥生子はその後も独身を貫く勘助を距離をおいて見続ける。勘助の年齢がかさみ、さすがに身のまわりを見てもらう女性を必要としたときは、弥生子は我が身のごとく心配し、内緒で岩波茂雄に相談をもちかけもした。

結局、そんな勘助に弥生子が二人でやっと再会できたのは、夫の豊一郎の葬儀が終わってからのことだ。同い歳だった二人はすでに六五歳。弥生子の日記を読むと、その一瞬においてなお二人のあいだには清浄な炎が燃えていたことが伝わってくる。

その後の野上弥生子についても、いろいろ知っておいてほしいことがあるが、まとめていえば、女性は知性をもって生き抜くべきだということに尽きている。女性は一途で多様な知性を真ッ正面から内部化し、これを次々に透明な表明によって生きていくこと、そのためには女たちよ、何を捨てるか、何を切り捨てるかという覚悟をもちなさいというのである。

これについては野上弥生子がつねに男のだらしなさを叱咤していたことで、その一貫した姿勢をある程度は理解することができる。たとえば芥川龍之介や安倍能成は弥生子と豊一郎が最も親しくしていた仲間でもあるのだが、それでも芥川については「芥川氏の如き作風ではそうたくさん書けると思うのがはじめから間違いだ」と見抜き、安倍が「週刊新潮」に『戦後の自叙伝』を連載したときは、「予期したごとくつまらない。特色も精彩もない粗い書き方だ。いまの地位にいて、立派な自叙伝など書けるはずがない」と切って捨てている。

芥川や安倍だけではない。だれについてもダメなものはダメ、アホな男はアホな男と切り捨てた。武者小路実篤については「これではダメだ」、志賀直哉には「よせばよいものを書きはじめてしまった」、菊池寛には一貫して「低級である」、佐藤春夫には「浅草の春芝居でやるとよい」、徳田秋声には「キザと一人よがり」と決めつけた。

悪態をついたのではない。問われると、そういう感想をまことに慎ましく、ちょっとだけ寸評するだけなのだ。しかし、その「ちょっと」で社会や流行がぐらついた。いま日本に必要なのは、これなのだ。一寸の刃なのである。

有閑夫人ばかりと付き合うご婦人連にもめっぽう辛辣だった。岡本かの子・藤浪和子・生田花世と会食したあとの日記には、「かういふ人に逢ひ知己になると云ふことは、自分の生活には余計なことのやうな気がする。下らないお饒舌とひま潰しをするだけである」と書いた。ホテルが「お昼間バイキング」を流行させたときは、あの女たちに火をつけたいと笑った。そんなことなら、好きな鼓を打つか（ずうっと鼓を打っていた人である）、能を観ているか（豊一郎は日本有数の能楽研究者）、それともドイツ語などを勉強しているほうがましだったのだ。日記には、七九歳でドイツ語に再挑戦を始めたと出てくる。

野上弥生子を支えているのは、第一にすばらしい知性の持ち主に対しては勇気をもって脱帽する、第二にそのことを黙っていないで表明する。これだった。

最初の尊敬が中勘助に向けられたことは先にのべたとおりだが、ついでは田辺元の哲学と科学に対する挑戦に敬意をもった。また晩年も、倉橋由美子や大庭みな子の新作にその才能を見抜いて、自分もこのようなことを学ばなければならないと述べた。弥生子お気にいりの北軽井沢の山荘は「鬼女山房」というのだが、この鬼女、まことに優美なまなざしと淑女な世界観をもっていた。

これで、野上弥生子がいない日本がいかにヤバイかは少しくらいはわかってもらえたと思うのだが、本人はその原点を最後の最後になって作品に書きこもうと試みた。それが遺作となった大作『森』（新潮社）である。なんと八七歳から十年以上をかけ、未完におわった。

大作『森』で何を書いたのかということを言おうとすると、ぼくはそこで胸が熱くなってしまうのだが、この『森』こそは、まさしく明治女学校の日々のことだったのである。野上弥生子は最後になって、最初の学びの森の意味を日本のわずかな余白に十年をかけて書きこんだのである。

第九三四夜　二〇〇四年二月十二日

参照千夜

六六夜：宇野千代『生きて行く私』　八九三夜：白洲正子『かくれ里』　六〇夜：谷崎潤一郎『陰翳礼讃』　三一六夜：トーマス・マン『魔の山』　七一夜：武田泰淳『ひかりごけ』　一五六夜：井上靖『本覚坊遺文』　五八三夜：夏目漱石『草枕』　一九六夜：島崎藤村『夜明け前』　六六〇夜：寺田寅彦『俳句と地球物理』　三一夜：中勘助『銀の匙』　九三一夜：芥川龍之介『侏儒の言葉』　一二三六夜：志賀直哉『暗夜行路』　一二八七夜：菊池寛『真珠夫人』　二〇夜：佐藤春夫『晶子曼陀羅』　一〇四〇夜：倉橋由美子『聖少女』

井上靖が中間小説を刷新した。
その意図は熊井啓の映画とともに伝わってきた。

井上靖

本覚坊遺文

講談社　一九八一／講談社文庫　一九八四

どこもかしこも焼け焦げていた。東京はトタンやブリキをトンカチで張り付けたバラックで修繕されていた。そんな敗戦まもない昭和二二年、大阪書房の雑誌「新風」で、林房雄（ふさお）が「これからの日本の小説を発展させる道は純文学と大衆小説の中央にある」と発言した。久米正雄がその文芸動向を「中間小説」と呼んだ。

同年、大地書房が「日本小説」を（水上勉の命名）、新潮社は「小説新潮」を、それぞれ創刊した。高見順、丹羽文雄、坂口安吾、武田泰淳、川口松太郎、大佛次郎、獅子文六、広津和郎（ひろつかずお）らが一斉に書きまくった。ついで二誌に加えて戦前からの「オール讀物」「講談倶楽部」、新たな「別册文藝春秋」が中間小説化し、朝日は石坂洋次郎『青い山脈』の、毎日は丹羽『人間模様』の連載を始めた。

バラックが急造ビルとモルタル住宅に変わりつつあった昭和二五年（一九五〇）、井上靖が『闘牛』（文藝春秋）で芥川賞をとった。大阪の新聞社の編集局長が球場で社運を賭けた闘牛大会を開催するという顛末にからむ敗戦直後の昭和の男女の激情と葛藤を描いたもので、新たな中間小説の登場を感じさせた。

執筆当時、井上は毎日新聞の記者をしていた（学芸部副部長まで務めた。部下に山崎豊子がいた）。『闘牛』は毎日の文化事業を次々に立ち上げた小谷正一をモデルにしたものだった。小谷はその後、大阪万博の立役者の一人となり、電通のラ・テ局長になって、戦後日本の中間大衆を演出した男になった（ぼくも或る仕事でそのソフトパワーを存分に浴びたことがある）。

では、小谷をモデルに作家デビューした井上が中間小説を繰り広げていったのかといえば、そうではない。仕事小説、歴史小説、推理小説、自伝風小説、アジア小説、心理小説など、オールラウンドに書きまくった。昭和三二年の『天平の甍』『氷壁』、三四〜五年のユーラシアをまたいだ『楼蘭』『敦煌』『蒼き狼』、三六年の『淀どの日記』、三七年の自伝的な『しろばんば』の連打はめざましい。

いずれも記者仕込みの調べ上げが徹底されていて、そこに人間の「業」のようなものを析出していく並々ならぬ探究が傾注されている。それがやたらに当たった。昭和三五年は西暦一九六〇年なのだが、六〇年代の井上靖の小説は高度成長しつつある日本のべストセラーを代表した。

が、これらは残念ながらぼくの好みではなかった。どこが好みでないのか説明しにくいのだが、どうも「規範」のようなものが想定されていて、作家は眼をそらさずに登場人物たち（とくに主人公）の意志と行為の葛藤を描いているにもかかわらず、物語の中では「規範」が残ったのか破られたのかが伝わってこないのだ。おそらく採り上げた人物がその時代状況の社会風土を反映しすぎていたからだろう。

ところが、今夜とりあげた『本覚坊遺文』は、そこを破っていた。鬱屈と奔放が「規範」の影を浮き彫りにしているところが描かれて、いろいろ考えさせてくれた。

本作は井上靖七四歳の最後の作品に近い。利休を描いた。利休を描いたのだが正面から扱わず、本覚坊という半ば架空に設定されたような弟子が遺した文書を通して利休の謎や秀吉や有楽斎や織部らの模様に迫るという手法をとった。

その文書をたまたま見いだした著者が、適宜手を入れ、読みやすくしたという恰好になっている。だから全編が本覚坊の喋り言葉にもとづいた告白小説なのである。複雑に輻湊する利休の周辺の出来事が、出汁の効いた細うどんを食べるような、滋味深い味に仕上がった。

念のために言っておくが、本覚坊は実在していた。天正十六年と十八年の茶会記に名前だけは見えている。本覚坊の手記のようなものはいっさい残ってはいない。歴史の裂け目に埋もれていった男なのだろう。井上靖最晩年の想像力による時代記だった。

歴史上の出来事を舞台にする作家なら、一度は利休を扱ってみたい。その生と死を扱ってみたい。なぜ利休は茶を大成できたのか、なぜ殺されたのか。何が秀吉を怒らせたのか。そこにはどんな人物がかかわっていたのか。これらの謎は物語にするにはうってつけだ。ところが、これが意外に手こずる。

だいたい実朝、世阿弥、西行、一休、利休、宗達、芭蕉、近松、歌麿、蕪村、秋成、北斎といった、日本を代表する「束ねた文化」を小説にするのは、作家によるよほどの工夫が必要だ。実際にもあまりいい作品がない。世阿弥には杉本苑子（そのこ）の『華の碑文』（中公文庫）が、西行には辻邦生（くにお）の『西行花伝』（新潮文庫）があるものの、必ずしも容易ではなかった。たとえば山崎正和のデビュー戯曲『世阿弥』（河出書房新社）は、ぼくなどにはかなり不満なものだった。北斎小説ばかりは大モテのようだが、芭蕉や近松や秋成にはまったくろくな小説がない。ぼくの印象では、一休や良寛を書いた水上勉（みずかみつとむ）が一等抜きん出ていたろうか。

利休についても同断だ。利休については野上弥生子の『秀吉と利休』が早くからの成果となって、その後、何度も利休をめぐる小説や評伝が試みられたにもかかわらず、あまり成功しなかった。野上の『秀吉と利休』は、利休が堺で朝の目覚めをする場面からはじまり、利休が自信に満ちて静かに自害するまでを、あくまで利休の意志において描いた大作で、利休より先に秀吉の勘気にふれて耳と鼻を削がれて殺された山上宗二が隠れた鍵を動かしていくという構成をとった。野上はこの作品を七六歳から七八歳にかけて「中央公論」に連載したのだが、きっと組んず解(ほぐ)れつだったろう。利休に向き合うにはそれなりの格闘がいる。

そんなわけでなかなか利休小説は成功しなかった。ぼくが読んだ範囲では三浦綾子の『千利休とその妻たち』（主婦の友社→新潮文庫）が多少の収穫だったけれど、これは主人公が妻のおりきになっていて、利休のことにはほとんど突っこまない。そこで利休を深めるには、どうしても村井康彦らの歴史研究で空腹を癒すということになる。

そういうなかで『本覚坊遺文』は独得の燐光を発してみせた。「侘数寄常住(わびすきじょうじゅう)」のせいだと思う。

侘数寄に生きた男たちの心は日々の「規範」からずれたところにいる。ともに「師」を前にして、その逸脱が克明になる。茶の湯を通して「侘数寄常住」を試みた逸脱者たち、利休、有楽斎、宗二、織部、宗旦(そうたん)らを、いまはすっかり「おばさん」化してしまった茶道の体たらくの中で、何かを抵抗させる光にしたかったにちがいない。それには師弟の関係を濃くはしたくない。巧みな手法だが、すべての出来事を本覚坊の丁寧な言葉づかいによる回想の裡におい た。「それからまた師利休が東陽坊さまにお贈りした今焼茶碗をお取り出しになって、私の前にお置きくださいました」というぐあいだ。

井上靖は運命の変転を描くのがうまい。『天平の甍』(中央公論社→新潮文庫)、『風林火山』(新潮文庫)、『敦煌』(講談社→新潮文庫)は大評判になった。この得意は『淀どの日記』(文藝春秋→角川文庫)や『額田女王』(毎日新聞社→新潮社)などにも発揮されている。

切れないはずのナイロンザイルが切れるという一事に、死んだ小坂と残った魚津のアンビバレンツな関係を絡ませた新聞小説『氷壁』(新潮文庫)は、歴史的な運命を今日化させていた。ただ運命の結末を描ききるためだろうが、途中が推理仕立てに終始するきらいもあった。そこが本作では運命を見つめる本覚坊の息づかいが充実した。

桃山・慶長期、秀吉・秀忠によって宗二と利休と織部が続けて殺され、高山右近と本阿弥光悦と上田宗箇らが辺境に立ち止まらされたのである。近世の茶の湯にはそういう運命や宿命がつきまとっていた。必ずや栄達の脇に生と死の危うい境界線があった。それを描くには、本覚坊の寸づまりな息づかいや思いが必要だったのである。

そのぶん井上は、茶の湯の道具や作法のいちいちに分け入らなかった。それがよかった。茶数寄の用語はそこかしこにちりばめられてはいるのだが、ごくあっさり処置された。とかく茶の湯まわりの話はくどくなりすぎる。数寄者たちにもくどい連中が少なくない。くどくなっては、侘びはない。これはかつて川端康成が茶の湯をからかった『千羽鶴』（新潮文庫）でお節介にも警告したことだった。昭和二四年の長篇だ。

念のため書いておくが、利休のことは、史実としてはわからないことのほうが多い。出身地の堺にも何も残っていない。ぼくはいま帝塚山学院に教えに行っていて、一晩をたいてい堺のホテルに泊るのでときどき近辺を探索してみるのだが、南宗寺（なんしゅうじ）をはじめ何も訴えてはこない。最近やっと秀吉の大陸制覇の野望について史料を見るようになって、利休が朝鮮との交渉役に立てられた顛末の一部を知るにつれ、なるほどここに切腹の伏線があったかと合点はしたのだが、まあそれくらいだ。

茶の湯は亭主と招かれた客のあいだにあるもので、「主客の関係」が侘数寄の歴史なのである。心なのである。そこを確立したのが利休だ。必ず「主」と「客」が関与する。これは書きにくい。記録にのこるのは「会記」というものだが、そこには作事作分（さくじさくぶん）の取り合わせは記されるけれど、心情的なことや人物のことはまず触れられない。

侘茶は自分にこだわっては茶にならない。国や出身や職業にもこだわらない。村田珠光（じゅこう）にしてすでに「和漢のさかいをまぎらかす」なのである。武野紹鷗（たけのじょうおう）にして連歌の延長なのだ。それゆえストイックに道具の取り合わせのことのみを記して、その由来や作者のことなどは茶会記は説明しない。それでも桃山の茶会のことがわかるのは、当時の豪商や公家や僧侶たちの日記などの記録を研究者たちが丹念に組み上げていったからだ。のちに熊倉功夫さんが「茶道学」という呼称を提案したけれど、まさにそう名付けたくなるほどに茶の湯の研究者というもの、見えなかった茶の文化を見えるようにしてきた。しかし、だからといって侘びの心が立ち上がるわけではない。侘びはあくまでそこに漂っていた「不足の気配」のことなのである。

ところで『本覚坊遺文』は、平成元年（一九八九）に熊井啓によって《千利休 本覺坊遺文》という映画になった。よくできていた。本覚坊を奥田瑛二が、利休を三船敏郎が、秀吉を芦田伸介が演じた。

熊井は帝銀事件をドキュメンタルに仕上げた《帝銀事件 死刑囚》で監督デビューして、《黒部の太陽》や《地の群れ》などの大作をこなしたうえ、三浦哲郎の小説をモノクロームに透き通らせた《忍ぶ川》、「からゆきさん」をテーマにした《サンダカン八番娼館》、終戦直前の米軍捕虜の臨床実験を扱った遠藤周作原作の《海と毒薬》などで、重い社会の畝を描き切るというぎりぎりの映画づくりをやってのけた監督である。井上靖のものは昭和五五年に《天平の甍》でとりくんでいた。《千利休》は、その井上作品に《海と毒薬》で主人公を演じた奥田瑛二をもってきて、みごとに茶の湯文化を突き刺した。

熊井の映画は、ある意味で戦後の「昭和」を代表した。そこには武田泰淳から松本清張までが、抉（えぐ）られた。実は《ひかりごけ》を映画化したのも熊井なのである。こうしてみると、井上靖を「中間小説」扱いしているようでは、まずかったのだ。平成の世は昭和を放棄しすぎている。

第一五六夜　二〇〇〇年十月二四日

参照千夜

六七四夜：水上勉『五番町夕霧楼』　八七三夜：坂口安吾『堕落論』　七一夜：武田泰淳『ひかりごけ』　四五八夜：大佛次郎『冬の紳士』　九三四夜：野上弥生子『秀吉と利休』　一一八夜：世阿弥『風姿花伝』　七五三夜：西行『山家集』　九二七夜：一休宗純『狂雲集』　九九一夜：松尾芭蕉『おくのほそ道』　九七四夜：近松門左衛門『近松浄瑠璃集』　八五〇夜：『蕪村全句集』　四四七夜：上田秋成『雨月物語』　一〇〇〇夜：『良寛全集』　一〇一三夜：三浦綾子『細川ガラシャ夫人』　五二〇夜：村井康彦『武家文化と同朋衆』　五三夜：川端康成『雪国』　一〇四六夜：熊倉功夫『後水尾院』　二八九夜：松本清張『砂の器』

男の綴る明智光秀を、
女もしてみむとてガラシャするなり。

三浦綾子

細川ガラシャ夫人

新潮文庫　全二巻　一九八六

三浦綾子は『氷点』で話題を攫(さら)ってから、初めての歴史小説となった『細川ガラシャ夫人』を書くまでに、ほぼ十年をかけている。ぼくの母は『氷点』（朝日新聞社→角川文庫）以来の三浦ファンで、「主婦の友」に連載が始まったガラシャの物語をとてもたのしみに読んでいた。

この作家は苛酷な病魔と闘いつづけた作家である。雪の旭川に生まれ、長じて七年間ほど小学校で教鞭(きょうべん)をとったのち、敗戦直後に肺結核に続いて脊椎カリエスに罹(かか)って病床のままキリスト教の洗礼を受けた。昭和三四年に結婚して雑貨業を夫と営むうち、そのかたわらで書いたのが『氷点』だ。朝日新聞が一千万円懸賞小説と銘打った賞の入選作品だった。北海道作家として『挽歌』（東都書房→角川文庫）の原田康子と並び称された。

が、この作家は幸甚きわまりないデビューに溺れず、一作一作に研鑽した。そのせいか『積木の箱』（朝日新聞社→新潮文庫）も大ヒットして、映画やテレビドラマにもなった。三浦綾子の名はこういう事情でたちまち広まったので、さぞかし大衆的な作家だろうとタカをくくりたくなるが、まったくそうではない。四作目の『塩狩峠』（新潮文庫）を読むとわかるように、そこには神と人とのあいだの原罪と贖罪を激しく問う姿勢が貫かれてきた。ぼくは、とりわけ『母』（角川文庫）を読んでガツンとやられた。『母』は小林多喜二の母セキの目で惨殺された多喜二の生涯を追跡した。

そういう三浦綾子がガラシャを書けばどうなるか。ぼくの母がこれをどんなふうに読んだかはいまとなっては知る由もないけれど、しばしば母を思いながら読んだことを思い出す。

細川ガラシャ夫人は本名を玉子（玉）という。ガラシャは洗礼名のグレーシアが桃山ふうの日本読みになった。玉子の父親は誰だったか。周囲の多くの連中が知らなかったのでやや驚いたのだが、玉子の父は明智光秀である。この父をもったということに、玉子の第一の、そして決定的な宿命のルーツがあった。

玉子の母親のほうは妻木勘解由左衛門の家から光秀に嫁いできた。そこにも多少の宿命が投影するのだが、その玉子が嫁いだ先が細川家の忠興だった。細川幽斎こと細川藤孝の長男だ。のちに茶数寄の名人の一人と評された藤孝＝幽斎には、将軍足利義晴の御落胤だという噂がつきまとう。

その藤孝の子の忠興と玉子の結婚は信長の命令によっていた。ここに第二の宿命が待っていた。あとで説明するが、細川家という弱肉強食の世で延命を重視する家の事情も関与した。しかし第三の、そして玉子にとっての最大の宿命は、玉子が育った時代そのものが喉の奥まで当時の男と女の定めを咥えこんでいたということだ。玉子ガラシャが光秀の娘であったこと、信長の命令によって十六歳で細川家に嫁いだこと、その父が信長を暗殺したこと、それらすべてが玉子を変えた。

玉子はデウスを信じて受洗した。夫に相談せずにキリシタンになった。これで玉子の生涯が決まらないはずがない。案の定、関ヶ原合戦の戦端が開かれた当夜、玉子は三八歳で自害する（実際には自害ではなく家来に殺させた）。

と、いうふうに、ふつうなら記述する。けれども三浦綾子はそのようにはこの物語を書かなかったのだ。玉子はみずからキリシタンとしての第四の、神に導かれる宿命を選んだと書いた。玉子がガラシャとして選んだ死は自害ではなく、家老の小笠原少斎に討たせた天礼への昇華だったのだ、と。

もっとも、これだけではガラシャ玉子の波瀾万丈の宿命の物語はわからない。父・明智光秀の謀反はどう玉子にかかわったのか。光秀が信長を本能寺に襲ったことは玉子にとってどんな意味だったのか。夫の細川忠興は玉子をどう見ていたのか。キリシタンたち、たとえばパウロ三木や高山右近はどんな役回りだったのか。説明しないとわからないことが多すぎる。しかし三浦は、玉子が夫の細川忠興には決意を秘めてキリシタンに走っても、父の光秀に背いたことはなかったことに着目する。

明智は美濃の可児あるいは恵那に居城をもつ土岐一族の一門で、水色桔梗の紋で知られる。明智家は光秀の青年期に急成長の斎藤道三一族の勢力に押され、いったん越前の朝倉義景に仕えることになった。玉子が生まれたのはその越前でのこと、永禄六年(一五六三)だった。三女である。

すでに桶狭間の合戦もあって、今川義元は敗死していた。光秀は不遇だった。玉子が五歳のときに、やっと信長に重用された。光秀と信長の関係にはいろいろ複雑なところがあってなまなかではなかったが、なかで一番有名な関係は、光秀の叔母が斎藤道三に嫁いでいたこと、道三と叔母のあいだに生まれた濃姫が信長に嫁いで、やがて正室となったことである。これだけでも光秀は信長の掌中に入らざるをえない。道三も義理の父となって信長傘下に組み込まれたのである。

光秀はことごとく信長に翻弄された。それでついに謀反をおこしたということになっている。しかし必ずしもそれだけの理由で光秀が「敵は本能寺」と決断したかどうか、大いに疑問がある。三浦もこの小説の三分の一ほどをつかってその疑問を投げかけた。

明智光秀ほど歴史上の評価が定まらない武将はいない。主君に謀反をおこしたために逆臣のレッテルを貼られ、「三日天下」の戦略戦術家としてもまったく計画性がなかったかのようにケチをつけられてきたが、日本史上、そんな謀反者はザラにいたのだし、そういう連中はたいてい計画性がなく破滅した。うまく立ち回れたのは尊氏や家康くらいのものなのに、そんななか、なぜか光秀ばかりが嫌われた。

その一方で、光秀には秀吉の「中国大返し」のあと、山崎で農民の槍に突き殺されたのではなく、辛くも逃亡して生きのびたという奇怪な説が早くからつきまとってきた。落ちのびて姿を変えて怪僧天海として活躍したというのは半村良が『産霊山秘録』に採用した突飛な話だし、これも半村が好んだのだが、坂本龍馬が明智一族の血を引いていたという一部の地方文書から、きっと光秀は土佐にまで流れていったのだという説もある。そもそも光秀は本能寺に信長を討ってはいないというさらに突飛な説も、八切止夫をはじめいくつもあらわれた。光秀が本能寺に着く前に、信長はすでに光秀ではない者たちに包囲されて自害していたというのだ。

最近では、静岡大学の小和田哲男がそういう説なのだが、光秀が逆臣や謀反人扱いをうけたのはほんのちょっとした〝差〟によるもので、ごくわずかに時計の針が変わっていたら、秀吉以下、何人もが信長を殺して逆賊になっていただろうというのが定説になっている。

光秀を描いた小説では藤沢周平の『逆軍の旗』（文春文庫）が、光秀は秀吉との対決のために「お主殺し」をひらめいたというふうになっていて、秀吉が光秀との事前の争いに勝っていれば秀吉こそが信長を殺していただろうと暗示されている。ちなみに藤沢は、戦国武将のなかでは明智光秀に最も惹かれてきたとどこかに書いていた。


玉子は、そういう毀誉褒貶定まらぬ光秀の娘なのである。たえず時代の波濤に振りまわされ、砂に足をとられ、そのつど天空を仰いで踏みとどまった。この小説では玉子がキリシタンに惹かれる経緯に多くのページを割いているのだが、むろんそこにはいくつもの分岐点があった。

六歳のときに信長がルイス・フロイスを引見した。日本が巨きく見えた。七歳のときに父の光秀が京都奉行になった。光秀が暇にまかせて開いていた軍学塾の評判を信長が知って登用したためだ。けれども光秀はこの職には満足していない。ある事情で知り合った年下の細川藤孝（幽斎）から将軍足利義昭を紹介されて、そのころはむしろ将軍のほうに敬意を払っていた。

ところが藤孝が信長の配下になってからは信長の言うことを聞くようになり、坂本に入った。信長は楽市楽座のあと、坂本を拠点に比叡全山を焼く。やむなく光秀はこれを扶（たす）けたが、一方で僧侶を逃がしていたとも言われる。のちに光秀が天海だったという風聞が流布したのは、このときの光秀の配慮を比叡の僧がおぼえていて流布したのだという説もある。

信長は巧妙に立ちまわる光秀の使い道を考えていた。秀吉と競わせるようにも仕向けた。玉子が十二歳のときは、藤孝の息子与一郎と玉子が同じ歳なのを知って、「おまえたちは一緒になるとよい」と言った。二人に言ったのではなく、父親の幽斎にそう諭（さと）した。その通りになった。与一郎は青年忠興として玉子を迎えた。天正六年（一五七八）、互いに十六歳である。信長は二人の結びの神などではなく、藤孝の子を光秀の娘と縁組させておきさえすれば、操りにくい光秀を動かすときに細川家を使えばよいと見抜いていたのである。細川が強い側に靡（なび）く一族であることを読んでいたのである。

細川家に嫁いだ玉子が安穏な結婚生活をおくれたわけがない。忠興は幽斎藤孝とともに石山本願寺攻めに出陣して、執拗（しつよう）頑強な抵抗に手こずっていたのだから、留守がちだ。玉子は最初から一人で生きることを強いられた新妻だった。そこであるとき紹介された清原佳代とちょくちょく会うようになっていく。清原家は細川家の親戚にあたる高位の公家で、佳代はその息女。玉子がデウスを知るのはこの佳代からのことだった。清原枝賢は興味深い公家である。唯一神道の吉田兼倶の曾孫にあたっていて、和漢に通じる宮内卿でありながら、前代未聞のキリシタン公家になった。そのきっかけというのが、松永久秀がキリシタン封じ込めとして画策した法華宗徒と宣教師ガスパル・ヴィレラとの宗論に立ち会って（ロレンソ了斎が代理した）、かえってキリシタンに感動してしまったというものだ。この前後に高山右近の父親の飛騨守もキリシタン宗論に参加しておおいに感化をうけ、高山ダリオとして入信していた。この時代の激しい価値観の変動を象徴する。

結局、その父親の感化が娘におよび、清原佳代は玉子の侍女となり玉子を感化していく。ついには清原佳代は清原マリアとなり、玉子が細川ガラシャ夫人になった。清原家はそういう扇が閉じて開いていく役割をもっていた。ちなみに松永久秀は茶の湯の文化史では名器「平蜘蛛の釜」を所持していた茶の湯大名としても有名だが、それをほしがった信長に逆らい、信長に烈火のごとく怒られて、釜を城から落として自害した。こういう男も目白押しだった。

ここから先、光秀が本能寺に信長を討つまでに数年しかたたない。また、この間、キリシタンの動向が有為転変するのもまことに慌ただしい。その劇的な事情をつぶさに知ってみることは日本史を新しい観点から読みかえるにも急務のことであろうと思うのだが、この小説ではとりわけ高山右近が重視されている。

安土桃山期のキリシタンの動きは、日本史を新たな光で浮上させる。とくに九州の大友宗麟（そうりん）や大村純忠（すみただ）の西国の動向が先行して目立つけれど、それをべつにすれば畿内の動きこそさまざまな可能性に満ちて大きく、もしそのまま日本の中央部にキリスト教が定着していたら近世日本は見ちがえるほどに変わって、ルネサンスのような稀有（けう）の充実がおこっていただろうと想わせる。受け手もいた。そこに登場してきたのが畿内キリシタンで光となり陰となっていた高山右近だった。

さきほど書いたように、すでに右近の父親がヴィレラによって高山ダリオになっていた。当時は大和沢（やまとさわ）城の城主だ。この城に宣教師ロレンソを招いたとき、高山一族は大半が受洗した。右近が十三歳のときのことで、これが高山ジュスト右近の誕生になる。右近はその後、父が高槻（たかつき）領主和田惟政（これまさ）の家老となると摂津（せっつ）に赴き、そこから京都布教に精を出し、教会やセミナリヨの建設に尽力する。天正三年に建った三層に聳（そび）え輝く聖堂いわゆる南蛮寺（なんばんじ）は、フロイスとオルガンティーノの指導にもとづいて、ほとんど右近がプロジェクト・マネージャー役を引き受けて完成させたものだ。

玉子はそんな右近の噂を聞いて憧れていた。ところが信長が光秀に荒木村重（むらしげ）を攻めさせたとき、右近が信長側についたと聞かされて気が動顛した。玉子の姉が荒木の嫡男に嫁いでいて、それを父の光秀が攻め、そこに右近が加担しているように見えたからだ。が、右近はやむなくそのような行動をとっただけで、やがて信長がそのような右近に心証をよくすると、キリシタン布教の拡張を願い出ることに奔走した。

玉子はそうした右近の心映えを知り、しだいに自分も右近のような覚悟をもつことを決意しはじめるというのが、この小説の伏線になっている。

ついでに書いておくが、右近のその後も劇的だ。本能寺に信長が討たれると、明智方に加担していた多くの関係者が討たれるか左遷されるのだが、そのなかに三箇（さんが）アントニオやパウロ三木もいて、ことごとく殉教した。難を免れた右近は秀吉によって大坂に移された教会やセミナリヨをいっとき引き受けるものの、突然のバテレン追放令によって苦境に立たされ、秀吉から拝領した明石も財産も捨ててしまう。このとき右近を受け入れたのが加賀の前田利家である。ジュスト右近は能登に迎えられ、ここにキリシタン小国をつくろうとする。慶長元年前後のことだった。

利家は右近をおもしろがって、さらに能登に二館、金沢に一館の聖堂を建てさせた。内藤ジョアンが右近のもとではたらいた。しかし家康によるキリシタン全国迫害がはじまると、能登・金沢のキリシタンたちは七尾（ななお）の本行寺（ほんぎょうじ）に隠れ、右近もついにマニラに流される。その後の右近がどうなったかは、もはや今夜の主題をはるかに超えている。詳しくは、本書同様に、ある意味ではそれ以上の傑作キリシタン小説である加賀乙彦（おとひこ）の

『高山右近』（講談社文庫）を読まれるとよい。泣かずにいられない。

話が先に進みすぎたので書きにくくなってしまったが、では、グレーシアことガラシャ玉子がどうなったかである。手短かに紹介しておく。

玉子は二度にわたって寂寞の地に居することを強いられた。最初は丹後宮津に、次には丹後の味土野に。最初の宮津は細川忠興の居城になったのだから左遷でも幽閉でもないが、実情はそれに近かった。味土野のときはまさに幽閉だった。父が信長を討ったことを咎められての、夫と別居しての居宅幽閉。忠興は秀吉の手前、これを受容した。しかし先にも書いておいたように、細川一族はこのような延命策をとるのは得意だったのである。三浦はこのころの玉子が毎晩泣いていたと書いている。二年後、玉子はやっと大坂の忠興のもとに戻ることが許されるのだが、もう夫のことなど何も信用していない。忠興は玉子の留守中に側室に子を産ませていた。

玉子は決断をする。清原マリアの先達でバテレン禁断の『こんてむつすむん地』（キリストにならいて）を読み、これをすべて暗記すると、天正十五年（一五八七）に入信して、セスペデス神父とコスメ修道士の導きのもと、晴れて細川ガラシャ玉子になった。

これを聞いた忠興は驚いて、キリシタン信仰を捨てることをガラシャに迫るのだが、玉子は動じない。そのうち忠興は秀吉の暴挙に加わって朝鮮に渡り戦場を駆けめぐる。

どちらにせよ玉子は放っておかれたのだ。忠興は二千余の首を挙げて帰ってきた。けれどもそんなことが玉子に快挙に見えるはずはない。

その後に秀吉が死ぬと、天下は大荒れとなり、戦国の世を駆け抜けたすべての武将が敵味方に分かれることになった。五大老の一人の家康と五奉行の一人の石田三成が眦を決して対立した。このとき三成が前田利家に近づき、家康が利家と対立した。満を持していた細川家は密かに家康についた。利家のほうには高山右近の動静がある。玉子は固唾をのんで成り行きを見守りつつも、信仰を深めていた。

ここで三成が軽挙に走った。細川忠興に家康暗殺の計画を相談したのである。慶長四年（一五九九）、利家が死んだ。事態は家康のほうにぐらりと動く。加藤清正・福島正則・黒田長政らは三成を討つ気になっていた。これに忠興も加担した。家康は敵であってもこのような翻意をよろこばない。家康は細川を討つつもりになった。そこで細川家は懸命の釈明に出る。人質も差し出した。翌年、家康は細川を許すかわりに、忠興に三成征討を命じた。

関ヶ原の一戦の裏で何がやりとりされたかは、想像を絶する。その大半がフェイントと裏切りと寝返りと虚偽で塗りつくされていた。なかでも忠興・三成の関係が玉子の生死を決めた。それがまた関ヶ原の運命を左右した。忠興は玉子を残して出陣するのだが、これを見て三成が打った手が、忠興を制して細川家を締めあげれば家康が折れてくるという勘違いの読みだったのである。三成は細川が寝返りすると思いこんだのだ。

三成はそれを勘違いとは思わずに、そのため早々に加藤清正・福島正則・黒田長政の妻子を人質にとることを決めた。そんなことしか思いつかなかったのではなく、この時代はそんなことしか戦乱の発端にならなかったのだ。その人質の重要な候補に細川邸に残るガラシャ玉子がいた。

こうして三成が家康打倒の兵を挙げたのが慶長五年の七月十七日である。三成挙兵の報を知ると、ガラシャ玉子は家人に申し渡して、居宅から一歩も動かずに死を待つように言い渡した。それから数刻後、三成の使者が玉子のもとにやってきた。玉子は一人部屋に入ると白無垢（しろむく）を着て、天主デウスに祈りを捧（ささ）げた。そして、「明智の一族はすべて非業の死を遂げる」とそっと加えた。つづいて家来を呼ぶと火を放たせ、家中に火薬を撒（ま）かせた。みずから絹をかぶり、そのまま轟音（ごうおん）とともに果てた。三八歳の昇天だった。

キリシタンは自害を禁じていた。それを玉子は守ったのである。その日が必ずくると信じて――。しかしやってきた宿命は家来に自分を殺させることだった。三浦綾子は苦々しく書いている。「玉子の死は大きく徳川方の士気を鼓舞し、結束を固めることになった。天下分け目の関ヶ原の合戦において、徳川方を勝利に導いた一因に、実にこの玉子の死があった」というふうに。

そして、さらにこう書き継いで、この小説を閉じた。「逆臣光秀の娘という恥を見事に雪ぎ、立派な最期を遂げた玉子のことを思うと、わたしはふっと、あのホーソンの『緋文字』の女主人公が浮かぶ。罪ある女としての印の緋文字を終生胸につけなければならなかったその女主人公は、信仰と善行とによってその緋文字を罪のしるしから尊敬の印に変えてしまったことを思う」。

細川ガラシャ夫人のことを、なぜぼくの周辺の連中は何も知らなかったのだろう？ 昭和は日本の歴史の影を縫いとる最大のミシン工場だったのに、なぜぼくの周辺はのほほんとしたままなのだろう？

第一〇一三夜　二〇〇五年三月十四日

参照千夜

九八九夜：半村良『産霊山秘録』　八一一夜：藤沢周平『半生の記』　一四七四夜：ホーソーン『緋文字』

こんなに凄まじい小説は、他にはなかった！
昭和を切り裂く透明きわまりない「負の文学」だ。

大原富枝

婉という女

講談社　一九六〇

大原富枝が、婉の自筆の手紙を高知の図書館で見たのが昭和十九年のことだったという。ぼくが生まれた年だ。大原は三二歳。それから婉を見つめる日々が続いた。いや続くはずだった。ところがそこで若いころに罹った結核が再発して、副作用の強いストレプトマイシンを浴びる日々になった。そのため『ストマイつんぼ』（女流文学者賞）が先に作品になった。昭和三一年のことである。

それから四年をへて、大原はついに婉を書く。土佐の野中兼山の娘の物語がこうして『婉という女』になった。娘の物語なんていうものではない。そこには爪先立たなければ見えないような社会生命の境界と、もしも来し方行く末など見まわしたりしたら寂しくてしかたがないような、そんな「絶対的な孤絶」というものが物語られていたというべきだ。

ちなみに、同じ高知出身の宮尾登美子は大原の一四歳年下になる。さらにちなみに同じく高知の歯科医の家に生まれた倉橋由美子は宮尾の九歳年下だ。いずれもとびきりの作家だった。

大原富枝が文学の寸前に立って、その懸崖の先を見据えてきた作家であることは、もっと知られてよい。もっと味読されてよい。その結実した作品は譬えようもないほど端然として、譬えようもないほど澄んだ志操を貫いている。

大正元年に吉野川をさかのぼる石鎚山系に囲まれた吉野村（現・本山町）の寺家に生まれた大原は、あまりにも病弱の子であったようだ。その地では体の弱い子は「ふでご」といって、丈夫な子を育ててきた家に預ける習わしがあったらしく、大原も近くの農家に名前を「はな」と変えて「ふでご」として預けられた。

成績のよかった大原は高知女子師範に進みたい。そのころは高知在住者しか師範には入れなかったので、まずは高知市立の高等小学校に入るために親戚の浜田家に寄留入籍をし、またまた名前を「浜田富枝」と変えた。こうした姓や名の変更がどれほど乙女の魂に突き刺さるものかはわからないが、のちのちの大原の作品を読むかぎりは、そこには宿命の階に足をかけてしまった者の予兆のようなものが影法師のように動いていたようだ。

女子師範は全寮制である。奔放な大原はそれになじめなかったのか体調を壊し、四年生のときに教室で血を吐いた。それから十年が吉野村での結核療養生活になる。

この時代の結核はしばしば死の病いであったけれど、それにしては長い幽居だった。十八歳から二八歳といえばどんな嬉しいことがおこってもおかしくないが、大原は自宅に籠って、ひたすら文筆に生きることを志した。やがて昭和十年に「令女界」に入選したことが弾みになって、二年後には保高徳蔵の主宰する「文芸首都」の同人になった。ここは芝木好子や田辺聖子や佐藤愛子を輩出した登竜門で、のちになだいなだ、中上健次、津島佑子も加わっている。二九歳、作家としての器世間をこの身で感じるために上京した。

べつだん大原の生涯を辿るつもりはないのだが、そのほうが「婉」が見えてくる。また「婉」が見えたほうが大原富枝も見える。

ここで『婉という女』のおおざっぱな筋書きを書いておくと、これは悲劇というにもあまりに酷薄な女の一生の話なのである。目頭が熱くなるというのもいささか安易な言い方で、ぼくはどちらかといえば胸を潰すようにして読んだといったほうがいい。

婉の父親は土佐藩執政だった野中兼山である。寛永から明暦をへて寛文におよんだ藩政を動かした。兼山についてはいまなお評価が真っ二つに分かれている。ひとつは比類のない経世家で秀れた儒学者であったとするものだが、もうひとつは藩政を支配して領民収奪の鬼となったとみなすもの、この両者の意見が互いに譲らない。

　兼山自身は領民の労役が領民の繁栄に贖われてあまりあるという信念をもちつづけたが、そこは苛政と善政とが二つながら同居せざるをえない封建社会でもあった。

　兼山が土佐に導入した儒学は南学である。南村梅軒という学僧が天文年間に土佐に来て、吾川郡弘岡村の豪族吉良宣経を頼って広めた儒学が、その後、忍性、天室、谷時中をへて兼山に伝わった。ただしこの南学は中世以来の儒仏の合体したところがあるものだったので、兼山は時の幕府の傾向を見て（林羅山の時代である）、そこから仏教色を削ぎ落とし、独自の朱子学の深化と応用に努めるようになった。

　この徹底が兼山の道徳主義と実用主義を走らせた。またたくまに兼山は藩政改革を実現し、河川の治水・森林の経営・商業の利得に異様なほどの効果をもたらした（南学についてはかねて興味のあるところで、山崎闇斎とも深い関係がある。第一〇九〇夜の『徳川イデオロギー』など参照してほしい。また長浜に雪蹊寺という寺があるのだが、ここに梅軒門下の天室が住して南学道場の趣きを呈していたことがあった。気になっている）。

　ここは兼山の話をするところではないので藩政改革についてはかいつまむにとどめる

けれど、知れば知るほど兼山の改革はたしかにものすごい。ただ、いろいろの方針が混じっていた。用水路の建設、田野の開墾、港湾の改修などは抜群の成果だが、長崎からの砂糖の買い付け、米価の統制、米の売り惜しみの禁止、火葬の禁止、新枡（しんます）の決定あたりになるとかなりギリギリの施策となって、さらに年貢の金納化、領民の踊りと相撲の禁止、茶や鰹節（かつおぶし）や油や野菜の専売制の強行となっては、ついに農民・漁民・商人・職人のいずれもが苦境に立たされた。

改革は長引くにつれて矛盾が出てくる。ロベスピエールもレーニンも毛沢東もそれで失敗した。家中（かちゅう）には兼山の方針を疑い、その人格を嫌う者がしだいにふえていく。こうして兼山は反対派の策謀によって失脚し、蟄居（ちっきょ）させられる。最後は自殺とも病没とも諸説が入り交じるような死に方をした。家臣には殉死する者、慨嘆する者が続出した。そこに追い打ちをかけるように野中家お取り潰しが裁定された。藩内をめちゃくちゃにした悪の張本人だという容赦のない沙汰だった。

残された家族たちこそ悲惨であった。「門外一歩」が許されない。誰と会うことも許されない。長女は嫁いでいたのに宿毛（すくも）に送られて死に、長男は病死、次男は心を病んで死に、ことごとく男系が途絶えていく。娘三人の寛・婉・将とその母たちは幽居させられたまま外出もかなわず、実に四十年を世間と交わらずに暮らした。

四十年はあまりにも長すぎる。ほとんど人の一生である。けれども母も娘もこれに耐えに堪えた。何度もみんなで自害し果てようかとも思いつめたが、次兄の死を目の当たりに見て、必死に生き抜くことを選んだ。では、四歳のときに幽閉が始まった婉はどのような女になったのかというのが、この小説の壮絶な内容になる。

大原は、この物語を婉に語らせた。冒頭は、ついに四十年にわたった幽閉が解かれたところ、「わたくしたち兄姉はだれも生きることはしなかったのだ。ただ置かれてあったのだ」と始まっている。婉はそのときもう四三歳になっていた。この冒頭だけですでに胸潰れる思いになるが、大原はそこから生きようとする婉を書いた。大原富枝は四七歳だった。

この先の物語は、とうてい紹介しきれない。何を今夜の千夜千冊を読んでくれている諸君に伝えられるかという思いのほうがのしかかってきてしまう。

婉はその後を独身で通し（婚姻も禁止されていた）、眉を落とさず、歯を染めず、最後まで振袖（当時は短い袖の意味）を着て、生き抜いたのである。高知朝倉に安履亭を結び、わずかに兼山の弟子の儒者・谷秦山と文通を交わし、父が修めた儒学に打ちこみ、野中家の誇りを守るべく生き続けた。その秦山との交流も、年に一度の文通が許されるだけのものだった。それでも婉はまだ見ぬ秦山に憧れる。この生き方は尋常ではない。想像を絶するのではなく、そもそもすべてが絶せられているのだ。

やっと赦免を得たのちは、姉と妹は宿毛に残り、婉だけが老母と乳母を連れて朝倉に住む。しかし婉は女である。二十年、三十年、四十年を井の中のカワズとしていても、どんなに黴(かび)のような日々がそこに続いたとしても、そこには女の想像力が無限に膨らんでいた。年に一度の書面だけでの秦山との交流だったが、いよいよ秦山本人との出会いが近づくにつれ、婉にひそんでいた炎が動く。

それでどうなったかといえば、どうにもならなかった。秦山もまた蟄居させられたのだ。夭折(ようせつ)していく秦山の息子たちを見て、婉は自分の兄姉たちを思い浮かべるしかなかった。やっと秦山が近郊往来を許されたとき、歓喜のなかでの再会をためらっている婉に、ああ、なんと非情にも秦山の死の知らせが届いた。時は容赦なく流れるばかり、六十一歳になった婉は僅かばかりの生命力を十倍百倍にして、たった独りで生き抜くことを決意する。


筋といえば、これだけだ。ともかくもこの作品は一人ずつがこの作品のなかに入っていくしかないようになっている。また、そう言ってでも諸君に一読を勧める以外には、切ない気分を落ち着かせることができないのだ。

作品の読後感は、とくに女性にとっては強烈のようである。たとえば桃山晴衣・馬場あき子・酒井和歌子が野中家一族が幽閉されていた宿毛や安履亭のあった朝倉を訪れた。そのほかかなり多くの女性が土佐を訪れたらしい。それはそうだろう。朝倉へ行ってみるしかないではないか。

作品は映画にもテレビドラマにもなった。映画は今井正の演出で岩下志麻が婉を演じたが、まったくの失敗作だった。役者は悪くないのだが、間宮芳生（まみやみちお）の音楽が邪魔で、シナリオも大原の意図を汲（く）み尽くせなかった。ドラマのほうは見ていない。

ふたたび大原富枝のことである。大原の『婉という女』はそのころの読書界を圧倒した。こんな文学があるのかと仰天した。胸、ふさがった。大原はこれで毎日出版文化賞と野間文芸賞を受賞する。やっと「ふでご」に光がさした。

しかし、大原が懸崖（けんがい）を端然と越える旅はこれが出発点なのである。驚くのはその先のことだ。まさに婉のごとく、大原は生き抜くために、書く。さっそくとりくんで十年後に仕上げたのが、土佐一条家の崩壊を描いた『於雪』（女流文学賞）で、その五年後の作品が『建礼門院右京大夫』（講談社→朝日文芸文庫）だった。恋人の平資盛（すけもり）を壇ノ浦に失って大原に隠棲（いんせい）、やがて後鳥羽院に仕え、その主の失脚を見て、最後は独り『源氏物語』の続編ともいわれる『山路の露』を綴った建礼門院右京大夫（けんれいもんいんうきょうのだいぶ）だ。

さらに野中兼山の妻を扱った『正妻』も書いた。いま講談社文庫の『婉という女』には『正妻』も収録されている。ぼくはずっとのちに目を通したが、こちらは婉を知っているだけに、とてもまともに読めたものではなかった。

このあとしばらく大原は和泉式部や岡倉天心に恋をしたインド詩人や『かげろふ日記』(岩波書店)など、女の世界を描き続けるのだが、六四歳の昭和五一年、さらに大きな転回に挑んでいく。カトリックに入信したのである。そこからはイスラエル・ギリシアなどに巡礼をするかたわら、「心の目」を高みに向け、「文の目」を地上においた。こうして『信徒の海』『イェルザレムの夜』をへて、最高傑作『アブラハムの幕舎』(講談社文芸文庫)『地上を旅する者』(福武書店)を綴る。前者は話題の「イエスの方舟」事件を扱ったもので、後者は明治の女の弱さにひそむ強さを扱った。

ほかに、犬との日々の生活を刻明に描いた大作もある。ラディ、ルカ、三郎の三代と暮らした。おそらく日本の作家でこんなにも透徹した生活と作品を一途に貫いた作家はいなかったろう。

いったいこの昭和の作家は何を書いたのだろうか。あまりに壮絶で、あまりに透徹な文学だった。大原富枝自身は、こう言っている。――私が書く作品はあくまで「負の世界」に生きて徹するものばかりです。なぜ中途半端な幸福などを書く必要がありますか。人間は、そして女性は、最初から「負」を背負って生きてきて、「負」を埋めるために生きているものなのです。

そういう大原富枝を文学者として早くから評価できたのは、正宗白鳥、三島由紀夫、馬場あき子、吉本隆明、そして上田三四二だった。

第七四一夜　二〇〇三年三月二七日

参照千夜

八三九夜：宮尾登美子『鬼龍院花子の生涯』　一〇四〇夜：倉橋由美子『聖少女』　七五五夜：中上健次『枯木灘』　一〇九〇夜：ヘルマン・オームス『徳川イデオロギー』　一〇四夜：レーニン『哲学ノート』　九二五夜：『建礼門院右京大夫集』　二八五夜：『和泉式部日記』　七五夜：岡倉天心『茶の本』　一〇二三夜：三島由紀夫『絹と明察』　八九夜：吉本隆明『芸術的抵抗と挫折』　六二七夜：上田三四二『短歌一生』

「忍び」の二重の影を通して、昭和の戦士たちの操り構造を浮き彫りにする。

忍びの者

村山知義

理論社　一九六二／光文社文庫　全五巻　一九八七〜一九九〇／岩波現代文庫　全五巻　二〇〇三

日本人はみんな忍者が大好きだ。子供は忍者ハットリくんから大人たちは「くノ一」まで、挙(こぞ)ってみんな忍者好きである。忍者は海外輸出品としても大成功した。その理由をちゃんと研究すればそれだけで本格的な日本人論や日本社会論になる。そのくらい日本人と忍者は内部密通している。伝統技能は「忍耐」が好きだし、日本の悲恋は「忍ぶ恋」と相場が決まっている。八二三夜であきらかにしておいたように、『葉隠』の思想の底辺に流れているのも「忍ぶこと」だった。

そうした気質を背景に、忍術ブーム、忍びの者ブーム、忍法ブームがそれぞれ流行した。「忍術」ブームはもともとは明治末から大正年間の立川(たつかわ)文庫によるもので、これは活劇型・お子様向けだったが、大人も熱中した。ここからマンガの忍者も出てくる。八八二夜に紹介した杉浦茂もそういう系類になる。
それに対して「忍びの者」ブームは初めて現実社会のリアリズムやニヒリズムに向けられていて、男と女の扱いも描き方も真剣になっていった。ブームは三五二夜にも書いたけれど、五味康祐の『柳生武芸帳』（新潮文庫）が皮切りだった。昭和三一年の連載開始である。ここに村山知義の『忍びの者』が加わり、そこへ白土三平の劇画『忍者武芸帳』や『サスケ』が追い打ちをかけた。司馬遼太郎が直木賞をとったのも昭和三四年の『梟の城』（新潮文庫）だ（最近になって、篠田正浩が映画化した）。ぼくにはそのころの柴田錬三郎の『赤い影法師』（新潮文庫）や福田善之の戯曲『真田風雲録』（三一書房）も忘れがたい。福田は真田十勇士を描いて学生運動を風刺した。

もうひとつの「忍法」ブームはこのあと山田風太郎が風変わりな狼煙をあげ、「くノ一」の流行にさえ及んだのだけれど、ここから先はすべての忍者ものがメディアを交えてごちゃごちゃになり、タートル忍者のハリウッド映画にまでなった。これらのなかで、最大の異色作が村山の『忍びの者』なのである。いくつかに分けて、その異色性を蘇らせておきたい。

多くの小説ファンには意外なことだろうが、『忍びの者』は日本共産党の機関紙「アカハタ」日曜版に連載された。昭和三五年九月からのこと、安保闘争が水浸しのまま終焉していった年である。そのころ「アカハタ」日曜版は共産党の党員やシンパ以外の読者にもおもしろがられる紙面をつくっていて、ちょっとした進歩派は「世界」「日本経済新聞」最終面、「日本読書新聞」(少しあとになって「朝日ジャーナル」)、そして「アカハタ」日曜版に目を通したものだ。

掲載紙が異色なら、作者の村山知義はもっと異色だ。村山は明治後期の神田末広町の医者の家の生まれで、大正十年に一高を出て東大哲学科に入ると、授業はろくに出ないでベルリンに行ってしまった。ドイツ表現主義映画の傑作《カリガリ博士》が日本に入ってきた時にあたる。二年後に帰国すると、柳瀬正夢(まさむ)・尾形亀之助らと前衛美術集団「マヴォ」を結成、雑誌「マヴォ」も創刊して、その奇矯な言動で世間をあっと驚かせた。日本の表現主義とダダとシュルレアリスムは、この三人の男によって一気に前衛になったのだが、その首謀者が村山だった。

村山知義
(1901－1977)

ついで大正十三年に築地小劇場でカイザーの《朝から夜中まで》の舞台美術を担当して注目されて、さっさと演劇に転身すると、翌年には河原崎長十郎の「心座」に参加して、コミュニズムに急激に接近し「前衛座」を結成した。

ここまででも十分に風雲児めいているのだが、このあと昭和六年に共産党員となり、さらに転向をはたして新協劇団を創立した。加えて新劇の大同団結を画策し、これが功を奏した。滝沢修・細川ちか子・宇野重吉らの演出家を育てたのは半ばは村山だったのである。一九六夜に書き忘れたことなのであるが、ぼくは滝沢修演出の《夜明け前》を観たことがあって（滝沢が青山半蔵）、その演出がまさに新協劇団第一回公演の《夜明け前》を踏襲するものだったらしい。

もうすこし村山の経歴を追っておく。そのほうが『忍びの者』の意図がよくわかる。村山は日本新劇界の中心人物となった。とりわけゴーリキーの『どん底』が評判になった。けれども昭和十五年の治安維持法による大弾圧に引っかかって検挙され、その後の二年間を暗い獄中におくる。出獄後も執筆禁止にあい、そのまま朝鮮に逃れ満州で敗戦をむかえた。

この時期の苦悩は大きかったようで、戦後は帰国後に第二次新協劇団をつくり、左翼演劇の再建をめざすものの、劇団経営に苦慮するようになり、昭和三四年にいたって薄田研二の中央芸術劇場との合体を余儀なくされた。そうしたなか、新たな活路を見いだしたのが時代小説だったのである。第一作が戯曲仕立ての『国定忠次』（新日本出版社）、第二作が『忍びの者』だった。

これらは、この時期の村山が日本民族の性格がいったいどういうものかを追求したくて書いた作品群で、いよいよ昭和社会が高度成長期に突入するなか、一方では日米安保条約のタガがかかり、他方では企業戦士の自殺や蒸発がおこる状況を、組織に生きる忍びの者たちの苛烈な闘い方を描いて、時代を前後立体的に貫こうとした。どちらもアウトサイダーを主人公にしている。

その後、『忍びの者』は市川雷蔵の主演による映画（大映作品）となって一世を風靡した。これで世に村山知義の健在ぶりが高らかに宣言されるはずだったのだが、このあたりはさきほども書いたように五味康祐・柴田錬三郎・司馬遼太郎らが猛烈なスピードで時代小説をリードしはじめた時期になったため、元共産党員で、「アカハタ」連載だった小説ということもあって、〝古い作家〟とみなされた村山自身があらためて脚光を浴びることはなかった。

しかし、十年にわたった『忍びの者』シリーズはいまもって褪色することはない。ここにはまさに、権力の闇をひたひたと逆向きに走破する「もうひとつの日本」の担い手たちが、刻々、抉りとるように描かれていたからだ。よくぞ岩波現代文庫がこのシリーズ五冊をまるごとラインアップしたものだ。あっぱれな刊行だ。

時は信長が勢力を拡大していた時代。伊賀の忍びたちは百地三太夫のもとの百地党と、藤林長門守のもとの藤林党に分かれて、各地の戦国大名や武将たちの支援・戦闘・没落・救出に携わっていた。ときには百地党と藤林党が鎬を削りあうこともあった。

百地も藤林も信長の権勢の拡大を極度に嫌っていて、その支配をくいとめようとしている。とくに若き石川五右衛門には中忍（ちゅうにん）としての活躍が期待されている。そこには朝倉義景の領地に入りこんだ女忍びのタモ、そのタモを愛する下忍（げにん）のカシイなどがいて、不安定なコミュニティをつくっていた。

あるとき五右衛門は百地三太夫の妻と密通して逃走してしまう。が、なぜか三太夫の追跡がつねに先回りする。五右衛門は命を助けられるかわりに金品稼ぎのための泥棒を命じられ、それが成果を収めると、次には信長の監視と、さらには信長暗殺の引導をわたされた。そのうち五右衛門は百地からも藤林からも奇妙な信頼を寄せられる。百地のストイックな言動と藤林の肉欲に溺れる極端な対比のあいだにあって、ここには何かのからくりがあると感じはじめる。物語はこうして五右衛門の活動が深まるなか、得体の知れない疑惑も深くなっていく。

小説はそのように始まっていくのだが、村山はここに従来にない視点を導入した。それは忍びの技術が当時戦国日本の最高のテクノロジーを駆使していたこと、忍びたちはしょせん雇われ者であり、そのいっさいの活動の成果は百地や藤林らのものであって、忍びは命令には絶対に背けないということである。

このような忍びの、テクノロジーにかかわりながらも絶対的な組織の宿命を背負っているという特徴は、村山が見抜いた高度成長期の企業戦士か、もしくは、その下で生き抜き働く者たちの姿そのものだった。ここでは省くけれど、当時は産業スパイが横行して、企業間の競争はまさに戦国時代さながらだったのである。

先端技術を走りながらも苛酷な日々を送る忍びにとって、組織の党の上（お頭・大将）は忍びの自由を奪う支配者や収奪者でしかありえない。下忍は中忍に、中忍は上忍に、その上忍はお頭の命令に服従するしかないしくみになっている。そうだとすると、その上のそのまた上の支配者である信長を暗殺するとは、どういう意味なのか。

たとえば第一巻の後半は、信長の有名な天正伊賀攻めがいよいよ迫るという設定になっているのだが、信長の戦闘は一介の忍びたちにとってはひょっとすると「解放」であるかもしれず、それなのに、その信長を暗殺するという密命も担っていたわけである。こんなアンビバレンツな立場に生きる忍びを描くことは、従来の忍者ものにはまったくなかった視点だった。

物語は第二巻で信長の伊賀殲滅によって忍びにいっときの平安が訪れ、かつまた本能寺で信長の死を見届けた五右衛門には、上の解体と上の上の解体の両方を享受するという僥倖がやってきた。

五右衛門は長閑な百姓暮らしに戻り、妻との日々にも充実を感じる。しかし事態はいっこうに変化などしなかった。信長のシステムは秀吉によって強化され、五右衛門は雑賀一揆の鎮圧で妻を殺される。五右衛門はここにおいて組織にかかわりなく、ただ一人で秀吉への復讐を誓うのである。村山もしだいに日本の組織批判の度を強める。

　こうなれば、この先はまさにハリウッド型のアンチヒーローになるのが予想されるところだが、そうはならない。組織の管轄と庇護を失った五右衛門はただの盗賊か蒸発者でしかなく、それゆえたちまち服部半蔵（当時の秘密警察）に捕らえられ、結局は三条河原でわが子とともに釜茹でにされてしまうという、例の講談話の悲惨な結末に結びつけられるのだ。加えて、ここにはもうひとつのどんでん返しが仕掛けられていた。それについては最後にあかすことにする。

　第三巻、主人公は霧隠才蔵に代わる。才蔵は紀州熊野の太地の鯨捕りの子として登場する。太地一番の鯨捕りになるため、才蔵は修験道の技術を身につけたくて山野を跋渉するうち、そこで山に伏す三好清海入道に出会い、本草気象や火煙薬事や戦闘隠忍に通じた忍びの技術というものがあることを知る。

　才蔵を待っていたのは、真田昌幸に率いられた高性能技術のみに特化するベンチャー集団力である。小説では六文銭を旗印にしたヤメヌ組ということになっている。才蔵はこの集団に魅せられて腕を磨く。ヤメヌ組には海野六郎・筧十蔵・猿飛佐助らの互いに技能と矜持を譲らぬ者たちがいた。昌幸はこれらを相互に競わせ有事に備えさせる。その有事というのが、秀吉の朝鮮侵略の手立てとしてことごとく動員されることだった。それでも昌幸もその後を継ぐ真田幸村も、また配下の忍びの者も、この運命を生き抜く。敵将李舜臣（イ・スンシン）の大奮戦の前に惨憺（さんたん）たる敗北で終わった朝鮮戦役をくぐり抜けた忍びたちは、いよいよ真田十勇士という少数ゲリラに変貌し、新たに台頭した家康の権力に抵抗するようになる。そこには、村山がこの手の物語としては過剰なほどに描いた朝鮮侵略のむなしさがひりついていた。才蔵はしだいにニヒリズムを深める。

こうして第四巻、物語は関ヶ原の合戦に向けての虚々実々の駆け引きとスパイ競争と、それらを裏の裏で差配しようとする徳川忍者の葛藤模様へと進んでいく。

柳生の一族から関ヶ原の複雑なシナリオまで、時代小説や活劇映画でおなじみの要素と場面は、ここでほとんど勢揃いする。第五巻は、ここが立川文庫でも最も知られた徳川と豊臣残党との死闘になって、さしもの真田の忍びの者たちにもことごとく死がおとずれる。そこにいたるまで、忍びたちは東西に複雑に分かれて、あらんかぎりの秘術を尽くし、考えられるかぎりの裏切りと権力からの逃走を試みる……。

以上の物語は一巻ずつが一応は独立しているのだが、現代社会を裏返す視点のために導入された流れは、ずっと一貫する。「忍びの者」とは解体し編成されつづける組織と反組織の「間（あいだ）の者」でもあった。

さて、さっき予告しておいたどんでん返しである。村山はきっとこれを書きたかったのだろう。それは五右衛門が最後の最後に気がつくことであるのだが、聖翁めいた百地三太夫と卑俗の極致のような藤林長門守とが、実は同一人物の変装した姿だったというどんでん返しだ。組織Aは組織Bのダミーであって、組織Bは組織Aのマヌーバーなのである。伊賀の忍びの全貌とは、実はたった一人の人物が相反する二つの組織を育てつつ、これを統治していた反権力型の支配組織だったということだ。

このどんでん返しは、下から上に向かったどんでん返しではなく、上から下に降りるどんでん返しであることに特徴がある。ハリウッドのサスペンスならそれを暴くのは一人の反骨者であるけれど、村山はそういうふうには描かなかった。五右衛門はそれを知るときにはすでに末路に追い込まれてしまっていた。

もうひとつ、ふたつ、言っておく。村山が『忍びの者』を書くに当たって収集調査した忍術の技法はおびただしい。これは当時、奥瀬平七郎や足立巻一（あだちけんいち）の忍術研究の成果をいかしたことと、村山が忍術を日本の山野河川海洋におよぶ技術の集約とみなしたせいだった。この視点は村山が発見した。

このシリーズには大きな欠陥があることも言っておく。文章文体に魅力を欠くことだ。新藤兼人（かねと）が書いていたことであるが、村山は舞台や映画の脚本を担当すると、抜群の要約と削ぎ落としをやってみせるらしいのだが、肉付けのほうは、『忍びの者』を読むかぎりは、あまりうまくない。話題や場面や解説が次々に変わるほうに手法が走っている。これは、村山があまりに多くの領域の「前衛」を走ってきたことと関係があるにちがいなく、ということは、この物語は文学として読むよりも、昭和日本の革命の挫折のシナリオとして読めるということなのだ。村山は最後の最後まで、時代の前衛を走りきっていたマヴォだったのだろう。

第九二九夜　二〇〇四年二月三日

参照千夜

八二三夜：山本常朝『葉隠』　八八二夜：杉浦茂『少年児雷也』　三五二夜：五味康祐『柳生武芸帳』　一一三九夜：白土三平『カムイ伝』　九一四夜：司馬遼太郎『この国のかたち』　五三六夜：梶山季之『せどり男爵数奇譚』　一九六夜：島崎藤村『夜明け前』　八四夜：新藤兼人『ある映画監督の生涯』

周五郎の極上の御政談が、
浄瑠璃語りの影を引き取っていく。

山本周五郎

虚空遍歴

新潮社 全二巻 一九六三／新潮文庫 全二巻 一九六六

自分のことはあまり語らない。清水三十六は山梨県北都留郡初狩村（現・大月市）に生まれ、寒場沢の土石流のあとは東京王子に移るも、今度は荒川が溢れて横浜に引っ越した。小学校では作文が好きになったようだが、家が貧しく、卒業後は木挽町の「きねや」という質屋に住みこみ奉公をした。この店主が洒落斎などと名のる変わり者で、小説まがいを書いていた。本名を山本周五郎といった。

小学校で「お前は作家になるといい」と言われていた三十六は、質屋に来るような人間をちょっとした物語にしたかったらしい。こうして質屋の店主の名をペンネームとした山本周五郎が誕生した。

あとでもまた触れるけれど、周五郎は「人はときによって、自分の好むようには生きられない」「自分の望ましくないことにも全力を尽くさなければならないことがあるものだ」という見方を貫いた。では、そういう人生を描くにはどうしたらいいか。周五郎は「主人公」や「作家」というスタンスに、この「致しかたなさ」をとっぷりと付与しなければならないと、頑なに感じつづけたようだ。

山本周五郎は文学賞に関心がない。関心がないだけでなく、昭和十七年から翌年にわたって書き継いだ『日本婦道記』（講談社文庫）が直木賞候補にあがったとき、即座に拒絶した。菊池寛が気にいらなかったという説もあるが、そうではなかった。

そのあとの昭和三四年に伊達騒動の原田甲斐を主人公にした『樅ノ木は残った』（新潮文庫）が毎日出版文化賞を受賞したときも、翌々年の浦安の海苔とり舟に住む文士の目を綴った『青べか物語』（文藝春秋社→新潮文庫）が文藝春秋読者賞となったときも受賞を断った。作品など審査するものではないという姿勢を貫いたのだ。

そういうことも手伝ってのことか、狷介固陋の人だったという説がある。おそらくまったく当たっていないだろうと思う。むしろその逆に近かったのではないか。極貧生活も長く、逆境に平然としていたのも長く、たとえば馬込村のいわゆる〝空想部落〟（馬込文士村）に住んでいたころは、当時をときめく尾崎士郎がおおきにハバを利かせていたのだが、その尾崎にもなんら屈するところがなかった。作家として自立したのちも、ずっと「先生」と呼ばれるのを嫌ったとも伝えられている。「汝、みずからのために祈るなかれ」と書いた色紙を見たことがある。

ぼくの周五郎遍歴は大学時代からだ。先輩のゴリゴリのマルクス主義者が勧めてくれたのがきっかけだった。革マル派のゴリゴリがなぜ周五郎を読むのかは、最初に手にとった『樅ノ木は残った』を読みすすむうちにすぐにわかった。周五郎には体温が変化する御政談があるのだ。

御政談は御清談でもいいが、周五郎は隠逸の士ではないから、竹林の七賢めいた清談はあわない。屈辱の中の御政談だ。読むと何かが沁みわたる。この何かはマルクス主義には見当たらない。

御政談は一言でいえば「世の中」をちゃんと見るというだけのことで、そんなことのどこがおもしろいかというと、それができなくなった社会ではまことに貴重なものなのである。弟子筋の早乙女貢がどこかで回顧していたのだが、周五郎自身は「書かずにいられないことを書く」とだけ言っていたらしい。それが御政談なのだ。

周五郎の「書かずにいられない」は、しばしば世の風評とは逆のほうにある。『樅ノ木は残った』でいうなら、伊達騒動で逆臣とされてきた原田甲斐を、複雑きわまりない真実の武士として描いてみせたところにあらわれる。

物語は伊達藩の老中の謀計と幕府の策動に気づいた甲斐が、その異常なデマゴギーを暴くかに見えるのだが、周五郎はそこをそう描かずに、甲斐がすべての真相を呑みこんで殺されていくというふうにした。いっさいは「樅ノ木」の雪に象徴されるだけなのである。こう終わっていく。「雪はしだいに激しくなり、樅ノ木の枝が白くなった。空に向かって伸びているその枝々は、いま雪を衣て凛と力づよく、昏れかかる光の中に独り、静かに、しんと立っていた」。

周五郎の御政談は植物的である。ケモノが後ずさりする植物だ。それは黒澤明が《赤ひげ》や《どですかでん》の原作を周五郎に求めた気分とおそらく同様のもので、作者は何も強弁も主張もしていないにもかかわらず、そこにはすべての「生くる息吹」を感じとれる物語が路地の植木のように存分に用意され、しかもそこには日々の水がたえず注がれているといったものである。

もうすこしちゃんと言うと、周五郎には「致しかたなさ」をめぐっての「弱みを憚らない語り口」があった。今夜とりあげた『虚空遍歴』は、江戸で端唄の名人と評判がたった若き中藤冲也が、浄瑠璃にも挑んでまた評判に包まれ、浮名がたつほどだったにもかかわらず、それに満足できずに自分の弱みを晒してなお、少しずつの研鑽に漂流していくという話で、芸の極みを心の弱みで語ってみせたのである。

物語はこうなっている。さすがに才能のある中藤冲也の浄瑠璃は、第一作がすぐに中村座にかかって好評を博するのだが、はたして冲也はこれに満足できずにしだいに行き詰まっていく。行き詰まったのは、周囲で「あれは金の力だ」といった噂がたてられ、冲也はそれに潔癖に対峙してしまったからだった。やむなく師匠の常磐津文字太夫からも離れていった。

冲也はあてどもない浄瑠璃遍歴に旅立った。評判の依って立つ江戸社会の殷賑を捨てたのだ。都会文化を打擲したといえばいい。いまでもそうだが、都会の評判などケーキが旨い、フォアグラがいい、上客ばかりが来ているといっても、それは何かの弾みで作られた噂や流行による評判で、そのうち何もかもがたいてい退嬰してしまう。五年ほどたってその店に行ってみると、店がなくなっていることもある。冲也はそれを自分をとりまく評判から感じた。

こうして物語は江戸から東海道を上り、京都へ、近江へ、さらに金沢へと変転する。その変転に冲也に惚れるおけいがかかわって、独白の語りが入ってくる。おけいはもともとは色街育ちなのだが、冲也の芸を聞き、毛虫が蝶になったような身震いがした。そのおけいが筋書きの進展とはべつに、淡々と胸の内をあかしていく。

そうなると、おけいの独白が次にどうなるか、居ても立ってもいられぬ気持ちになってくる。このまま終わるならあまりに辛いと思っていると、冲也はそのまま浮き身もやらぬ彷徨の渦中、物語は閉じていく。ああっー、ああっと叫びたくなるが、そのときは三味線の音もない。この話は、世の評判に抗してあえて本格的な浄瑠璃をつくろうとして苦悶する遍歴が克明に描かれているというような、そういうものではなかったのだ。

山本周五郎はこの作品を書くために四十年を費やしたという。驚いた。最初は『青べか物語』の一節に入れる予定だった。それがやがて「私のフォスター伝」というメモに変わっていき、さらにフォスターが時と所を越えて江戸の端唄師にワープした。フォスターというのは「おおスザンナ」「オールド・ブラック・ジョー」などのあのスティーブン・フォスターで、ミンストレル・ショー（吟遊芸人たちの芸能）のためだけにアメリカの記憶を作詞作曲して三七歳で死んだ。それが江戸を振った中藤冲也に変じた。こういうことができるのが周五郎なのである。

それにしても四十年とは、味噌や醤油や酒をつくるよりはるかに長い。いや食べ物などではこの長さは思いつかない。では、周五郎の文学は何なのか。食べ物ではない。そうなのである。植物に近い。草木や樹木に近い。

宮本武蔵の周辺にいた男の話を書いた『よじょう』という小説がある。包丁で武蔵に切りつけ、あっというまに返り討ちにあった男の話だが、その顚末がなんともいえずに長い。それなのに淡々とした説得力がある。冒頭に「さしたることではない、さしたる子細はない」とあり、その最終行にまた、「さしたる子細はない。そのため旅館は繁盛していった」とある。

これは吉川英治の国民的傑作『宮本武蔵』にちょっと文句を言いたくなったらしいのだが、そのために十七年を費やした『よじょう』なのだ。八〇枚程度の作品で、読めばわかるがどこにも力みがない。それを十七年をかけてゆっくり仕込んでいった。草木が日々育まれる歩みで物語は紡がれたのである。体温の変化を綴ったのだ。のちに藤沢周平がこの淡々たる長さを継いだ。なるほど「樅ノ木」だけが残っていくのであろう。いや、「樅ノ木」でないとしたら、芸談がずっとその響きを残すのだ。

最初にも書いたように、山本周五郎の作品では「好ましくないこと」や「望ましくないこと」に向かって、作中人物たちがどうしていったかという見方が、ひたすら貫かれていたと思われる。

どんな人生にも必ずや「不順」がおとずれる。逆境もやってくる。たちまち順調からの墜落を感じることになるが、ここで「逆」を「順」に戻そうとする生き方を、周五郎は絶対に描かなかった。どこかの随筆に語っていたと思うのだが、たとえば仕事に失敗したり会社をやめさせられたりしたとき、「すぐに借金をしてはいけません」なのである。借金をするのは（銀行借入れをするのは）「逆」を人為的な「順」でごまかそうとしたもので、周五郎にはどうしても許諾できない選択だったようだ。

ひるがえって、「昭和」という巨きな登場人物群は「好まないこと」「望ましくないこと」を力で撥ねつけようとしすぎたきらいがある。のみならず、国民の多くに理想上の「順」をめざさせて、その日々の「逆」を見つめさせないようにした。山本周五郎はここに抵抗した。だから、その御政談には経済政策も外交政策も福祉政策も、何ひとつ入っていない代わりに、一人の男や女が、どのように「望ましくないこと」を受け入れていったのか、そこを徹底して描いたのだった。

作家の社会哲学は議会では開示できない。作品の隅々に議場を散らしていくばかりなのである。

第二八夜　二〇〇〇年四月七日

参照千夜

一二八七夜：菊池寛『真珠夫人』　四四三夜：宮本武蔵『五輪書』　八一一夜：藤沢周平『半生の記』

大衆小説の名手が、
昭和の戦争の高揚を染織の技で裏切っていく。

悉皆屋康吉

舟橋聖一

創元社 一九四五 ／ 文春文庫 一九九八

悉皆屋（しっかいや）は広くは呉服屋のひとつの職能をさすが、狭くは染色ディレクターのような職能をいう。大阪で生まれた。やがては呉服屋に近い職能も含み、洗い張りも湯通しも仕立ても何でもやった。

何でもやったから「悉皆」なのである。ただ「何でも」は受けの何でもで、悉皆屋は手持ちには何もない。生糸も白生地も反物（たんもの）も帯も何もない。すべては外から取り寄せて、注文に応じたものを仕上げてお届けする。

一方、専門職としての悉皆屋は、呉服屋や客の注文で着物の布地の染めや染め直しを染物屋と掛けあい、客の注文通りの色に染めさせる。それが悉皆屋の本来の仕事だが、それでは色見本に合わせるだけの〝色の仲買人〟か〝染色コンサルタント〟にすぎないので、そこで注文以上の色を編み出したり、逆に新しい染め色の色合いをつくりだしたりして、客や呉服屋にその色を熱心に勧めるということをする。本書の主人公の悉皆屋康吉もそういう色の作り手で、本物のあきんど職人だった。

康吉は稲川という小さな悉皆屋の小僧に入り、手代となった。そのうち梅村市五郎の番頭に引き抜かれた。梅村は浅草馬道で商売を始め、京都の山春という大きな染物屋にわたりがついてからはめきめき身代が肥え、震災前には日本橋きっての悉皆屋になっていた大店で、康吉はそこの大番頭の伊助に目をつけられる。

伊助は康吉を鍛えに鍛えた。白地の紋縮緬一反を無地の深川納戸に染めてほしいという注文がきたときは、うっかりふつうの納戸色だと早合点してしまったのだが、伊助は「納戸は色気が大変なんだ」ということを叩きこむ。

納戸には深川納戸と鴨川納戸があって、ここには江戸の色気と京都の艶のちがいがある。深川納戸はすこし沈んで、鴨川納戸はすこし光っている。その深川納戸と、隅田納戸と花納戸ではまたちがう。橋立納戸と鳥羽鼠のちがいを見分けるのもなかなかむずかしい。そのほか相生納戸、幸納戸、鉄納戸、藤納戸、大内納戸など、納戸色にはさまざまのヴァージョンがある。ぼくの母は藤納戸のお召が気にいっていた。

こうして康吉は染め色の風合いをしだいにマスターしていった。康吉はそういうことっていく。

が大好きだったので、まるで露伴の主人公に出てくる江戸の職人のように研究熱心にな

時代は大正末期から昭和の戦争期におよぶ。当時の呉服屋の仕来や風情が軍靴の響きが高まるなかで鮮やかに浮かび上がってくる。

こういう小説は露伴や鏡花の時代をべつにすると、昭和の現代小説ではめずらしい。職人気質の芸術家を描くとか、まして商売人の気質を描くなどということは流行らなかった。芸人の話なら川口松太郎をはじめずいぶんあったけれど、職人や商人は小説の主人公になりにくかった。

そうしたなか、敗戦直後に最初に活動を開始したのが丹羽文雄と舟橋聖一で、二人とも四一歳だった。舟橋は昭和十六年ごろから『悉皆屋康吉』一本に絞って執筆しつづけていたらしい。東京が空襲にあうと熱海の来宮の旅館にたてこもった。同じ熱海の西山潤雪庵では谷崎潤一郎が『細雪』を書いていた。

舟橋聖一は本所横網町生まれだから生粋の江戸っ子である。その体には関東大震災で灰燼と帰した江戸文化が埋もれ火のようにたぎっていた。その埋もれ火が『悉皆屋康吉』やその次の『田之助紅』で炎をあげる。そのかわり、舟橋はかなり勝手気儘に生き

抜いた。戦時中に「戦争に背をむけて女と寝ていて何が悪いのか」と開きなおって物議をかもしたこともある。敗戦の夜は嬉しくて家中の電灯をつけて、それまで敵性音楽だったジャズをかけた。

作家としてのプライドもそうとうなもので、大村彦次郎の『文壇栄華物語』（ちくま文庫）によると、戦前に原稿料がトップだった菊池寛のむこうをはって、戦後は原稿料日本一をめざした。本当かどうかは知らないが、いっときは日本一になったと聞く。

ぼくは父親が舟橋ファンだったので（だいたい父は新派の舞台にのるようなものはなんでも好きだった）、勧められて読んだ。父が勧めるというのは、「これ、おもろいで。ここに入れとくさかいな」と言うだけで、父の部屋と居間とのさかいの低めの棚が家族のフリマのようになっていて、そこで家人各自が勝手に沈黙交易をするようなもの、とくに押し付けがましくはない。むしろ暗示的だった。

それになんといっても、わが家自体が悉皆屋型の呉服屋だった。母も京都の呉服屋の大店（おおだな）の大番頭の娘だったし、父はもともとは近江の長浜の家から来た。まだ浜縮緬（はまちりめん）が幅をきかせていた時代である。最初の店が「中辻商店」、次に「松岡商店」、最後は「呉服商松岡」だった。ただ繊維不況はそのころにもう始まっていて、どこの呉服屋もナイロンやレーヨンとどのように闘うのか、いろいろ対応を迫られていた。

父は旦那衆で徹底した遊び人でもあったので、とうてい商売一途とはいえなかったけれど、そのかわり唐突に好きな方向転換をする。最後は横浜元町に呉服屋を出すといって、一家で京都を引き払い、元町と外人墓地のあいだのロシア人が大家のボロ洋館に越した。店は出したがすぐに失敗し、五十代で死んでいった。

そういうことがあったから、『悉皆屋康吉』はちょっと他人事ではなかったのである。読んでみて、康吉があきんど職人一筋のような主人公であったのが意外だったが、父はきっと康吉のような番頭がほしかったのだろうということがすぐにわかった。呉服商松岡には生真面目な商人は多かったのだが、康吉のような開発型のあきんど職人はついぞいなかった。

康吉は、色見本通りの色を出すだけでは満足しない。既成の「玉川」「浅黄」に納得できず、「玉川浅黄」のような合色を試みたり、「柳納戸」といった色を考えた。とりわけ「若納戸」が大当たりをし、震災前の東京で話題をまいた。

しかし、すべては震災でおじゃんとなった。梅村市五郎も伊助や康吉を連れて水戸へ逃げ、そこで商売を構えなおすのだが、うまくいかない。ついに身上をたたみそうになってきたので、康吉は自立することにした。

そこからの物語がこの小説の狙ったところで、さんざん苦労をしながらも悉皆屋としての、男としての本望を遂げていく。小さなヴィルヘルム・マイスターなのである。着流しのゲーテなのである。のちに佐々木基一はこの作品は『細雪』に匹敵するといい、平野謙は「日本文学者全体が誇りとすべき作品」と褒めた。旧「文學界」の同人仲間だったとはいえ、亀井勝一郎は「自分はあえて昭和文学史上の代表作といって憚らない」とまで絶賛した。

正直いって、そこまで褒めたくなるような作品ではないのだが、たしかに読んでいると、昭和の戦火が広がろうとしているなか、康吉が一途に「技」に徹しようとしていることに共感する。それを文芸批評家が挙って言うように「芸術的良心」が書けているかといえば、多少はそうではあろうが、そうなるとヘルマン・ヘッセやトーマス・マンと比べたくなって、よろしくない。むしろ和服の社会にひたむきである男の姿が淡々と伝わってくるのが、この作品の結構なのだ。この結構は、骨董屋を書いた舟橋の『あしのうら』（集英社『舟橋聖一自選集』に所収）などにもめらめらしていた。

もっとも最近は、『悉皆屋康吉』の刊行が日本の敗戦の三ヵ月前であったことが注目されて、舟橋が昭和の戦争に抵抗しつづけていたことを評価する向きがおこってきた。石川肇の『舟橋聖一の大東亜文学共栄圏』（晃洋書房）などが舟橋の戦前ノートなどを調査して、そのあたりの事情を浮上させたりしている。『悉皆屋』は昭和の「抵抗文学」を象徴することになってきたのだ。

でも、どうだろうか。ぼくにとっては、この作品はいまなお父を追憶するよすがなのである。加えて、ぼくは昭和十九年生まれだから、やはりのことに「昭和」というよすがを何本もの色糸を縒って、手元の糸巻に巻きつけておかないと、いざというときの昭和の上っ張り一枚が着られない。こうしてときに、ぼくは山本周五郎や舟橋聖一や織田作之助を夜陰に読み耽る。

第四三四夜　二〇〇一年十二月五日

参照千夜

九八三夜：幸田露伴『連環記』　九一七夜：泉鏡花『日本橋』　六〇夜：谷崎潤一郎『陰翳礼讃』　一二八七夜：菊池寛『真珠夫人』　四七九夜：ヘッセ『デミアン』　三一六夜：トーマス・マン『魔の山』　九七〇夜：ゲーテ『ヴィルヘルム・マイスター』　二八夜：山本周五郎『虚空遍歴』　四〇三夜：織田作之助『夫婦善哉』

大阪の街のあっちゃこっちゃに、
昭和の真骨頂がぎょうさん落ちてるんや。

夫婦善哉

織田作之助

新潮文庫　一九五〇

「おっさん、はよ牛蒡あげてんかいナ」。オダサクの『夫婦善哉』に最初に出てくる一銭天麩羅屋での会話だ。有名なセリフになった。大正末期から昭和初期の大阪。一銭天麩羅をあげている種吉の女房がお辰で、この頑固な父と勝気な母の娘の器量よしのお蝶は十七歳のときに曾根崎新地の芸者に出て、売れっ子芸者になっていた。

そこに梅田新道の化粧品問屋の若旦那があらわれる。豊田四郎の映画では、いかにもぴったりの森繁久彌が演じた〝甲斐性なし〟の維康柳吉で、女房子供もいるのだが大旦那から勘当されている。柳吉はそれでも平気で、いつも「かめへん、かめへん」と言っている。そんな柳吉も、お蝶にはぞっこんなのである。豊田の映画ではお蝶には淡島千景が扮した。

お蝶も柳吉にすこしずつ惚れていく。その様子がなんともたよりなげな大阪昭和浪漫で、柳吉にろくに口説きの文句があるわけもない。ただ手近にいたいだけ。オダサクが描くその風情は独特だ。読む者をふにゃふにゃにさせながら柳吉とお蝶の仲へ引きこんでいく。

たとえば、柳吉はうまいもんに目がなく、そういうもんをようけ食いたかったらいっぺん俺についてこいと言う。お蝶がついていってみると、よくて高津の湯豆腐屋か道頓堀相合橋の「出雲屋」のまむしで、そうでないときは戎橋筋の「しる市」、日本橋の「たこ梅」、法善寺の「正弁丹吾亭」の関東煮、千日前常盤座付近の「だるまや」のかやく御飯といった、安物のゲテモノ料理ばかりだ。とても芸者を連れていくところではないが、柳吉は「ど、ど、どや、うまいやろが、こ、こ、こんなうまいもん、何処イ行ったかて食べられへんで」と嬉しそうなのである。

これが二つ目の会話で、このあと『夫婦善哉』にはふんだんにオダサク得意の大阪弁が出てくる。それを読んでいるだけで、気が抜けるくらい落ち着いてくる。お蝶もそういうふうに気が抜けるように惚れていく。作家オダサクについてはあとで話題にするが、もうすこし風情を追いたい。

甲斐性がない柳吉に惚れてしまったお蝶は、宴会を引きうけるヤトナ（雇名）芸者をしながら柳吉を支えようとする。消費癖のある柳吉の日々にはそれではとうていまにあわず、剃刀屋を開き、これが失敗すると飛田に関東煮屋、果物屋というふうに次々に商売替えをする。関東煮とはカントダキで、大阪のおでんのことをいう。

お蝶が精を出しているのが不憫なのか、柳吉はいつも最初だけはめっぽう仕事に熱心である。いつぞやは山椒昆布を煮るときも、思いっきり上等の昆布を五分四角に切って、これを山椒の実と一緒に鍋に入れ、亀甲万の濃口醤油を注いで松炭のとろ火で二昼夜煮つめると、どや戎橋の「おぐらや」の山椒昆布くらいおいしうなるでぇと退屈しのぎに買い出しに行ったり、鍋をかきまわしたりしているのだが、それで終わり。すぐに芸者遊びに走っていく。

これではいくら稼いでも追いつかない。それでも柳吉は「かめへん、かめへん」である。そのうち、さすがのお蝶も柳吉にちょっといやみを言ったりするようになると、柳吉はお蝶のことを「おばはん」と言い出した。そんなお蝶の女房ぶりに、柳吉の父親が文句をつける。

お蝶は「わてのことを悪う言やはるのはむりおまへんが」と言いながら、ついつい「必ず私の力で柳吉はんを一人前にしてみせます」と啖呵を切ってしまう。そういう性なのだ。そんなあと、二人で法善寺の「花月」に春団治の落語を、千日前の「愛進館」に京山小円の浪花節を聞きに行ったりしていると、屈託なく芸に聞きほれている柳吉をお蝶はたまらなく可愛く思ってしまう。

　こんな調子の日々が描かれたあと、柳吉が腎臓結核になったのをきっかけに、お蝶は下寺町にカフェを開く。「サロン蝶柳」という店名で、蓄音機からは新内・端唄を流し、女給にはみんな日本髪を結わした。柳吉もいそいそと「なまこの酢の物」などつくるのだが、むろん長続きはしない。店は繁盛、お蝶は客に愛嬌をふりまき、ちやほやされる。柳吉にはこういうことはおもしろくない。

　そこへ柳吉の父親が死に、その葬儀に呼ばれなかったお蝶はその程度の関係でしかないと思われている自分についに嫌気がさして、駆り立てられるようにガス自殺を図る。さいわい早めに気がつかれ、危うく助かった。これでさすがの柳吉も殊勝になった。それでも柳吉にできることは「どや、なんぞ、う、う、うまいもん食いに行こか」というだけである。映画のラストシーン、二人は法善寺を抜けて「夫婦ぜんざい」の暖簾をくぐる。ぜんざいが二杯ずつ運ばれてくる。森繁の柳吉が淡島千景のお蝶に言う、「おばはん、頼りにしてまっせ」。

　織田作之助の最初のわが町は大阪南区の生玉前である。谷町筋と河童横丁と生国魂さんが遊び場だ。そのあと上汐町に引っ越して、松島新地を出入りして叱られた。六つ年上のガキ大将にもいじめられた。ガキ大将は服部良一だ。

作之助が六つのとき、小っちゃい姉ちゃんの千代が北の新地（曾根崎新地）へ出た。お蝶のモデルだ。作之助は高津中学に入って抜群の成績をとった。英語と歴史が九一点、国漢と博物がそれに準じた。ひとりでハーモニカを吹き、しきりに「少年倶楽部」とハーディの『テス』とドストエフスキーの『罪と罰』を愛読した。三年のときに股旅物を作文して、先生に叱られたと『わが文学修業』に書いている。

昭和六年に三高に進むと、白崎礼三や田宮虎彦らと一緒になったが、ここで母と父を次々に亡くした。作之助はもっと悪い友達と「ぜぜ裏」に遊んだ。祇園乙部の二流遊郭である。他方、麻生久の『濁流に泳ぐ』（新光社・改造社）を読んで感涙に咽んでいる。麻生は労農党や社会大衆党などを結党しつづけた政治家だ。作之助は共産主義にもけっこう共感した。

濁流が嫌いではなかった。遊びも大好きだ。宮川町で女も知った。川島雄三とは「日本軽佻派」を名のった。三五歳の短い生涯ではあるが、その生涯を傾けて愛しつづけた宮田一枝とも出会った。そのかわりつねに嫉妬に悶える男にもなった。肺結核にもなった。それが命とりになるわけだが、病弱でも創作力を駆りたてるためのちにヒロポンを打ちつづけ、それが本当の命とりになった。

織田作之助のことをだれもがオダサクという。オダサクという言い方にオダサクのすべてが愛されていることによく似ている。小津安二郎がオヅヤスと愛称されたことによく似ている。
オダサクは三高を退学して東京で演劇や文学に挑むけれど、結局は東京を嫌い、東京と斬り死にすることによって、わが町の大阪の肩をもちつづけた。このことは『夫婦善哉後日』にこんなふうに宣言されている。「万葉以来、源氏でも西鶴でも近松でも秋成でも、文学は大阪のもんや」。

昭和の人情本ともいうべき傑作『夫婦善哉』が出版されたのは昭和十五年である。田村孝之介の法善寺のぜんざい屋の絵が表紙を飾った。題字は藤沢桓夫。めくると扉にぜんざい屋の店先のお多福人形がいる。オダサクは出来上がったこの本を真っ先に姉のタツに見せたらしいのだが、タツはページをめくっていくうちに熱いものがこみあげて泣いた。

こうしてオダサクは大阪に帰ってきた。ほとんど毎日、町を歩いた。横堀二丁目の輝文館に顔を出す光景が有名だ。ここは「大阪パック」という雑誌の版元で、秋田實が編集長格で、長沖一や藤沢桓夫やアナキスト詩人の小野十三郎もいつも顔を出していた。秋田はそのころ東清水町にあった吉本興業の文芸部長も兼ねていた。連中は昼下がりになるとぞろぞろ心斎橋を抜けてひやかしに興じ、夜には必ず道頓堀にたどりついて騒ぎはじめることになっていた。将棋好きのオダサクは途中で学士会倶楽部か新世界のジャンジャン横町の将棋会所まで抜け出すことも多かった。

そんな日々をおくりながら綴りつづけたのが『大阪の顔』『大阪の指導者』『大阪の女』などの〝大阪発見もの〟だ。当時、心斎橋を歩く人は、「あんな、さっきな、ステッキをもったおっさんがいよったけど、ありゃオダサクやわ」と噂した。おっさんとはいえ、まだ三十代である。けれどもオダサクは大阪を代表していた。道頓堀の天牛書店の親父は、オダサクが来ると大阪の誇りのように迎えた。

しかしオダサクの肺はすでにぼろぼろになっていた。愛妻の一枝も死んでしまった。それでも最後まで周囲を睨みつけながら心斎橋を闊歩した。みんなオダサクが好きだった。そういう昭和の大阪が、かつてはあったのである。

第四〇三夜　二〇〇一年十月二二日

参照千夜

五九〇夜：森繁久彌『品格と色気と哀愁と』　九五〇夜：ドストエフスキー『カラマーゾフの兄弟』　六一八夜：井原西鶴『好色一代男』　九七四夜：『近松浄瑠璃集』　四四七夜：上田秋成『雨月物語』

川蜆のように生きてきたから、
歴史の一景に万端の配慮が読みとれる。

半生の記

藤沢周平

文藝春秋　一九九四　／　文春文庫　一九九七

長与善郎に『竹澤先生と云ふ人』（岩波文庫・新潮文庫）がある。小説でも随想でも日記でもなく、ただ竹澤先生についての感想のようなものを書いているのだが、そのうちぽつりぽつりと哲理めく言葉が点在して、なんとも炬燵のように足腰が温まる。藤沢周平が好んだ作品だ。

そういう作品はいくらもあって、たいていは文章そのものが香ばしい。また、そういう得がたい文章にめぐりあって何をふりかえるかどうかが読書人の僥倖のひとつになるわけだが、では、あの作家この文筆家の誰かがいつもそういうめぐりあいを提供してくれるのかというと、そうは問屋が卸さず、やはり当たり外れというか、思いちがいもある。それが山本周五郎や水上勉や藤沢周平にはほとんど見られない。散歩をしてしばらくすると、いつもその町角の懐かしい光景に出会えるように、読めば必ずその文章の光景に会う。

本書は表題で察せられるように、小説ではなくて自伝だ。著者は以前から自伝は書くつもりはないと言っていたのだが、ふと自分がどうして作家になどなったのか、ふりかえってみてもすぐにはそれがわからないので、そのことを多少なりとも炙り出そうとしてこの『半生の記』を書いたという。

藤沢は昭和二年に山形県庄内の黄金村に生まれた。いまは鶴岡になっている。六人兄弟の四番目の次男で、農家に育った。力持ちで篤農家の父、養女として育った強気の母のことを綴りながら、藤沢は自分を生んだ両親の日々をゆっくりと辿っていく。囲炉裏の火に煽られた赤い顔を互いに覗きあい、父や母が何度も聞かせてくれた昔話がたのしかった。

ささやかな事件もある。ある夜、奉公先から二人の姉が戻ってきて、さて寝る段になり、上の姉と寝るか下の姉と寝るかということになった。藤沢が三歳のころ、姉たちは十歳をこえていた。下の姉がこっちで寝ろと藤沢の手をひっぱったのだが、藤沢は上の姉の布団にもぐりこみ、懐に抱かれて寝た。上の姉はふっくらと色白で、下の姉は浅黒く勝ち気な性格だったらしい。藤沢はこの最初の幼年期の選択の記憶のようなものに、小さな罪悪感をおぼえたと綴っている。

　このあと、藤沢は少年期青年期を通して〝先生運〟が悪かったことを書く。小学校では癇癪持ちの先生に脅えて声が出なくなり、他の先生は病没したり戦死したりしてしまった。そのせいか、一貫して学校嫌いだったようである。ただ、本だけはやたらに読んだ。それも家で読み、学校の休み時間に読み、下校のときは歩きながら読んだ。菊池寛・吉屋信子・牧逸馬（林不忘）・佐藤紅緑・海野十三・山中峯太郎などが好きだった。満州事変がおこっていた。

　鶴岡中学時代、藤沢は自分が「半人前」になったことをうすうす自覚した。橋の上で重症の吃音のKさんの真似をして吃音がうつってしまった。と思った。養子にさせられそうになったときは「大人の世界に通用している不正な取引の匂い」を嗅いだ。世の中のことが少しわかった気になったのだ。これが半人前である。悪いことを見たり聞いたりすると、それがちょっと感染してくるのだ。うつるのだ。「開かずの間」をうっかり見てしまったのだが、うっかりが自分の落ち度にも感じられる。それで困る。困るところが一丁前になれないところだ。

　なるほど、半人前だと感じる時期はそれぞれにあるにちがいない。ぼくにもあった。Kが近くの帯屋から金色の帯締めを持ってきたとき、Kの盗みの行為を詰れなくて半人前を感じた。とはいえ社会や世間というものにはめっぽう晩生だったから、大人の不正取引の匂いを知ったのは高校二年くらいのときではなかったか。藤沢の時代はそうはいかない。半人前の時期にも、村からは一人二人と日中戦争に召喚されて青年が去っていった。遠くに満州が見えた。すぐ年上のお兄さんたちがいなくなっていくという体験も向こうに満州が見えるという体験も、ぼくにはまったくなかったことで、藤沢周平の作品を読むと、このことをしばしば思い出す。

藤沢は昭和十六年に高等科二年に進み、軍国主義教師に出会う。そういう教師には反発していたが、兄に召集令状がきて山形の連隊に入っていくと、そんなことを感じたくなかったのに小さな村にひたひたとやってくる「時代」を感じた。

学校を出て鶴岡印刷株式会社に入った。文選（活版印刷の活字拾い）の仕事である。夜は夜学に通った。つづいて村役場の税務課に移って酒を知り、「つるむこと」と「はなれること」を知った。大人の社会は「つるむ」と「はなれる」で組み立っていた。こうして昭和二十年になると、ついに庄内地方にもグラマンが飛んできた。社会は空から変わってきた。

藤沢は敗戦の放送を役場の控え室で聞いた。村長が「負けたようだの」と言ったきりで、何の感慨も湧かなかった。敗戦には何の感慨もなかったが、藤沢は兵士としての自分の命をいったん国に預けたつもりが、それを急にさあ自分で勝手に使っていいんだよということになってしまったのが、なんとも予定が立たないことだったという。

この感覚は敗戦時に一歳だったぼくにはまったく予想もつかない心境である。ということは藤沢周平以降の多くの日本人には欠如した感覚だということになる。むろん時代感覚の共有など、時代がずれればまったく手に負えないものになるのだから、このこと自体は何も訴えない。けれどもやはり一人ずつの人生にとっては、ここからが大きい。そこには藤沢が生きてきた「昭和」というものがある。

ここで藤沢は考えた。どう考えたかは詳しく書いてはいない。ただ、そのときに浮かんだのが吉田松陰なのである。草莽の士の松陰や三島由紀夫の松陰とはおよそちがっていた。藤沢は山形師範学校に行き、松陰をひとつのヴィジョンとして子供たちを育てようと決める。

そのあと、ちょっとした選択肢があった。兄が戦地から帰ってこなかったときは、自分が農家農事を継がなければならなかったのだ。なんとか師範試験には合格したが、兄はなかなか戻ってこない。もうギリギリというときに兄が復員してきた。

無事に師範学校に入った藤沢は、昭和二四年に隣村の湯田川中学校に赴任する。松陰になるつもりが、師範学校時代は小説ばかり読み耽る日々と、月山からの太陽を浴びる日々と職員会議に追われる日々に一変していった。

たちまち藤沢のヴィジョンは瓦解する。自分が教師にふさわしくないことを悩み、一種の五月病に罹ってしまった。しかし藤沢は正直な人である。これは現場で頑張るしかないと覚悟する。やっと一年生の五五人のクラスをもつことになり、藤沢はようようにして「明るい方向」に歩み始めた自分を感じた。ところがなかなか事態はうまくは進捗しないもので、肺結核を発見されて、中目医院に入院してしまう。

そこへもってきて兄の副業が失敗して借金を膨らませていたのが露呈して、田圃を売らなければならないほどのカサになっていた。兄は行方不明のままにある。そのころ(昭和二七年前後)、田圃一反がヤミ値で四万円だった。父親も二年前に脳溢血で死んでいた。この難局を藤沢もほうってはおけず方針のない親族会議を開いたり、兄の行く先を尋ねたりした。

事態はなんとかメドがたつのだが、そこに忘れられない光景が挿入される。あるとき、兄が家のうしろにある辛夷の大木をまさに切ろうとしているところを目撃したというのだ。まず斧を入れ、ちょうどノコギリをかけようとした矢先だった。藤沢は「切るのか」と言った。語気に緊張が走っていたのか、兄は手を止めてギョロッとこちらを向いて「切らないほうがいいか」と言った。「昔からある木だから」と言うと、兄は「よし、わかった」と頷いたというのである。

こういう光景は本書のなかではめったに出てこないだけに、印象深い。藤沢周平の時代小説にも、しばしば矯めに溜めて使われる光景だ。

そうこうしているうちに肺結核を治しそこね、専門病院に転院することになる。行く先はいまの東京東村山市にある篠田病院林間荘だった。ベッドがあくのを待って、藤沢が夜行列車で東京に着いたのは、昭和二八年二月のことだ。手術をうけることになり、そこで意外な体験をした。入院患者の説得で、婦長や医師に「付け届け」を渡すというはめになったのだ。藤沢はこう書いている、「私はそのときに、はじめて生きた世間に膚でじかに触れたのではなかったかと思う」。

けれどもその一方で、藤沢は林間荘入院の日々を案外たのしんでいる。患者の句会にも詩の会にも顔を出し、患者自治会の文化祭では上演台本まで引き受けた。そのころのものが少しだけ全集に紹介されているので読んでみると、文才があるというより、なんでも文章にしようとしている意図のほうが伝わってくる。フローベールやポオやカロッサが好きだったようだ。しかし、こんなことで藤沢の作家への意志が少しでも決まったわけではなかったのである。

病院に見舞いにきた女性に三浦悦子がいた。湯田川中学に赴任したときの三年生で、直接の教え子ではなかったが、姉が湯田川小学校の教師をしていた関係でなんとなく知っていた。見舞いも家族に言われて来たようでとくに親しくするでもなかったのに、その後は二人の仲にちょっとずつ体温が動きはじめたらしく、ついに藤沢は「長い見合いの末に結婚したような、平凡だが気ごころの知れた」ような、そういう結婚をする。昭和三四年、三一歳になっていた。

藤沢は心が落ち着き、業界紙などをなんとか渡り歩いて糊口をしのぎ、ぼつぼつ短編小説など書く気になってきた。しかし最初の子は死産、二人目の長女が生まれたあとに悦子が体調を壊して、そのまま二八歳で死んでしまった。

それから四二歳で再婚するまでの六年間のあいだに、どうやら藤沢はいくぶん自棄の気味で作家になろうかと決めたようだ。その理由を藤沢はあいかわらずはっきりは書いてはいないけれど、妻の病いを治してやれなかったことの慚愧と無念を、どこかに吐露せざるをえなくなっていたことが後押ししたようだ。藤沢は静かに怒りをぶつけるように懸賞小説に応募しつづける。

それでも藤沢が藤沢周平として認められたのは「オール讀物」新人賞の『溟い海』のときである。四四歳になっていた。昭和四六年だ。けれども藤沢はこれで作家になったとはまだ思えない。こんなことを「受賞のことば」で書いている。

藤沢周平
(1927－1997)

今度の応募は、多少追いつめられた気持があった。その気持の反動分だけ、喜びも深いものとなった。ものを書く作業は孤独だが、そのうえ、どの程度のものを書いているか、自分で測り難いとき、孤独感はとりわけ深い。

ここで『半生の記』はおわる。藤沢自身がここまでしか書いてはいない。なんとも淡い川蜆のような半生記なのである。それでも藤沢の半生は読めばわかるが、一行ずつに脈を打つ。

思い合わされるのは昭和六〇年刊行の長編小説『白き瓶』（文春文庫）である。これは三七歳で夭折した歌人の長塚節を描いたもので、なぜにあんなに大きな作品『土』が生まれたかを書いている。長塚は藤沢が慕った心の師であった。ぼくは、『白き瓶』をこそ藤沢周平の自伝のように読めた。

藤沢の小説は直木賞をとった『暗殺の年輪』（昭和四八年）から最後の作品となった『漆の実のみのる国』（平成九年）まで、一貫して徳川社会のなかの小藩での、微妙だがまことに気になる出来事ばかりを扱ってきた。そこには『暗殺の年輪』の舞台となった七万石の海坂藩の話も多い。この藩はウィリアム・フォークナーのヨクナパトーファ郡と同様の架空の藩である。架空ではあるけれど、藤沢ファンのあいだでは海坂藩の詳細な地図まで交換されたようだ。

　藤沢が舞台に選んだ小藩は必ずしも安穏たる共同体ではない。およそ人間がおこすべての諍い(いさか)と誤解と頑固が交差する。しかしそこには必ず「静かな一徹」というものがある。それは藤沢の人生に通じるものだった。

　もうひとつ、加えておく。今宵(こよい)、藤沢周平をとりあげたのは山田洋次の《たそがれ清兵衛》を故あって詳細に見て（原作は昭和六三年）、ひとつは親友の田中泯(みん)の声と体を見たのだが（日本アカデミー賞助演男優賞を攫(さら)ってしまった）、もうひとつは、思わず久々に藤沢周平の彼方に連れ去られることになったからだった。川蜆(かわしじみ)のような人生は、ぼくには遠いものだけに、ときに藤沢周平を思慕してみるわけなのである。

第八一一夜　二〇〇三年七月七日

参照千夜

一二八七夜：菊池寛『真珠夫人』　六七四夜：水上勉『五番町夕霧楼』　七三四夜：林不忘『丹下左膳』　五五三夜：『吉田松陰遺文集』　一〇二二夜：三島由紀夫『絹と明察』　二八七夜：フローベール『ボヴァリー夫人』　九七二夜：『ポオ全集』　九四〇夜：フォークナー『サンクチュアリ』

第四章　ニッポンを問う

大岡昇平『野火』
武田泰淳『ひかりごけ』
深沢七郎『楢山節考』
松本清張『砂の器』
三島由紀夫『絹と明察』
井伏鱒二『黒い雨』
野坂昭如『この国のなくしもの』
井上ひさし『東京セブンローズ』
中上健次『枯木灘』
梁石日『アジア的身体』
髙村薫『新リア王』

昭和の戦争の渦中にいた作家には、
体に染みこんだ光景が棲んでいる。

大岡昇平

野火

創元社　一九五二／新潮文庫　一九五四

大岡昇平にどこで会おうかと思っていた。そのころよく遊びに行っていた武田泰淳に頼めば会わせてくれそうだったが、それは避けた。理由を言う。次のような泰淳の文章にたじろいだからだ。「私は司馬遷をもち上げるやうな文章を、三百枚近く書きつづつた。決して彼個人に感心したわけではない。史記的世界を鼻さきに近づけ、グウかスウか、本音を吐いてみたかつたまでである。吐いてみて我ながら自己の不徹底、だらしのなさ、慚愧に堪へぬ。真珠湾頭少年飛行士の信念を羨むのみである。莞爾（かんじ）として降下する彼等の眼底胸中には、史記的世界など影をとどめなかつたであらう」。

こんなことが武田泰淳『司馬遷 史記の世界』の最後に書かれていた。理由は知らないが、この箇所はのちに削除されていた。ぼくはこれを武田家の書庫の初版（日本評論社）で読んで、衝撃をうけた。「慚愧に堪へぬ。真珠湾頭少年飛行士の信念を羨むのみである」とはどういうことか。ギャーッである。大岡昇平がこの削除された箇所そのものを生きていることはわかっていた。大岡昇平に会うなんてこのギャーッを叫びに行くようで、とうていできるはずがない。

それから十数年がたち、泰淳も亡くなり、大岡の『事件』（新潮文庫）を読んで、これはますます会えないなと感じていた。ところがそのうちスーザン・ソンタグが二度目の来日中に、日本で一番気骨のある作家に会いたい、セイゴオなら誰を選ぶか紹介しなさいと言ってきた。スーザンは大江健三郎や高橋康也とはもう会ったが、ああいう人物ではないショーワの作家と会いたいと念を押す。ぼくはしばし考えて、それなら大岡昇平か埴谷雄高だろうと言った。

一緒にいた木幡和枝がなるほどそうかもしれないわね、でもどっちかしらと言った。「大岡昇平かな」。スーザンは「じゃ、そうしましょう」と言う。が、紹介はできない。ぼくには面識がないし、それに、この日まで禁じてきた相手なのである。けれどもスーザンと和枝にかかってはこういう申し開きは通用しない。数日後、三人は連れだって世田谷の大岡宅を訪れた。大岡はすぐに、「大江君も呼ぼうか」と言った。大江家はすぐ近くにあった。スーザンはすぐに言った、「それには及ばないわよ」。

　この用件の成立の事情からして、このときのぼくは大岡昇平と話ができたという実感はもてなかった。あくまでスーザンが日本の老作家を訪れたという設定に付きあったにすぎない。それでもこの作家が文学の将来などおかまいなしに、日本社会が少年教育やPCB（ポリ塩化ビフェニル）によって犯されていることをアメリカ人相手に告発しているのを見て、またぞろ泰淳の「慚愧に堪へぬ」を思い出していた。大岡昇平を正面を向いて語りたいと感じられるようになったのは、しばらくして昭和史を深刻に考えるようになってからである。


　明治四二年東京牛込生まれである。立川文庫や「日本少年」に熱中した少年期は「赤い鳥」に童話などを投稿し、府立一中の受験に失敗して青山学院から成城中学に編入してから富永太郎を知った。これで大きく変わった。アテネ・フランセに行くようになって小林秀雄を知り、これでまた変わった。

　けれども今夜は、大岡が京都帝大仏文科このかたスタンダールを研究していたこと、中原中也を唯一理解していた友であったこと、帝国酸素・川崎重工業に勤務していたこと、『武蔵野夫人』（新潮文庫）や『花影』（中央公論社→新潮文庫）でスタンダールの日本化を試みていたことなどは、すべて省くことにする。ぼくが最初に『野火』を読み、ついで『俘虜記』(創元社→新潮文庫など)に戻り、そのあと『レイテ戦記』(中公文庫)を連載中にリアルタイムに読んだことだけを、問題にする。そうするのは作家大岡昇平が昭和十九年に召集をうけてフィリピンのミンドロ島で戦闘に加わり、翌年に米軍の捕虜となってレイテ島収容所に送られ、そこで敗戦を迎えたことだけを対象にすることにあたる。

学生のぼくに『野火』を薦めたのは、画家の中村宏だった。「あれはね、ものすごい風景論だよ」と言うのだ。読んでみて、たしかに「風景は二度ない」と断じた壮烈な見方には打たれたが、それ以上に戦争のなかの人間を見る目に異様な閃光のようなものを感じてしまった。

レイテ島に上陸するとまもなく、「私」(田村)は喀血した。五日分の食糧を与えられて、血だらけの傷兵がごろごろしている患者収容所に入院した。

三日後、治ったと言われて復隊した。中隊では五日分の食糧を持っていった以上は五日は置いてもらえと言う。病院へ引き返したが断られた。中隊に戻るとぶん殴られて「おまえみたいな肺病やみを飼っておく余裕はねえ。病院へ帰れ。入れてくれなかったら、死ね。それがおまえのたった一つの奉公だ」と言われる。「私」はまた病院に向かいはじめた。その途中で野火を見た。レイテ島のフィリピン人の焚く野火だ。かれらは敵だったが、かれらも日本人も、すでにして敗軍である。「私」は不安と恐怖にいたたまれなくなっていた。

病院に着くと行き先を失った兵士が飢えと孤独に苦しみながら、おれたちはどうなるのかと話し合っていた。その夜、砲撃をうけた。「私」は傷ついた同僚を見捨てて林の中に逃げ、このまま自分の死を見つめるしかないと覚悟した。

一人で銃をもって山野を彷徨(ほうこう)しているうちに僅かな食糧も尽きた。そのうち偶然にカモテ・カホイ(木芋)を発見して、ときならぬ飽食に甘んじた。むこうに十字架が見えた。村の教会である。死の前にいた「私」は何かに導かれるように教会に行った。村は略奪のあとで人影はなかったが、教会の中で「ある誤った運命」が作用して、「私」はフィリピンの女を射殺してしまった。

それまで孤立の戦場で自分以外のなにものをも感じなかったはずの「私」に、苦悩が渦巻いた。歩きながら銃を捨ててみた。罪を意識してみた。飢えてきた。しばらく進んでいると兵士の死体が放置されていた。どの死体も臀部(でんぶ)の肉が抉(えぐ)られている。だれかが食べたのだ。「私」の飢えも限界に達していた。人肉を食べたくなった。食べられそうな気もする。そう思っていたら、林の途中で永松と安田に出会った。スライスした「猿の干し肉」を食べていた。「私」もそれを食べてみた。干し肉がなくなると、われわれは互いの肉を食べたくなっていた。永松が安田を射殺した。しかし「私」は安田の肉の前で嘔吐した。気がつくと、「私」は永松を射殺していた……。

記憶はここで途切れる。「私」は東京の精神病院で手記を綴っている。五歳年下の医師があざとい心理分析をしてみせている。「私」には野火の燃え上がる風景が残っているだけだった……。

野上弥生子・武田泰淳に続く人肉嗜食の問題を文芸が扱った重大な作家行為もさることながら、その人肉嗜食を思いとどまったことではなく、人肉に食らいつけなかった田村の思想と限界を、本人の大岡自身が最後の一行にいたるまで執拗に問うているのが、痛かった。ギャーッだった。

大岡は限界状況にいる田村の意識を問うていた。こう、書いている。「この時期の私の経験を、私が秩序をもって想起することが出来ないのは、たしかにそれがその前、或いは後の、私の経験と少しも似ていないからである。私が生きていたのはたしかであった。しかし私には生きているという意識がなかった」。「私は何も理解することが出来なかった。ただ怖れ、そして怒っていた」。

『野火』から戦争とは何かとか戦争の悲惨というような良識の声を抜き出すのは、おススメしない。そのような文学的期待や社会的問題の提起が多少は可能だとしても、大岡が『野火』の限界を突破するために書いた大冊の『レイテ戦記』によって、その期待と問題意識はぶちこわされる。『レイテ戦記』は三〇〇冊以上の資料文献にもとづいて書かれた徹底した記録で、大岡はこれを通して「事実」だけを描こうとした。そのうえで、「事実」とはいったい何が説明できるのかということを厳密に問うた。

昭和十九年の四月五日は、ちょうど六十年前の今日にあたる。この日、フィリピンのルソン島で警備にあたっていた第十六師団にレイテ島進出の命令がくだされた。フィリピン戦の最後の防衛線とするためだ。

師団長に与えられた任務はここに堅固な航空要塞を建造するため、先行して飛行場を建設することだった。団員兵士のすべてがこの任務を遂行した。七月、サイパン島が米軍の手に落ちて、日本本土は長距離爆撃機B29の射程内に入ってしまった。事態は緊急を要していた。使命は追いつめられたものに変化した。

米軍の戦略は太平洋艦隊司令長官ニミッツの洋上接近作戦と、西南太平洋軍総司令官マッカーサーのフィリピン上陸作戦の二つに分かれていて、日本軍はこの両者に早急に対処しなければならない。国内に陣取る参謀本部もレイテ島の防衛に対して、不当にも過剰な期待を寄せてきた。十月十七日、総兵力二〇万の米艦隊がレイテ沖に達した。

大岡昇平は第五章に、こう書いた。「私はこれからレイテ島上の戦闘について、私が事実と判断したものを、できるだけ詳しく書くつもりである。七五ミリ野砲の砲声と三八銃（ぱちじゅう）の響きを再現したいと思っている」。またもや武田泰淳の「慚愧」がギャーッと聞こえてきた。

大岡昇平はいっさいの文学議論を超えていた。それがスーザンが会いたかった「日本の気骨」のようなものかといえば、そうかもしれないが、大岡がこのあと書いたのは、そういうことでもなかった。大岡はこう書いた。「私はレイテ戦記を詳細に書くことが、戦って死んだ者の霊を慰める唯一のものだと思っている。それが私にできる唯一つのことだからである」。『レイテ戦記』は第三〇章まで綴られた。最後の一行は、こうである。「死者の証言は多面的である」。

かつて、大岡の衝撃的なデビューとなった短編集『俘虜記』の、たとえば「捉（つか）まるまで」では、死に直面した日本兵が無防備の米兵を撃たなかったのはなぜかという問いを発していた。『野火』では同胞を射殺したことと人肉を食べなかったことが並列して大岡を襲っていた。『レイテ戦記』では、このような一つずつの解釈不可能な事実が、大量に、かつ同時に、そして究極の姿をもって出現する。大岡はそれだけを、昭和四二年（一九六七）という成長と飽食に酔う時代のなかで、ひたすら書き切りたかったようだ。

これは、文学作品なのだろうか。時代の証言なのだろうか。おそらくそのいずれでもない。彫塑なのだ。当たり前のことであるけれど、ぼくはスーザンに、そのような大岡昇平を感じさせることはできなかった。けれども大岡邸を辞した帰途、スーザンはこう言ってもいた。「わかるわよ。オオオカは日本の執念という目をしていたわよ」。

さて、ここまで書いてきて、ぼくとしては千夜千冊の読者のために、昭和の戦争記録をめぐるもう一冊の彫琢（ちょうたく）を紹介しなければならなくなってきたと思い始めている。それもまた真摯な記録というべきものだ。その一冊は明日にこそふさわしい。二十時間ほど待たれたい（追記↓九六一夜は吉田満『戦艦大和ノ最期』）。

第九六〇夜　二〇〇四年四月五日

参照千夜

七一夜：武田泰淳『ひかりごけ』　六九五夜：スーザン・ソンタグ『反解釈』　九三二夜：埴谷雄高『不合理ゆえに吾信ず』　九二二夜：『富永太郎詩集』　九九二夜：小林秀雄『本居宣長』　三三七夜：スタンダール『赤と黒』　三五一夜：中原中也『山羊の歌』　九三四夜：野上弥生子『秀吉と利休』

戦争を問い、僧籍を問い、欲望を問い、人間を問い、
昭和を問うて、ニッポンを問う。

武田泰淳

ひかりごけ

新潮社　一九五四／新潮文庫　一九六四

戦後昭和文学の実験作のひとつに『ひかりごけ』がある。最初は淡々と始まって、文筆家の「私」が羅臼（らうす）を訪れたときのことを回顧しているように見える。なぜ語り手がこんな北海道の突端に来たのかわからないままに、最果（さいはて）の漁村の光景の描写がつづいたあと、これはヒカリゴケを見る途中の話だということがわかってくる。「私」は中学の校長に案内され、自生するヒカリゴケの洞窟に入る。ヒカリゴケはこの世のものとはつかない緑色の光をぼうっと放っている。

帰途、校長が「ペキン岬の惨劇」の話をする。漂流した船の船長が乗組員の人肉を食べ、なにくわぬ顔で羅臼にやってきたという話である。「私」は札幌に来て、知人を訪れる。札幌ではちょうどアイヌに関する学会が開かれていて、そこに出席していた知人は、

昔のアイヌ人が人肉を食べていたという報告があったことに憤慨していた。校長と知人の話に関心をもった「私」は『羅臼村郷土史』を読む。

ここから話は昭和十九年の事件を報告している記録者の言葉に、どこかひっかかるものを感じるというふうに転じていく。「私」は現実の作家（武田泰淳のこと）に戻って、野上弥生子の『海神丸』や大岡昇平の『野火』を漠として思い出しつつ、この事件を戯曲にしたいと思う。

読者はすっかり事件に関心をもたせられるのだが、この話はかつて野上が『海神丸』で描いてみせた話だということを知らされ、さらに大岡の『野火』のテーマにつながるという文学的な話題に転換させられるのである。

これはとても妙な展開だ。読者は作者の用意した虚構の船から突然に降ろされて、武田泰淳の作家としての現実的な問題意識につきあわされ、あまつさえ、この作家はほんとうに戯曲を書いてみせ、読者はそれを読むことになっていく。まるで、ほんとうはこの戯曲が最初に書かれ、そのプロローグとしてここまでの物語があとから加わったというふうなのだ。

こうして息をのむような迫真の戯曲がはじまる。この戯曲もそうとうに意外な構成である。第一幕は難破した船で生き残った四人の船員が洞窟にいる。そのうち船長と西川が二人の人肉を食べると、西川の首のうしろにヒカリゴケのような淡い光が浮かび上がる。西川は罪悪感にさいなまれるが、船長が自分を食べようとしているのを察知して、海に身を投げようとする。船長は結局のところ西川を追いつめて食べてしまう。

第二幕は法廷の場だ。船長が被告になっている。ところがおそろしいことに、ト書きには「船長の顔は洞窟を案内した校長の顔と酷似していなければならない」と指定されている。船長は検事や裁判長を前に、「自分が裁かれるのは当然だが、自分は人肉を食べた者か、食べられた者によってのみ裁かれたい」と奇妙なことを言う。船長はさあ、みんなこれを見てくださいと言うが、誰にも光が見えない。そのうち船長を中心に舞台いっぱいにヒカリゴケのような緑色の光がひろがっていったところで、幕。一同が呆然としているなか、船長の首のうしろが光りはじめる。

この作品のテーマは必ずしも新しくはない。しかし、『野火』や『海神丸』では人肉を食べる罪を犯さずに踏みとどまった人間が主人公になっていて、そこに一種の「救い」が描かれているのに対して、この作品では最初から最後まで安易な救済をもちこまず、徹して宿命の行方を描こうとした。

そこに浮かび上がるのは戦時下における不気味な人間の姿そのものだ。これは武田泰淳にして描きえた徹底だった。その後、ずいぶんたって日本人による人肉食事件がおこって世界中に報道された。フランスで遺体の一部をフライパンで焼いて食べたという、いわゆる佐川事件である。これを唐十郎が『佐川君からの手紙』（河出文庫）として作品にした。

人肉を食べることをカニバリズムという。カーニバルとはそのことだ。謝肉祭とは、その奇妙な風習の名残りをとどめた和訳語だ。本書は人間の文学が描きえたカーニバルの究極のひとつを綴った。『海神丸』『野火』とともに忘れがたい作品になった。ちなみに野上の『海神丸』は大正十一年に発表された作品で、ぼくが知るかぎりはカニバリズムにひそむ人間の苦悩を扱った文学史上初の作品だと思う。野上は日本が生んだ最もスケールの大きい作家の一人で、いまこそ読まれるべき女性作家だ。

武田泰淳は、東京本郷の浄土宗の寺に生まれた坊さんだった。大岡昇平の三つ年下になる。東京帝大の支那文学科に入って竹内好（よしみ）と知りあい、中国文学研究会を立ち上げるとともに左翼運動にのめりこんだ。中央郵便局でゼネストの呼びかけのビラを配って逮捕拘束されたり周作人来日を機会に日中交流の先頭に立とうとしたりしているうちに、大学をやめた。昭和六年に得度をしている。

昭和十二年に召集を受けて華中戦線に送りこまれ戦争を知った。二年後に除隊され、戦時中の昭和十八年に『司馬遷 史記の世界』を書いた。書いてみて暗澹（あんたん）たる気持ちをもった。そして敗戦。戦後最初の作品は『蝮のすゑ』（思索社）である。敗戦後に上海で代書屋をする主人公が「時代」と「女」と「無力」を実感するという一篇で、この作家の前途をまるごと予感させる。

この予感は昭和二九年の『ひかりごけ』、三三年のアイヌの日々を扱った『森と湖のまつり』（新潮文庫ほか）、翌年の二・二六事件を舞台にした『貴族の階段』（角川文庫ほか）にダゲレオタイプのように連写されていった。泰淳は「滅亡」と「恥」を考えこむ作家だったのである。

昭和二五年に「展望」に書いた『異形の者』という小品がある。思うところを赤裸々に組みこんだもので、自分が僧侶の身であることを問うている。

得度をした夜、「すでに俺は俗人ではない」と感じ、「一般人とはかぎりなくへだたり、もはや二度とふたたびその仲間入りはできなくなった」と思いつつも、「人間でありながら人間以外の何ものかであるらしき、うす気味わるい存在である」という唐突を知る。異形を感じる。

やがて泰淳は坊主であることを「恥」だと思うようになり、寺の住職であることを捨て、神田「ランボオ」（昭森社の森谷均がオーナー）で働いていた鈴木百合子と結婚をする。それまで結婚を〝我慢〟していたのは意地だったようだ。

こういう泰淳の生き方は、のちの『快楽』(新潮文庫)にも綴られている。昭和三五年に「新潮」誌に連載を始めたもので、中断しながらも五年にわたった。主人公の柳は浄土真宗の寺の跡継ぎとなった十九歳の青年で、時は戦争の只中に進む昭和という設定だ。泰淳は、ここでも俗世の「カイラク」(快楽)と仏教的な「ケラク」(快楽)を行ったり来たり右往左往する青年が、これを恥辱とみなそうとする苦悩を描いた。

仏教者が自身に出入りする「異形」や「快楽」に深刻に躊躇するというのは、インド仏教や中国仏教にはほとんど見られない。日本仏教においても、かなりめずらしい。この点においても泰淳の苦悩はすこぶる昭和日本的である。

逆からの見方もできる。泰淳は戦時の仏教者たちに真剣な闘争がほとんど作動しなかったことに、司馬遷がおめおめと生き恥をさらしたことや、人肉を食べて平然としようとした有事の人間を重ねあわせ、自身の優柔不断を突き出して、ニッポンを問うたのでもあったというふうに。

さて武田泰淳は、わが俗なる青春期にとっても特別の作家であった。ぼくは武田家と親しくなって、しょっちゅう赤坂の家に出入りしていた。当時はまだめずらしいメゾネット式のマンションだった。「海」に『富士』連載がはじまるころだったろうか。そのように、ぼくが足繁く家に出入りした作家は、あとにもさきにも武田家だけだ。

当時、武田家は深沢七郎と親しくて、しばしば送られてくる深沢味噌がふんだんにあり、ぼくはときどきそれを分けてもらっていた。また、子猫をもらうことにもなった。わが家で最初に飼った猫は武田家の子猫なのである。大文学者にちなんで「ポオ」という名をつけた。茶トラの牡猫だ。

武田家でぼくのお相手をしてくれるのは、もっぱら百合子夫人と写真が好きな花ちゃんで、作家はなんとなく雑談につきあうだけで、あえてわれわれが交わす話題に介入するようなことはしなかった。とはいえ漠としてぼくの話を聞いているらしく、ときどき「君はそんなことを考えるんだね」というような口をぽつんと挟んでくる。それが虚を突いてくる感じがして、どこか見透かされているようで怖かった。「君ねえ、芥川賞なんて火星の大接近にもくらべられないほど、どうでもいいことだよ」と言った。

花ちゃんのことは、その後、わが後輩の写真家とつきあうようになり、そして別れた。その後の花ちゃんのことは、彼女の写真集に詳しい。ポオはわが家に数々のドラマを残して死んだ。初めて猫の葬式をした。

いまもって懐しいのは、武田家の本棚をこそこそ閲覧できたことである。ふつうの本屋ではお目にかかれない本ばかり覗いてみた。そして、「この本、お借りしてもいいですか」と聞くと、たいていは「あげるよ、ちゃんと読みなさい」と言われた。が、そう言われると、次に会ったときに「あの本、どうだったかね」と言われそうなので、だんだん借りにくくなっていった。借りた本にはたいてい赤い色鉛筆でマーキングが入っていた。その意図を想像しながら読んだ。いまでもそういう数冊が編集工学研究所の本棚に紛れているはずだ。武田泰淳という人、いまのニッポンには見いだしにくい作家であった。

第七一夜　二〇〇〇年六月十五日

参照千夜

九三四夜：野上弥生子『秀吉と利休』　九六〇夜：大岡昇平『野火』　一四〇七夜：髙村薫『新リア王』
三〇一夜：有吉佐和子『一の糸』　三九三夜：深沢七郎『楢山節考』

ラブミー農場の主(あるじ)よりも、作家のぼくが上にいるなんてことは、ありゃせんよ。

楢山節考

深沢七郎

中央公論社　一九五七／新潮文庫　一九六四

山梨に石和(いさわ)温泉がある。ときどき訪れた。途方もなく大きな岩石や鉱物を庭や風呂だけでなくどの座敷にも入れてある変な旅館があって、そこが気にいった。

深沢七郎は石和に生まれた。少年時代はギターばかりひいて、青年になっても壮年になってもギターは捨てがたく、日劇ミュージックホールに出演してストリッパーの伴奏をやっていた。それがどうしたことか、昭和三一年、四二歳のときに思い立って小説を書いて応募した。『楢山節考(ならやまぶしこう)』である。第一回中央公論新人賞になった。

千曲(ちくま)地方に伝わる姥捨山(おばすてやま)伝説にもとづいた物語で（深沢は山梨の境川村大黒坂を風景のモデルにしたと言っている）、自身の死を全身で受けとめる老婆おりんの姿がありありと伝わってくる。おりんは自分が死すべき者であることを全うするため、石臼(いしうす)に歯を打ちつけて歯なしの醜い容貌となり、自分が死んだあとに息子の辰平の妻が困らないように、ありったけの生活の知恵を伝え了える準備をする。

その死は、深沢の叙述によって崇高にも、誇らしいものにもなっていく。辰平がおぶって楢山の山頂に登りきったとき、山中に雪がはらはらと舞い、おりんの完璧な自己犠牲が美しく映えるラストシーンは、喩えようもなく美しい。

選者はいまでは考えられないくらいの羨ましいメンバーで、伊藤整・武田泰淳・三島由紀夫があたっていた。三人が三人ともこの作品の出現にショックをうけたようだ。「私」とか「自由」とか「社会」ばかりを主題にしていた戦後文学の渦中に、まるで民話が蘇ったかのような肯定的ニヒリズムがぬっくと姿をあらわしたからだったろう。三島は「読後、この世にたよるべきものが何一つなくなつたやうな気持ちにさせられる」と絶賛した。

センセーショナルなデビューを飾った深沢は、つづいて昭和三三年の『笛吹川』（中央公論社→新潮文庫）で、戦国時代の武田信玄と笛吹川とに翻弄される農民たちが次々に死んでいく姿を凄惨に綴って、またまた評判をとった。

ところが翌々年に「中央公論」に掲載された『風流夢譚』で、天皇家を名指してその首が落ちてコロコロと転がる描写をしたため、右翼（日本愛国党の少年K）が中央公論社の嶋中鵬二社長宅に侵入して殺傷をおこすという事件がおきた（家政婦が死亡）。深沢は会見で死亡者が出たことを謝罪したのち、長い放浪生活をおくることになった。『風流夢譚』によって深沢は不敬作家とみなされ、常軌を逸していると噂された。そんなことはあるまいという反論も出た。吉本隆明は作品に描写されているのは「実在の人物とは似ても似つかぬ人形」のようになっていると擁護し、武田泰淳や石原慎太郎もむしろ健全な小説になっていると援軍を繰り出した。けれども深沢本人は二度とこういうことをしまいと決心したようだ。

昭和四十年（一九六五）の冬、深沢は埼玉県菖蒲町に落ち着き、二人の若者とともに「ラブミー農場」を開いた。ウェスタンハットをかぶり、好きなギターを片手に、数寄三昧をしている姿がニュースになった。深沢は死ぬまでこの農場に住んだ。そんな深沢をメディアは放っておかなかった。

一方、メディアに応えて書いた『人間滅亡の唄』（徳間書店→新潮文庫）、『無妙記』（河出書房新社）は強烈なものだった。この男が何にも頼らず、どんな社会にも属していないことを告げていた。

曰く「ほんとうに幸福な姿は淋しさに似ている」、曰く

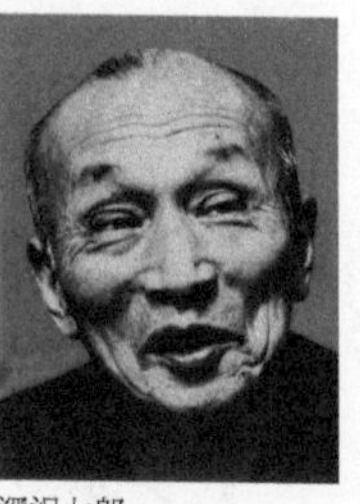
深沢七郎
(1914 - 1987)

「人間に本物なんかありません。みんなニセモノです」、曰く「人間は欲だけある動物です」、曰く「安っぽいからあなたは負担の軽いその日その日を送っていられるのです。安っぽい人間になりたくてたまらないのに、人間は錯覚で偉くなりたがるのです」、曰く「いちばんおすすめすることは、行商などやって放浪すること」、曰く「東京は五十人くらいでよい」云々。

深沢七郎の文学は批評家たちからはアンチ・ヒューマニズムであるというふうに言われるようになった。この用語はロラン・バルトなどもつかっているが、深沢にあてはまるとは思えない。

こういう用語で作家を処理しようというのは日本の文芸評論の悪い癖で、だいたいヒューマニズムなどという概念は日本文学にはピンとこないし、まして西洋的なヒューマニズムに対抗する思想としてのアンチ・ヒューマニズムを『楢山節考』のために用意したところで、どんな解説にもならない。それならアンドレ・マルローではないが、深沢の作品性はそれ自体が何にも属さない「連綿たる一個の超越性」であるなどと言ったほうが、よほどいい。

さきほどぼくがつかった「肯定的ニヒリズム」という言葉にしても、伊藤・泰淳・三島のショックをいいあらわすために、泰淳が「そうだねえ、まあ明るいニヒリズムというのかな、肯定そのものが無であって、無そのものから肯定が出てくるような、そんな印象だったね」と語った言葉からやっと選んだものにすぎず、泰淳とてそれで何かを説明するつもりなどないはずなのである。ぐれたい、それだけでもいいのだ。

思い出すのは深沢味噌である。ぼくはこの深沢特製の味噌をいつも武田家から分けてもらっていた。少し変わっていたが、とてもおいしかった。泰淳にとっても『楢山節考』は深沢味噌だったはずだ。ただその味噌はちょっとぐれていた。

『楢山節考』は発表後すぐに読んだ。中学生だから何をどう読めたかはおぼつかないが、それから十年ほどして再読し、あとは映画を見た。さらにゲッティンゲン大学の日本研究センターのリヒターさんが、ぼくに関心をもって来日したとき、何かのはずみで深沢七郎の話になって、次に会ったときにその話を聞きたいと言われ、それでまた久々に読んだ。

これらの数度にわたる読後感はほとんど変わらない。これはむろん読む者の力のせいなんぞではなく、『楢山節考』がもたらす味噌の味が変わらないということだ。ちなみに木下恵介のものも、のちの今村昌平のものも映画は気にいらなかった。ついでにいえば中村光夫の「夢と現実のまざった無気味が出ている」、大岡昇平の「選ぶ言葉に喚起力がある」、平野謙の「棄老伝説のおそろしさ」といった批評もつまらなかった。

ぼくが読む『楢山節考』はなんといっても歌物語だということにある。その歌はもちろん多少は日本の山村に伝えられてきたものであるが、むしろ深沢七郎が好きにつくった歌だ。その歌が『伊勢物語』のように、あるいはマザーグースのように、おりんが楢山に負われて捨てられていくまでを追いたてる。

実際にも作中でつかわれている歌、すなわち「楢山節」は深沢七郎が作詞作曲をした。一部、レコードにもなっている。哀調に富んだ曲だが、ギター演奏はちょっとフラメンコ風である。深沢の歌声は嗄(しゃが)れていた。

かやの木　ぎんやん　ひきずり女
せがれ孫から　ねずみっ子抱いた

塩屋のおとりさん　運がよい
山へ行く日にゃ　雪が降る

楢山祭りが　三度来りゃよ
栗の種から　花が咲く

山が焼けるぞ　枯木ゃ茂る
行かざなるまい　しょこしょって

いくつの歌が作中に入っているか数えていないが、おそらく二十近い歌が、物語の進行にしたがって出てくる。そのいちいちが作中人物がらみのもので、作者はその歌の意味をことこまかに説明する。そのため、それらの歌に引きずられて登場人物がなりふりを合わせているようにも、読める。

実際にも、そうなのだ。姥捨の習慣が続く山村には、深沢がつくりたかった歌以外の出来事はおこらない。貧しい。食いぶちがない。祭りは一年に一度だけ、嫁入りには式も披露宴もない。合意だけがある。ただそのようなことがおこるだけの寒村なのである。正月もとくになく、仕事を休むだけ。深沢はそのような寒村におこる出来事のすべてを歌を挟んで説明し、歌が響きわたるように物語を綴った。

不思議なことに、歌というものは三十年前に唄った歌をいま唄っても、その印象はそんなに変わらない。その歌を十年前に唄ったときも、きのう唄っても、それほど変わらない。これは和歌などにもあてはまることで、いつ口にしてみても一定の響きと意味を唱え出す。

深沢はそういう歌のように小説を書いたのだろうと思う。作詞作曲のように小説があり、ラブミー農場のように小説があるだけなのである。あえていうのなら、深沢は「土地の歌」を失ってしまった村を蘇らせたのである。おそらく深沢が佐々木喜善で、読者が柳田國男なのである。

だからこういう作家がいるからといって、それをむりやり文芸評論の範疇で定義したり解説したりしたって、とんちんかんになる。山田風太郎や車谷長吉だってそうだ。それでもそうしたくなるのは、小説というものを何がなんでも「文学」という牙城に入れたいからで、許されるのなら放っておけばいい。まさに深沢七郎とはそういう生きた作品存在だった。

『楢山節考』は読むたびに、泣かせられる。楢山に雪が降ってきたところなど、困るほどだった。そのように読者が泣くのをわかっていて、辰平に「運がいいや、雪が降って、おばあやんはまあ、運がいいや、ふんとに雪が降ったなあ」と言わせるあたりは、これは深沢の憎いほどの、しかしながら歌を作ったり唄ったりすることが好きな者だけが知る演出なのである。

しかしそれは、ぼくが北原白秋や野口雨情の歌に何度でも泣くように、また森進一やちあきなおみの歌にぐすぐすしてしまうように、深沢七郎が自分のつくった歌の泣きどころをよく知っているということにすぎないようにも思う。物語は最後にこんな歌が出て、終わる。これが最後の最後の二行だ。

なんぼ寒いとって　綿入れを
山へ行くにゃ　着せられぬ

第三九三夜　二〇〇一年十月五日

参照千夜

七一夜：武田泰淳『ひかりごけ』　一〇二二夜：三島由紀夫『絹と明察』　八九夜：吉本隆明『芸術的抵抗と挫折』　九六〇夜：大岡昇平『野火』　七一四夜：ロラン・バルト『テクストの快楽』　三九二夜：竹本忠雄『マルローとの対話』　一一四四夜：柳田國男『海上の道』　八四七夜：車谷長吉『鹽壺の匙』　七〇〇夜：『野口雨情詩集』

昭和社会に噴き出てきた日本人の「殺意」を「暗合」をもって暴く。

松本清張

砂の器

カッパ・ノベルス(光文社) 一九六一 /文藝春秋 一九七一 / 新潮文庫 全二巻 一九七三

伊東深水(しんすい)の子に朝丘雪路(あさおかゆきじ)と勝田祥三がいる。姉弟とも度胸がある。弟の勝田は名うての電通マンで、会ったころは日の出の勢いだったがその後は少々神妙になって、やがて松本清張の番組制作や映画化を担当するようになっていた。その勝田さんの紹介で、二、三年ほど清張もののテレビ番組を企画したり、清張ムックのような出版物を編集構成したりしたことがある。

テレビ番組は「ニュードキュメンタリードラマ・昭和」というもので、テレビ朝日系で二五回分を放映した。ぼくはこのすべてを企画構成した。このとき松本清張という作家にジカに接することになった。清張番秘書統括役のような文藝春秋社の藤井康栄(やすえ)さんの応援もあって、妙に気にいられもした。

推理小説のテレビ化ではない。昭和三九年から「週刊文春」に七年にわたって連載され、その後に加筆もされた『昭和史発掘』（文春文庫）にもとづき、あの厖大なシリーズにとりあげられなかった〝事件〟も拾ってドキュドラマにしようというのである。語られざる二・二六事件、東京ローズの周辺、憲法制定の裏側、三億円強奪事件の犯人の暗示などを次々に番組にした。演出には新藤兼人や中島貞夫らがあたった。

ぼくが昭和史にどっぷりつかった時期でもあるが、このとき松本清張の創作の秘密のごくごく一端にふれた。

清張の創作の秘密は、緻密な調査のどこに見切りをつけ、そこから先を推理する態勢をどう整えるかという、その「見切り」と「見通し」の決着のつけかたにあったように思う。手順でいえば、「見切り」までは徹底して資料を読みこむ。この調査のものすごさは清張の代名詞のようなものだから、多くが予想がつこう。とくに第一次資料にあたる姿勢には鬼気迫るものがある。

しかし資料でわかる情報には必ず限界がある。だいたい難事件ばかりを対象にしたいほうだから、資料だけでは全容があらわれてこない。そこでどこかですっぱり「見切り」をつける。ここからの転換が速い。不足分を推理と構想で補っていくのである。このとき注意すべきは、推理だけでは補えない筋書きをつくっていく。その読み筋の構想が「見通し」で、これによって残った推理の手順を稠密にくみたてる。推理の明かし方はあとから理屈づけるためについてくるらしい。

ぼくも「編集は不足から始まる」と考えてきたのだが、社会推理も「欠けているピース」をいくつ想定できるかから始まっていた。編集工学はその不足から羽ばたくのだけれど、清張作品はそこを追いつめる。

もうひとつ、秘密があった。秘密というより、信念だろう。それらの「見切り」や「見通し」は社会や生活や仕事にあくまで関連付随したもので、推理構成ではその人間の目で全体を〝解読〟していくということだ。ここで「人間」といっているのは清張にとっては「欲望」と同意義のもので、その欲望の解発（開発ではない）がどの程度の社会の深部でおこっているかということが作家の狙いになっていく。つまりはどんな事件も属人的にくみあわせていくということだ。

残念ながら、ぼくにはそのように人間を執拗に凝視したり調査したりする趣意はない。いっときの「欲望」がそのまま持続するとは思えないからだ。けれども清張はそのようなことをうっかり言ったぼくに、一言、こう投げ放った、「それは君がね、社会を利用できていないからだ」。

清張を読んだのは、父が新刊書を買って本棚の一定の場所に並べていた『点と線』と

『眼の壁』だった。日本が高度成長期に入った矢先の昭和三二、三年のことで、初の女性週刊誌「週刊女性」や即席ラーメンや「月光仮面」が登場していた。わかりやすくいえば長嶋デビューと同じ時期だ。清張が長嶋と同時期にデビューしていたというのは世代的には変な印象だが、これは清張の作家活動が四十代半ばに入ってからのとびぬけた晩生だったせいによる。同じころに鮎川哲也、水上勉、佐賀潜、梶山季之、黒岩重吾らの社会派ミステリー作家が一斉に書店を賑わせていた。

昭和の出版ブームが高度成長期と交じって未曾有のピークを迎えていたのである。日本人が戦後復興期を抜け出て、まさに大衆の欲望が爆発しつつあった時期である。それはまた世の中での数々の犯罪や疑惑が乱舞していたことを示していた。社会派ミステリーはそこを見逃さなかった。

これより少し前の昭和二八年、清張は『或る「小倉日記」伝』で芥川賞をうけた。森鷗外の小倉在住期の日記が散逸していることを謎解きふうに追ったもので、文壇は本格派の萌芽を感じた。朝日新聞西部本社の広告部にいた時期の発表である。ところが昭和三一年に退社して執筆に専念したとたん、推理小説に挑んでいった。『張込み』(新潮文庫)がミステリー・デビュー作となった。芥川賞的たらんとすることを捨てたのだ。

もともと清張に小説を勧めたのが推理作家の木々高太郎だったから、いわば先祖返りしたということでもあるが、清張自身に聞いたところでは「純文学の連中とはつきあえないと思ったからね」ということらしい。

清張は小倉に生まれて高等小学校を出たあとは、川北電気の給仕を振り出しに、実にさまざまな職業についている。印刷屋の版下に携わったのがいちばんおもしろかったようで、それ以降はデザイナーになろうともして、けっこう嘱望もされていたようだ。それが作家になったのは、九州の印刷屋時代に八幡製鉄所の文芸集団とつきあって「文芸戦線」や「戦旗」を読んだせいで、とくにプロレタリア文学に満足できなくて独自の路線を切り拓いてみたくなったからだったという。

ともかく負けん気が強い。とくにライバルたちを絶対に認めなかった。何度、井上靖の悪口を聞かされたかしれない。考古学者とも歴史学者とも鎬を削りあいたい。どんな歴史の謎についても自分なりの仮説をもたないと気がすまない。そうでない話題には、あんな事件はつまらないと嘯いた。

ぼくはその後もときどき清張ミステリーを摘まんでいたが、しばらくは最初の衝撃をそれほど超えなかった。ふたたびおもしろく読めたのは、『ゼロの焦点』『砂の器』『Dの複合』『天保図録』などにあとから出会ったときと、もうひとつは、週刊誌に連載されていた『昭和史発掘』に痺れてからだった。その『昭和史発掘』の続きを、ぼくがテレビでひとつひとつ企画構成することになろうとは、そのころは思いもよらなかった。言い忘れたが、仮設に富んだ『清張通史』（講談社文庫）に代表される古代史論考にもいろいろつきあった。

いったいこうした清張ミステリーのどこがユニークな仕立てになっているかというと、むろん「社会派」であることが文芸批評が認める特徴なのだが、もっとふみこんでいえば、社会にひそむ別々の出来事にはどこかに必ず暗合があるはずだということが、清張ミステリーや清張歴史観の真骨頂だった。

暗合とはおもいがけない組み合わせのことで、そこには外からは見えにくいが、いったん見えはじめたら強烈に引き合う符牒がともなってくる。清張作品の「見切り」と「見通し」はこの暗合と符牒に執拗にかかわって大胆に動いていく。その暗合には負の暗合と正の暗合がある。清張はそのどちらもが犯罪に近づくトリガーになると考えた。負の暗合は世間から隠そうとする符牒をどこかにもちあわせ、正の暗合はそれを強調することによって、不当な欲望を隠蔽するためにつかわれる。

そこでやっと本書『砂の器』のことになるのだが、この作品はそうした正の暗合と負の暗合を典型的にいかした作品だった。清張の最高傑作だというのではない。けれどもこの作品には清張の手法と昭和という時代があますところなく凝集していた。

ミステリーの筋を書くのは気がひけるものの、大筋をかいつまんでおくと、この物語は蒲田駅の操車場で顔の潰れた男の惨殺死体が発見されるというところから始まる。刑事が聞き込みしてみると、その身元不明の男と連れ立っていた若い男がバーの片隅で東北弁を喋っていたこと、しきりに「カメダ」という言葉を口にしていたことだけが浮かび上がってくる。

　刑事たちは東北に出掛けてカメダの地名をさがす。該当しそうな亀田が一ヵ所あったが、何も関係ない。どうもカメダではなさそうである。ではカメダに近い地名がないかとさがすのだが、これもない。捜査が何も進まなくて難渋したところへ、ここで第一の暗合が作動する。東北弁に近い発音が出雲地方にあるらしいという暗合だ。

　カメダは出雲地方の亀嵩だった。われわれは東北弁の訛りというものに偏見をもっている。そこを清張は突いていく。ただし亀嵩に何があるのかはまだ何もわからない。そこへ被害者の息子があらわれて、三木謙一という男が被害者で、かつて亀嵩で巡査をしていたことがわかってきた。

　三木はなぜ殺されたのか。三木はかつて亀嵩でひどく貧しい親子を救い、その子を育てたことがある。父親は病気もちだった。ところがその子は亀嵩を脱出して行方不明になっている。三木が蒲田で殺された周辺を調べていくと、三木の息子が「伊勢や大阪をまわってくると言っていた親父が、なぜ東京に行ったのかがわからない」と洩らしたことが浮上した。そこで三木の足取りを追ってみると、どうも伊勢の映画館で何かを見たらしく、その直後に東京に向かったことが臆測できた。

そこで第二の暗合になる。三木は映画館で亀蒿で育てた懐かしい少年が成長して、ある有名人になっていたことを知ったのである。それがいまは和賀英良と名前を変えた新進の売れっ子作曲家であった。刑事たちはそのときの上映フィルムを調べ、ニュース映画をくまなく点検し、ついに和賀の姿が映画館に配信される予報に映っていたことを知る。おそらく三木は亀蒿で面倒を見た少年が立派に成長しているのを知って、つい会いたくなって東京まで出かけたのではないか。そして何者かに殺害された。和賀に尋問してみても、何も見えてはこない。仮に和賀があやしいとしても、育ての恩人ともいうべき三木を殺害する動機がまったくわからない。

そこへ第三の暗合が浮上する。実は三木が殺されたあと、その犯行に関係がありそうな成瀬リエ子という劇団員の女性が自殺をとげていた。つづいて、そのリエ子を知っていた劇団員の宮田が殺され、さらには銀座のクラブ・ボヌールの三浦恵美子が不審な死に方をした。

恵美子は刑事が疑念をもっていた関川という芸術評論家の愛人だった。関川はヌーボー・グループという芸術集団の一員である。ヌーボー・グループは和賀英良の隠れ蓑だった。丹念に和賀を調べると、婚約者が今度新しく大臣になった田所の娘であることがわかってきた。これは暗合ではなく、〝つながりリンク〟である。異常な権力欲によるつながりだ。大臣の娘を手に入れるには、よほどの幸運が重ならなければならないはずだった。男ぶりのいい和賀がそれまで女と関係がなかったとは思えない（野村芳太郎が映画化してヒットした『砂の器』では加藤剛が和賀に扮していた）。

和賀が売れっ子作曲家として浮上するにあたって、ヌーボー・グループにまつわる女たちを利用したらしいことが推理されてきた。第四の暗合はアリバイがありそうな和賀がこれらの女たちや宮田をどのようにして殺したかということにまつわるものだが、ここでは省く。

かくて清張がしくんだ最大の暗合、第五の暗合がいよいよ接近してくる。ちゃんと説明すると複雑になるのでエキスだけ書いておく。

ひとつ、放浪して亀嵩に行きついた和賀親子（本名は本浦）の父親が重い業病（ハンセン病）だったこと、ひとつ、そのため亀嵩の巡査だった三木が父親を療養所に入れ、息子を引きとろうとしたこと、ひとつ、それを息子は振り切って逃げ出し、和賀英良の戸籍をとって（そこにもなんとも巧妙な犯罪があるのだが）、新たな人格として成長していたこと等々がからみ、この作品全体の主題が実は町や村を追われて育った和賀による大仕掛けな「社会復讐(しゅう)」だったこと。これらが最後の最後になって蒼然(そうぜん)とつながって見えてくるのである。けれどもその復讐は「砂の器」のように脆(もろ)かったのだ。

ほとんどネタを割ってしまったようで申し訳ないが、そこを言わないと清張の「社会暗合術」とでもいうべきが見えてこないので、あしからず。

松本清張については語られるべきことがそうとうあるように思う。

たとえば、昭和の読書界を席巻した井上靖や司馬遼太郎とその方針と思想を比較すべきであろうこと、なぜ清張はアカデミズムに抗(あらが)うかのように古代史や現代史に挑みつづけたのかということ、あの厖大な執筆量を誇りながらも文壇との交流にはずっと冷ややかであったこと、ものごころついてから四十年ほどの無名時代にいったいどんな執念を燃やしていたのかということ、山本周五郎や手塚治虫に似て、どうして女性像を描くのがへたくそだったのかということ、ほんとうはどんな政治思想の持ち主だったのかということなど、あれこれ論じていけば、松本清張一人の解明を通して「昭和の作家力」の多くを検証できるのではないかと思われる。

もっとも、こういう検証作業はぼくの不得意なところでもあるので、北九州小倉に開館して、充実した清張研究を連打しつづけている「松本清張記念館」(藤井康栄館長)の成果をご覧になるのがいいだろう。多くの識者たちによる「松本清張研究」も定期刊行されている。

とはいえ、やはり正直な感想を少し洩らして、今夜を締めくくりたい。ひとつ、ぼくは清張が好きだった。ひとつ、清張の昭和がぼくの昭和を貫いていた。ひとつ、清張にはポメラニアンなど飼ってほしくなかった。ひとつ、清張に誘われて銀座の高級バーに行ったけれど、あれではあまりにストイックすぎて、ついに悦楽にはほど遠い人生を送ったのだろうと思わざるをえなかった。ひとつ、清張は犯罪を懲らしめたいとは思っていなかった――。清張記念館さま、あしからず。以上。

第二八九夜　二〇〇一年五月十日

参照千夜

八四夜：新藤兼人『ある映画監督の生涯』　九一四夜：司馬遼太郎『この国のかたち』　二八夜：山本周五郎『虚空遍歴』　九七一夜：手塚治虫『火の鳥』　六七四夜：水上勉『五番町夕霧楼』　五三六夜：梶山季之『せどり男爵数奇譚』　七五八夜：森鷗外『阿部一族』　一五六夜：井上靖『本覚坊遺文』

はたして日本は「父」を失ったのか。
はたして三島は「白昼の父」になれたのか。

三島由紀夫

絹と明察

講談社　一九六四／新潮文庫　一九八七

今夜はやや變はつた視點から三島由紀夫のことを書いてみる。あへて旧字体と旧仮名遣ひにしてみた。導入部として、父と子が一つの小説を同時に讀むといふことなど滅多にないだらうけれど、たまさかさまざまな條件が重なつて、それが實際にぼくの家族におこつたといふことから記してみたい。

三島由紀夫が『絹と明察』を書きはじめたのは「群像」の昭和三九年一月號からである。他日の千夜千冊に書いたやうに、そのころの横浜山手町のわが家では同覧雑誌なるものをすこぶる利用してゐて、毎月、婦人誌・経済誌とともに「群像」「文學界」「新潮」「文藝」などの文藝誌が順次届いてゐた。父と母と妹がそれらのうちの何を讀んでゐたのかは知らないのだが、ある夕食時、父が「群像」連載中の『絹と明察』の話題を母に振つた。「あれは近江絹糸の話やで、よう書けてるわ」。母は「さうみたいですな。そやけど、ややこしさうやから……」と引いた。そこでぼくが割りこんで「讀んでるよ、岡野つて人物がおもしろい」と云つた。父は「ほう、さうか、セイゴオは岡野がおもしろいか。ワシはやつぱり駒澤やな」と云つた。

そのころ父は呉服の仕事から手を引いてゐた。横浜山手町に越してきたのは元町に和服和装の店を出すためだつたのだが、これが大失敗し、ちやうど店を畳んだばかりだつた。借金が残り、品物はまだ手元にあつたので、母が細々と〝呉服行商〟まがひのことをしてゐたのだが、見栄えが悪いことや風采が上がらないことが大嫌ひだつた父は、もはや着物には見向きもせず、藝能プロダクションの手伝ひや横浜中華街の仕事や油壺のマンション建設に手を出さうとしてゐた。

そんな前後、三島が『午後の曳航』（講談社）といふ書き下ろし單行本を上梓した。伊勢佐木町の有隣堂でパラパラとその本を見てゐたぼくは、この小説が横浜山手町を舞臺にしてゐることを知つて、ざつと讀んだ。「三島がこのへんのことを書いてゐる」と父や母に教へもした。わが家の近所のことが書いてあるのだ。元町のコンフエクショナリイ喜久屋で三島の姿をときどき見かけてゐた以外、とくに三島に關心をもつてゐなかつた筈の父は、かういふこともあつてか、ごくごく興味本位に『絹と明察』を讀んだのだらうと思ふ。それに近江絹糸は父の故郷の長浜とは目と鼻の先のご當地企業である。興味がない筈はなかつた。

こんなふうに父と子が頑是なくも他愛もない感想を交はしながら、まつたく同時に『絹と明察』を讀んだのだ。世間的にも少々稀なことだつたらう。

近江絹糸事件といふのは、昭和二九年に急成長してゐた纖維メーカーの近江絹糸でおこつた労働争議のことである。彦根の近くに大半が女工の工場があつて、噂ではなんらかの組合加入戦術が外部からもたらされ、組合が勝つたと報道された。争議は「人権スト」とよばれ、マスコミは「戦後の女工哀史」だ、「涙の勝利」だと騒いだ。経営者はそのうち退位した。三島はこの事件に取材して、表向きはいかにも三島得意の物語と見える作品に仕上げた。

駒澤紡績の駒澤善次郎は家族主義を標榜するワンマン社長である。業績は急成長し、大手十社に迫るほどの勢ひがある。ライバルの櫻紡績の村川は心穏やかでない。そこで、政財界に顔のきく岡野に頼んで背後から労働争議をおこさせ、駒澤の家族主義の偽善を暴くやうに仕向けた。岡野は若い頃こそハイデガーの哲學やヘルダアリンの詩に惹かれてゐた人物だが、その後はすつかり世事にまみれ、それでもどこかで自分に嫌氣がさしてゐる。が、その嫌氣を自分以上の虚飾をかこつ連中を少なからず睥睨することで破綻させないやうにしてゐた。岡野はじかに駒澤に接してみて、その野放圖で無自覺な自信過剰に辟易とする。

やがて争議が進み岡野の作戦が圖に當たると、駒澤はマスコミにも不用意な発言をして二進も三進もいかなくなる。その直後、駒澤は脳血栓で倒れた。見舞ひに行つた岡野はそのやうになつてもまだ会社と社員を心底信じきつてゐる駒澤の姿を見て、なんとも名状しがたい悲哀と同情を感じてしまふ。そのとき岡野は駒澤の土着的な心情が自分には失はれてゐることに氣がついた。思へばハイデガーやヘルダアリンは「彼の地の土着の心情」をこそ謳つてゐたのだつた。ここは日本である。それを自分は忘れてゐた……。

だいたいはこんな筋である。ぼくがこれを讀んだときは、ここに書いた程度の話としてそこそこおもしろく讀めたのだが、それだけだつた。ところが、この作品が意圖したものはそれだけではなかつた。

題名の『絹と明察』は、絹派としての駒澤とこれを貶めた明察派のドラマといふ對比をあらはしてゐるやうに見える。しかしさう見るのは、三島の意圖とは違つてゐた。絹としての駒澤は最後になつて明察に達したのである。逆に岡野は絹にとらはれて明察を缺いたのだ。三島自身は自作の意圖をかういふふうに説明してゐる、「絹の代表である駒澤が最後に明察の中で死ぬのに、岡野は逆にじめじめした絹に惹かれて、ここにドンデン返しがおこるんです」。

それだけではなく、三島は「この作品はこの五年あまりの僕の総決算だつた」と云つて、さらにこんな説明をした。「書きたかつたのは日本及び日本人といふものと、父親の問題なんです。つまり男性的権威の一番支配的なものであり、いつも息子から攻撃をうけ、滅びてゆくものを描かうとしたものです」。

ずいぶんあとのことになるが、三島が自決してしばらくたつていくつかの三島論を讀んだとき、『絹と明察』を評論した者にこのやうな三島の意圖を豫見してゐた議論はほとんどなかつた。唯一、野口武彦が『三島由紀夫の世界』(講談社)で岡野のキヤラクタリゼーションに注目し、三島は『林房雄論』(新潮社)に續いて「本質的原初的な日本人のこころ」を描いてゐたのではないかと指摘してゐたけれど、他の評者はたいてい、愚直な駒澤の描写が秀逸だといふたぐひの批評に終始してゐた。

たとへば、「描破された資本家像」(高橋和巳)、「戦後知識人の破綻を書いた」(村松剛)、「人間の愚劣への挑戦」(森川達也)、「愚かな人間を芸術的に浮き彫りにした」(奥野健男)といつたふうに。

これらのことは、如何に三島が誤解されてゐるか、それとも如何に三島の文學はわかりにくいかといふことを示してゐるかのどちらかに見えるのだが、必ずしもさういふことではない。三島は作家としての自覺をした當初から、實はこの『絹と明察』そのものに向かつてゐたと言ふべきなのである。それを最も端的に暗示してゐるのは、三島が『絹と明察』を了へて次に何を書いたのか、何を始めたのかといふことだ。『絹と明察』は昭和三九年十月に完結し、その翌年から三島が「新潮」で連載にとりくんだのは、残された大作『豊饒の海』ただ一本だつたのである。

三島が總決算に立ち向かふため、作家の決着として（後でわかつたやうに、人生の決着としても）、その生死の最終仕上げのためのスプリングボオドとしたのが『絹と明察』だつたといふことは、ぼくを驚かせた。

三島が『絹と明察』を書いたのは三九歳のときである。自決するのは昭和四五年（一九七〇）の四五歳の十一月だから、死の六年前になる。その六年のあひだ、小説としてはずつと『豊饒の海』だけを書きつづけ、その他は、一方では自衛隊に體験入隊して「楯の会」を結成し、随筆スタイルでは『英霊の声』『太陽と鉄』『文化防衛論』などを書いただけだつた。

三島は「栄光の蛸のやうな死」の準備に向かつてゐたのだ。その準備は『絹と明察』の翌年の四十歳から始まつてゐた。四十歳ちやうどのとき三島が何を始めたかといへば、『憂國』を自作自演の映画にし、『英霊の声』を書いた。かうした準備は三島のこれみよがしの誇大な行動報告趣味からして誰の目にもそのリプリゼンテエシヨンがあきらかであつたにもかかはらず、その姿は滑稽な軍事肉體主義か、ヒステリックな左翼批判か、天皇崇拝の事大主義としか映らなかつた。

六年間、三島は「日本及び日本人」だけを問題にしてゐたやうだつたのに、世間や文藝批評界は三九歳までの作品からこれらの主題を讀みとらなかつた。世の中なんて所詮その程度のものだと云へばそれまでだが、三島が仕込んだもうひとつのテエゼ「父と子の問題」といふこともほとんど伝はつてゐなかつたところを見ると、そもそも三島における「日本及び日本人」が父親像の探求と裏腹の関係にあつたといふことすら、世間にも批評家にも〝認知〟されてゐなかつたのだらうといふことになる。では、いったいなぜ、さうなつたのか。

三島は自分の思考の意圖を隠さない人である。昭和三九年十一月の「朝日新聞」では、「過去数年間の作品はすべて父親像を描いたものだ」と証し、『喜びの琴』『剣』『午後の曳航』『絹と明察』といつた作品名を告げてゐた。

『喜びの琴』（新潮社）は文学座の委嘱によつて書かれた戯曲で、言論統制時代の近未來を舞臺にしてゐる。主人公は筋金入りの公安係巡査部長の松村で、左翼の仕業とみえた列車轉覆事件が調べてみると實は右翼の仕業だつたといふ意外性を描いた。松村が自分自身の思想と行動に裏切られたと思つたとき、天から「喜びの琴」が聞こえてくるといふ幕切れだ。

『剣』(講談社)のはうは剣道部の學生の死を扱つたもので、三島の『葉隠』についての解釋をそのまま作品化してゐた。『午後の曳航』はさきほども書いたやうに横浜山手町の擬似家族を題材に、中學生の登が慕つてゐた航海士が母と姦淫してゐたことを知つて處刑するといふ話である。

表にあらはれた筋書きと登場人物は區々だが、いづれも一途な思ひを抱きながら、そのロマン主義的な前途が「裏切られた父性」によつて挫折ないしは逆轉してしまふ構圖を書いてゐる。しかし、何としたことなのか、當時はそのメッセヱヂが世間には伝はつてゐなかつたのだ。

理由はさしあたつて三つしか考へられない。三島の文學がヘタクソだつたか、三島がこの主題を把握しきれてゐなかつたか、文藝界・メディア・世間が三島を讀み違へていたか、そのいづれかである。三島は焦つたやうだ。実際にも『喜びの琴』『剣』『午後の曳航』『絹と明察』のどれもがたいした評価をうけなかつた。ノーベル賞も取り逃がした。『喜びの琴』にいたつては左翼を痛烈に揶揄した臺詞に劇團側からクレームが入つて、文学座の上演を見送られた。かなりの屈辱だつたらう。

かうして昭和四十年になる。四十歳になつた三島は『憂國』を監督自演の映画にしたのを皮切りに、これまで文學的に暗示してきたものを行動や随筆や討論にあからさまに吐露しはじめた。

大盛堂の社主でもある舩坂弘(ふなさかひろし)の道場で剣道の稽古を始め（ぼくはここで初めて三島と会つた）、自衛隊に體験入隊してその心境を『太陽と鉄』（講談社）に書き、『英霊の声』（河出書房新社）で天皇に物申し、精鋭の現役學生を集めて「楯の会」を結成した。

戯曲では『わが友ヒットラー』（新潮社）を、評論では『文化防衛論』（新潮社）や『葉隠入門』（新潮文庫）をたてつづけに出すと、一橋や早稲田での左翼學生集会にも積極的に参加した。有名な東大全共闘との公開闘論（芥正彦との対峙）は自決のほぼ一年前である。最後は書き殴つたやうな『行動学入門』（文春文庫）で中斎(ちゆうさい)大塩平八郎の陽明學的行動を称揚した。

こんなわかりやすい露呈はなかつた。意志も思想も理念も行動方針もまるごと見せたのだ。伏せられたのは最後の最後の市ケ谷自衛隊での昭和四五年十一月二五日の決起だけだつた。

しかしそれにもかかはらず、批評家も三島ファンもメディアも世間も、かうしたあからさまだつたはずの三島の準備の意志行為をほとんど理解しなかつたのである。これは振り返つていへば、文藝的に暗示した「父と子」「日本及び日本人」の問題が理解されなかつたのとまつたく同様の冷たい反応だつたといふことになる。三島は文學も行動もあきらかに過小評価されたのだ。

三島は何かを間違つたのだらうか。それとも三島の仕掛けが甘くて効かなかつたのだらうか。どうも、さういふことではないやうに思はれる。ここで問題は再び元に戻つていく。いつたいなぜに三島は『絹と明察』で喪失した父親のイメエヂを描かうとし、駒澤に日本人のプロトタイプを求めたのかといふことだ。

平岡梓に『伜・三島由紀夫』（文春文庫）がある。憂國死した息子のことを生ひ立ちから自決にいたるまで、父親が独自に回顧した。ときに辛辣な言葉を放ち、ときに息子に似て世間を振り回して綴つてゐる。

いつたい父親が息子のことを書いた文献が世界にどれくらゐあるのかは知らないが、これは相當に異様な一冊であつた。一貫した見解がなく右往左往してゐるため、また記述も思ひ出し語り調で動いてゐて、母親の倭文重にあれこれ尋ねたことも随所に挿入されてゐることもあつて、記述はまことにワインディングする。さういふ意味ではおそらく奇書の一種に入るであらう。

いろいろなことが綴られてゐる。祖母に溺愛されて育つたこと、母への思慕が強かつたこと、子供の頃から富士山と大海原と夕映えが好きだつたこと、隣の少年が遊んでゐるのを塀の節穴からよく覗いてゐたこと、父親とはつひに表面的な会話しかしなかつたこと……等々。もつと弁解と叱正と推理をしてほしかつたところもあるが、それでもやはり實父と實母が見た目なのである。参考にならないわけはない。あらためて確認されたことも多い。祖母が初孫の三島を父母からとりあげて自分の病床近くで育てようとしたことは『仮面の告白』でも有名なくだりになつてゐたのだが、さういふことも傍証された。

しかしながらぼくがこれを讀んで注目したことは、この父親は三島を一度も満足させなかつたであらうといふことだつた。それにもかかはらず祖父・父・三島と三代続いた官僚生活の日々といふものは（三島は東大卒業後に大蔵省に入った）、つねに三島にのしかかつてゐたといふことだ。ここには「父の不在」があつて、三島には密かに魂胆されてゐただけだらう「父殺し」といふものが見え隠れする。しかもこの「父の不在」と「父殺し」は、ある時期から〝何らかの父〟たらんとした三島自身の重圧としてたえず全身にのしかかつてゐただらうといふことだ。

このことが『午後の曳航』の本物と偽物を揺れ動く「想定された父親」としての航海士を處刑するといふ行為にあらはれ、ついでは『絹と明察』の駒澤が最期になつて岡野の幻想的なハイデガー哲學を打倒するといふ顚末になつたのである。いや、もつと實際的には、三島が自分の息子の幼い威一郎から「お父様なんか死んでしまへ」と言はれ、三島が母に「お母様、僕はもう威一郎を諦めました」と言つてゐたといふことなどもかかはつてくる。

三島は三十代後半になつて、これ以上家族としての父や子に何かを實現しやうとするより、本來の民族的な男性の威嚴、すなはち「白昼の父」たらんとすることを自ら別途に取り戻すことのはうが餘程重大なことであるといふ決意をし、本氣で「日本及び日本人」のことを考へるやうになつたやうだつた。そんなことはもつと若い頃のことだらうと思はれるかもしれないが、さうではない。

もちろん藤原定家に憧れ、能や歌舞伎に深い関心を寄せてゐたといふやうな高尚な日本趣味なら、三島ははやくから身につけてゐた。春日井建らの現代短歌にも土方巽の暗黒舞踏にも詳しかつた。また二・二六事件や白虎隊の青年たちの生き方と死に方に強い羨望をもつてゐたことも、はやくからの氣質であつた。けれどもそれはレイモン・ラディゲやジャン・コクトオやガブリエル・ダヌンツイオの美意識と不可分の日本青年の美であつて、そこには本格的な「日本及び日本人」の追求はほとんどなかつたのだ。

ところが或る時から愈々その必要を痛切に感じてしまつたのである。日本の本來に向かはなければならないと決意したのである。それが『絹と明察』の翌年からの異常な行動や計画になる。あるとき三島は母親に向かつて、「僕のやることはいくらお母さんでも止めても駄目だから何も言はないでください」と告げてゐた。

ここで再びぼくの話を挾むことになる。父と子で「群像」の感想を交はしたあと、ぼくはしだいに學生デモや労働者の集会にばかり出るやうになつてゐた。それもべ平連のやうな活動ではなく、できるだけ過激な日々を自分に課さうとしてゐた。

さういふ日々が続いたあるとき、ぼくは父と口論することになつた。きつかけは忘れたが（些細なことだつたらう）、そのとき父はかなり声を荒らげ、「おまへなんかベトナムに行つて頭をかち割られてきたらええんや」と言ひ捨て、ぷいと書斎に姿を消したのである。こんな父を見たのは初めてだつた。母にはよく罵りもし手を上げもしてゐたが、ぼくに暴言や暴力を振るふことはなかつた父なのだ。このときの父の顔は、それから二年足らずで豪氣な父が黄疸と膵臓癌で急激に瘦身となつて急死したこともあつて、ぼくの脳裏から離れることがない。

實は今夜の三島についての感想は、この父とぼくとの一夜のことを書いておきたかつたといふこともかかはつてゐた。父は、三島が『豊饒の海』第二部「奔馬」を連載中の昭和四二年の三月にこの世を去つたのだつた。

では話を戻すけれど、三島は空想上の「白昼の父」たらんとすることを、現實の「日本及び日本人」になることと重ねていつたわけである。それがどういふものであつたかはいまさら説明するまでもないだらうが、さて、ここに、いささか重要な三島をめぐる逆説とでもいふものにかかはる困つた問題がもうひとつあつた。困つたといふのは三島にとつて困つたことである。

それはぼくの見るところ、三島は日本思想を一度も本格的に深めたことがない人だつたのではないかといふことだ。なるほど吉田松陰や山本常朝にひとかたならぬ共感を寄せてはゐたが、その思想を存分に咀嚼してゐたかといふと甚だあやしいし、すでに九九六夜の王陽明の『伝習録』のときにも触れておいたのだが、三島は大塩平八郎の行動をこそ把握しきつたであらうものの、大塩が命懸けになつた陽明學の本懐を十全に理解してゐたとは思へない。さういふ氣がするのだ。

藝術のことではない。思想そのものの話である。あるいは日本思想のみならず思想を捉へることが苦手だつたのではないかとさへ思はれる。たとへばハイデガー哲學だ。また『豊饒の海』の下敷きとなつた佛教の唯識思想だ。これらはどう見ても浅かつた。見識が線的なのである。これに對して定家や世阿弥やワイルドやコクトオの才能や美意識を見抜くことは、他の追随を許さないほど独得の鬼才ぶりであつた。それなのに三島は日本思想の精髄を解讀できなかつたのだ。空海や道元や徂徠や宣長には取り組まなかつたのだ。とくに佛教といふものが見えていない。

ぼくが見るに、三島の思想で最も充實し、最も独自の高みや深みに達してゐたのは

『太陽と鉄』である。あれは何人にも眞似できない眞骨頂を根本で放つてゐた。

三島に日本思想がないなどと云つてゐるのではない。さうではなくて、自身が日本の父なるものを求めて自決を覺悟で檄を飛ばし、日本の軍備の渦中に躍り出ようとするにあたつて、三島が用ゐた思想はまさに『葉隠』であり松陰であり陽明學であり唯識論だつたのに、三島はそれを一知半解のまま活用しようとしたのはなぜだつたのかといふことを問ふてゐるのだ。

思想など援用しないといふのでもよかつたのかもしれない。三島は戒名に「武」の一字を入れるやうに遺言したほど、最後は「文」を捨てて「武」に入り、文學を揚棄して行動を極上としたのだから、何も半端に日本思想など持ち出さなくともよかつたのである。けれども、それが三島には出來なかつた。放つてはおけなかつた。

ふつう、三島の思想は浪漫主義に端緒したと言はれてゐる。浪漫主義といふのは、窮屈で矛盾に滿ちた現實に對してその奥にある全體の流れを想定し、その流れに自身の感情を合はせて思索や表現をすることをいふ。したがつて浪漫主義にはどこかペシミズムや逃避がつきまとふ。

三島は浪漫主義に惹かれながらも、厭世や逃避をよろこばない。青少年期にギリシア悲劇の洗禮をうけた三島は、たんに現實の代はりに別の函を作つてそこに浪漫を注入してしまふのではなく、現實そのものに立ち向かつて、その矛盾を描ききる方法があることに氣がついたにちがひない。浪漫はそれに被せる意匠であればいい。それを徹しさへすれば、ソポクレスの『オイディプス王』がさうであるが、浪漫主義や厭世主義では見え切らない「宿命の中の意志」が描けることを知つたのである。

ここまではきつと青年時代にすでに氣付いたことだつたらう。しかしながら、これではまだ表現者に留まるだけである。人一倍自意識の強かつた三島には、たとへどんなに表現がうまく成就したとしても、そこに自分自身の行為の充實がなければならなかつた。いや、充血と云つたはうが三島らしい。かうして察するに、もうひとつの充血装置が新たに作動する必要があつたにちがひない。それを一言で當てるのは容易ではないが、おそらくはニーチエのディオニソスや超人の導入に近いものであつたと見れば、さうは當たらずとも遠からぬのではないか。

三島が選び切つた充血装置には、むろん幾つかのものがあつた。同性愛もそのひとつだらうし、芝居を書き、芝居を舞臺に乗せるのもそのひとつだつたらう。両方ともこの装置は代理を立てるといふ意味に於いて鏡像的だ。

もう少し自分の鏡像から離れるといふ方法もあつた。肉體を鍛へてボディビルをするとか剣道に打ち込むとか自衛隊に體験入隊するといふのは、さういふ非鏡像的な充血装置だつたらう。

ニーチエは『悲劇の誕生』で「生の充實」にはアポロン型とデイオニソス型の意圖があることを指摘した。三島は早くにニーチエに傾倒して、この二つを巧みに駆使することによつて著作をなしてきたのだが、しだいに自分自身のデイオニソス性の不足を感じたやうだ。そして、自身を陽光のやうに眩しいデイオニソスの快樂や充血を得る像にすることに異常な関心をもつた。三島はあくまで「デイオニソスとしての悲劇の主人公」でなければならなかつたのである（そのわりにグノーシスの隠避には関心を示してゐなかった）。

かくて三島は自在な表現を操つて悲劇を描きつつも（三島文學の大半は悲劇である）、その反面では自身をして、自ら描いたその悲劇を嗤ふデイオニソスの優位に立つ司祭に仕向けていつたのである。言つておきたかつたのは、このことだ。

三島がかねて「偽装」といふことに激しい官能をおぼえてゐただろうことはよく知られてゐる。その性癖は『仮面の告白』にすでにめらめらと燃えてゐた。しかし、どうして偽装など必要だつたのか。それは金子光晴が『絶望の精神史』などで告白した擬装とはちがつてゐた。

もし三島に充實や充血の自信があるのなら、世間やメディアや批評家が誤解するほどに自身を偽装する必要などなかつた筈である。三島は存在が偽装だつたとしても、それを通すにはそれ以上の偽装は必要なかつたはずである。けれども「楯の会」もそのひとつだが、三島は最期の最期まで、ある意味での偽装をしつづけた。そんな必要はどこにあつたのか。今夜はそのことを付言して、ぼくの三島感想を閉じたいと思ふ。

三島が偽装を好んだ理由を知るには、偽装は事實よりもずつとアクチュアリティに富んでゐるのだといふロジックを知らなければならない。

いつたい偽装とは何かといふと、またまたニーチェを引き合いに出すことになるけれど（青年三島がニーチェの偽装論を早々に踏襲してゐたからだが）、そもそも言語が偽装であつて、概念をもつといふこと自體が偽装なのである。たとへば空に浮かんでゐる雲には一つとして同じものはない。そこには同一性がない。雲はつねに多様である。それを「雲」といふ言葉や概念をつかへば、それぞれの雲の特徴や細部は失はれてしまふ。事實を指摘できないことになる。だからそれを「雲」と言つてしまふことは「事實」から見れば「誤謬」なのである。しかしながら、そのやうに「雲」と言ふことによつて、われわれは思考における同一性や連続性を得ることができるのでもあつた。

すなはち言葉や概念を掲げるといふことは、その行為の根源において偽装を許容したといふことなのである。三島は、そして三島文學は、このニーチェ的同一性論の認識の上に成り立つてゐる。その同一性に向かふためには、誤謬や偽装を恐れず、むしろ世界が誤謬や偽装でしかないことを見切るべきなのだといふロジックを有効にする必要があつたのである。

ニーチエはこの同一性の維持と高揚のために、かの「永遠回帰」を説いた。そして偽装と誤謬の凱歌(がいか)を謳つた。三島がそこまでニーチエのロジックに嵌(は)まつてゐたかどうかは知らないが、少なくとも三島にとつては偽装を果たし切ることは三島の思想としての行動だつたらうといふ豫想はつく。さうだとすれば、三島の「偽装」は三島をとりまくすべての「事實」を超えるものだつたのだ。

ただし、これを付け加へておくべきなのだが、三島がニーチエに傾倒するところはあつても、ニーチエはまつたく三島に似てゐないといふことである。

これでおおよその見方が成立すると思ふのだが、きつと三島は松陰の思想ではなく、いはば松陰らしくなることが、山本常朝の『葉隠』の解讀ではなく鍋島(なべしま)藩の常朝以上であることが、王陽明の『伝習録』を深めるのではなく陽明學に奉じた大塩平八郎その人を超えることのはうが、ずつと重要だつたのである。

この行動姿勢の實踐に、最初は「父と子」が、ついで「日本及び日本人」が重なつた。だから、三島にたとへば「父殺し」に関するフロイトに勝る思想が醸成されてゐなかつたからと云つて、また「日本の思想」について保田與重郎や丸山眞男を凌駕する思想の用意がないからと云つて、本人にはそんなことで何も隔靴掻痒させるものはなかつたと思ひたい。三島に日本思想の深みなどを期待しないはうがいいといふだけだ。

もうひとつ、老婆心で加へておくが、三島は最後の大作『豊饒の海』でも思想的解決は諮つてはゐなかつた。

だいたい『豊饒の海』は「轉生」が主題になつてゐるのだから、それ自體において「父と子」の軛を逃れてゐるし、また主人公を松枝・飯沼・本多といふふうに移すたびに舞臺を奈良からタイまで幅をとつたことによつて、「日本人」の問題に責任をとれないやうにもしてゐた。責任は三島の死だけがとりたかつたのである。

今夜はざつとこんな感想を書いておきたかつた。三島の文學を解讀しようとしたのではなく、三島の思想の謎解きをしたわけでもない。また本當は『禁色』を起點に聖セバスチヤンから稲垣足穂をまぜつつ書いてみたかつたホモセクシヤリティの周辺のことも、まつたく触れないままになつた。三島は足穂の『少年愛の美学』には眞底、感服してゐたのである。

ともかくも今夜の感想は、父と子といふ渦中の一光景から見ると、ときに三島の相貌の氣味が風通しよく見えることもあるといふ、ただそれだけのことである。

第一〇二三夜　二〇〇五年四月八日

参照千夜

九一六夜：ハイデガー『存在と時間』　一二〇〇夜：『ヘルダーリン全集』　一七夜：堀田善衛『定家明月記私抄』　二九八夜：『春日井建歌集』　九七六夜：土方巽『病める舞姫』　九一二夜：コクトー『白書』　五五三夜：『吉田松陰遺文集』　八二三夜：山本常朝『葉隠』　九九六夜：王陽明『伝習録』　一一八夜：世阿弥『風姿花伝』　四〇夜：ワイルド『ドリアン・グレイの肖像』　七五〇夜：空海『三教指帰・性霊集』　九八八夜：道元『正法眼蔵』　一七〇六夜：荻生徂徠『政談』　九九二夜：小林秀雄『本居宣長』　六五七夜：ソポクレス『オイディプス王』　一〇二三夜：ニーチェ『ツァラトストラかく語り』　一六五夜：金子光晴『絶望の精神史』　八九五夜：フロイト『モーセと一神教』　二〇三夜：保田與重郎『後鳥羽院』　五六四夜：丸山眞男『忠誠と反逆』　八七九夜：稲垣足穂『一千一秒物語』

この作家の「虚々実々」をどう読むかということで、昭和史を覗き見る角度が決まっていくかもしれない。

井伏鱒二

黒い雨

新潮社 一九六六／ 新潮文庫 一九七〇

太宰治が「井伏さんは悪人です」と書いていたということを猪瀬直樹の『ピカレスク太宰治伝』（小学館→文春文庫）で読んで、そういえば井伏鱒二（いぶせますじ）偽善者説が以前にうっすらあったなあということを思い出した。それを言っていたのは中井英夫だった。当時は塔晶夫というペンネームで『虚無への供物』（講談社）が話題になっていたころだ。

三十年以上も前のことになるが、そのころ中井も井伏も、あるところによく来ていた。あるところというのは早稲田のモンシェリの二階に出現した早稲田小劇場で、中井が初期に、井伏が後期によく訪ねてきていた。井伏さんは七十歳をこえていたかもしれない。芝居を見るというだけでなく、芝居がハネると鈴木忠志や関口瑛や白石加代子をはじめとする劇団員たちと雑談をしていた。このころの早稲田小劇場の事情については井伏に

『友達座連中』（筑摩書房・井伏鱒二全集24所収）という作品があって、そのころの雰囲気が醸し出されている。

ともかく、中井さんが井伏についてのそんな噂を一度だけだが話してくれたのだ。ぼくはいっこうに気にかけなかったのだが、それは井伏鱒二と中井英夫ではあまりにも共通点がないように見えていたからで、中井さんも誰かがそんなことを言っていたという話しっぷりだった。

井伏鱒二が大の川端康成嫌いであったことも、そのころ聞いた。だれかが川端の話をしはじめると、ぷいと席を立ってしまうほど嫌っていたという。このことはどこかで安岡章太郎も書いていた。しかしこれもたいした話ではなくて、川端は贔屓で文学を見ていたのだし、そのため脇にやられた龍膽寺雄も稲垣足穂も、川端を好きにはなれなかったのは当たり前なのだ。

ぼくの父はたいていの井伏作品をもっていた。『本日休診』（講談社文庫）や『珍品堂主人』（中公文庫）のたぐいが好きだったようだが、ぼくは森繁久彌や伴淳三郎が出てくる豊田四郎の〝駅前シリーズ〟の大ファンだから『駅前旅館』（新潮文庫）にぞっこんで、その映画ばかりの印象で井伏世界を愉しんでいた。だから、そういう井伏が『黒い雨』のような深刻な被災文学を書くとは思えず、本書を父の本棚から手にとってみたときは、そうかユーモア作家じゃないんだと驚いた。

これはぼくが何も知らなかっただけのことで、その後よく見れば、井伏文学には『山椒魚』(講談社文庫)、『安土セミナリオ』、『川』(江川書房)、小林秀雄絶賛の『丹下氏邸』(新潮社)、モノローグばかりの『夜ふけと梅の花』(講談社文芸文庫)、象徴詩のような『鯉』(田畑書店)など、けっこうシリアスな作品が多かったのである。とくに『川』なんて風景描写がえんえん続いて、この作家の底意地のようなものを感じさせた。『鯉』はそれこそクロード・ドビュッシーだ。

井伏が鷗外をずうっと敬愛していたことも、やがて伝わってきた。鷗外の「簡浄」が好きなのだ。『武州鉢形城』(新潮社)は鷗外かと思った。ただそれが『鯉』や『屋根の上のサワン』(角川文庫)で生きものに触れるとなると、はぜるのだ。とくに『山椒魚』は山椒魚そのものが主人公で、頭が出口につかえたためにしだいによこしまになっていく意図の変化を扱って、奇妙な気分に向かわせる。

しかし、こういうことは結局は井伏が〝文体の人〟だったと言っているようなもので、あまり参考にならない。たしかに方言の入れぐあいはうまかった。広島の福山の出身だが、『黒い雨』でもその特色はよくあらわれている。

ぼくが井伏文学にまともに傾倒するようになったのはやっと『さざなみ軍記』(新潮文

庫）からである。『平家物語』を絵巻ふうのスケッチにしたような組み立てで、平家一門の逃亡の日々を綴った日記を作者が現代語訳をするという日記重層化の手法になっている。『黒い雨』はこれを踏襲した。

舞台は広島だ。時間は原爆が落ちてから五年近くたっていた。鯉の養殖を仕事としている閑間重松が原爆症の予後を養いながら、自分がひきとった姪の矢須子の結婚を心配している。『黒い雨』はこういう状況のなかで「ピカドンのときの出来事」をさかのぼらせて、それを川の流れの上にポンと笹舟をおいて流したような作品である。

矢須子が縁遠いのは原爆症の噂のためなので、重松は見合い話がきたとき、相手を納得させるために診断書を添えた。それがかえってやぶへびになり、仲人から原爆投下時の矢須子の足取りを詳しく教えてほしいと依頼されてしまう。やむなく矢須子の日記を見せようと決断し、ついでながら自分の被爆日記を読ませたいという気になっていく。そこで妻のシゲ子の助けをかりて清書をはじめた。物語はこの清書の書き進みとともに焦点をもちはじめる。

こうしてあの八月六日の人間たちの動向が、少しずつあきらかになっていく。矢須子はそのとき疎開荷物を運んでいて、直接の被爆をしていないことがはっきりした。ただしその帰路に泥のはねのような黒い雨を浴びていて、それがしばらく消えてはいない。そういうことがわかってきたころ、矢須子の縁談は一方的にこわれる。そのうえ矢須子に原爆症があらわれてきた。

重松はもはや何者に憚ることなく〝記録〟を完成させようと心に決める。知人の細川医院の院長にも助力をたのんだ。細川は義弟の被爆日誌を送ってきてくれた。そこには凄絶な記録が綴られていた。重松は落胆する矢須子にその日誌を見せ、矢須子を鼓舞するが、実は自分がしている清書は自分のためだったことに気がついていく。

作品の終わり近く、重松は川を見る。その流れの中をウナギが行列をつくっている。この地方ではピリコとかタタンバリとよばれている幼生だ。そこからは水の匂いがたちのぼっていた。それは原爆の前も後も変わらぬ光景であり、匂いだった。重松は一人つぶやく。「今、もし、向うの山に虹が出たら奇蹟が起る。白い虹でなくて、五彩の虹が出たら」。

原爆文学とか被爆文学という言葉はぼくにはない。戦争文学という言葉もつまらない。そんな言葉を一度もつかわないで世の中を見てきたと思うのだが、それはともかく、これまで原爆を描いてきた作品では原民喜の『夏の花』(角川文庫)や大田洋子の『屍の街』(中央公論社・冬芽書房)などが話題になってきた。

そういう作品にくらべて『黒い雨』はかなり変わっている。どこかで石牟礼道子が『黒い雨』の感想をのべるにあたって「魔界から此岸にふっと抜けるような蘇生」といったことを書いていたと憶うのだが、そんな風情もある。その一方、被爆者の内側までをも蝕んだ殺人光線の描写も克明にある。だったらそれで打ちひしがれた気分になるかというと、そういうものがない。明るいわけでもなく、暗いのでもない。匂いといえば、たしかに水の匂いがするが、その匂いが動いている。そこは太宰治が見ていた井伏鱒二ではない井伏鱒二が生きているのである。

これは井伏がもともとサンショウウオやカエルを見て育ち、それをそのまま『幽閉』や、それを改稿した『山椒魚』に書いてきたという〝自分の関心を向こう側に託して見る趣旨〟にもとづいているのだろうと思う。ごく初期の『やんま』『たま虫を見る』『蟻地獄』が、そのまま広島に落ちた原爆の街に拡張したわけだ。『山椒魚』のラストは、発表時のものではサンショウウオがカエルと和解することになっていたのだが、晩年、井伏はここを削除した。それもピカドンだったのである。ただ、そこには井伏がずうっと好きだったらしい淡彩画のような味がある。この味がピカドンに立ち向かった。淡いものが濃い衝撃に立ち向かったのである。

井伏が独得の黙笑感覚を文脈に仕込めたこと、長らく「ドリトル先生」シリーズを翻訳していたこと、ぼくの大先輩で早稲田の仏文科を出ていたこと、梶井基次郎の『ある崖上の感情』にかなり痺れたこと、小林秀雄らの「作品」の同人になったが長続きしなかったこと、軽妙な剽窃がうまかったこと……などなどについてはふれなかった。ふれるまでもないと思ったからだ。

第二三八夜　二〇〇一年二月二七日

［追記］松本鶴雄をはじめ、これまで数々の井伏鱒二論がものされてきたが、最近の野崎歓（かん）の『水の匂いがするようだ　井伏鱒二のほうへ』（集英社）は、まるで井伏の文体が写し絵のように憑依（ひょうい）して綴っているようで、感嘆した。きっと冥途の井伏も嬉しく読んだのではないか。

参照千夜

五〇七夜：太宰治『女生徒』　三九七夜：親鸞・唯円『歎異抄』　五三夜：川端康成『雪国』　一七八夜：龍膽寺雄『シャボテン幻想』　八七九夜：稲垣足穂『一千一秒物語』　五九〇夜：森繁久彌『品格と色気と哀愁と』　一二六夜：田山力哉『伴淳三郎・道化の涙』　九九二夜：小林秀雄『本居宣長』　七五八夜：森鷗外『阿部一族』　九八五夜：石牟礼道子『はにかみの国』　四八五夜：梶井基次郎『檸檬』

チューショー（抽象）もチョーショー（嘲笑）もしたくない。
本気で日本が去勢されていることを告発したい。

野坂昭如

この国のなくしもの

PHP研究所　一九九七

かつて「ワセダ中退・落第」という漫才コンビがいた。昭和三五年の六〇年安保真っ最中のことだ。野坂昭如（あきゆき）と野末陳平（のずえちんぺい）のシャレ・コンビだった。シャレではなかったのかもしれない。少なくとも野坂は何でも本気だった。放送作家では阿木（あき）由起夫、シャンソン歌手としてはクロード野坂、落語家としては立川（たてかわ）天皇という高座名だ。

昭和五年（一九三〇）に生まれて、母とは三ヵ月後に死別した。疎開先の福井で義妹を栄養失調で亡くした（のちに『火垂（ほた）るの墓』として描かれた）。敗戦のときが十四歳だ。何もかもが嫌になっておかしくない。大阪の中学の途中で上京して、窃盗をはたらき多摩の少年院に入れられた。ついで新潟の高校（旧制）に入ってドイツ語などを喋（しゃべ）り、学制改革により晴れて新潟大生となるものの三日で退学した。

昭和二五年（一九五〇）、なんたって東京だと思ってシャンソン歌手の下積みをしながら早稲田の文学部にもぐりこみ、金欠・アルコール依存症を抱えて写譜屋として三木鶏郎（トリロー）音楽事務所に拾ってもらった。三一年（一九五六）、鶏郎が永六輔を社長にして冗談工房をつくると、マネージャーに抜擢（ばってき）されたのに使い込みをしてクビになった。授業料滞納で早大も抹籍された。

そこからはテレビ業界やコマーシャル業界で特異な才能を発揮して、妙に売れっ子になった。黒メガネを常用して「元祖プレイボーイ」を騙（かた）り、ブルーフィルムを集めて自宅上映会をすると、噂が噂を呼んだ。この体験が『エロ事師たち』（講談社→新潮文庫）となり、三八年（一九六三）に作家デビューした。

世間ではこういう手合いをしばしば無手勝流などと言うけれど、野坂は思いついた流儀をあえて凝結させ、「昭和のトリッキーな転身」を遊ぶ手法にまでもっていった。今夜は、そういう野坂の抵抗がどういうものであったかを、本書『この国のなくしもの』を素材にして伝えたい。

本書は、何が日本人を去勢させたのかということを、野坂独自の視点と文体で私的に書いた反抗の書だ。「一度の敗戦で文化、伝統を棄て、自らの歴史について考えることを止めた、国家とはいうまい、こんな民族はない。また、五十年以上前の勝利国のいうがままとなっている例もない」ということが書いてある。この手の、現代日本の社会批判や文化批判をめぐる本はゴマンとあるが、五冊を選ぶというなら本書をぜひ入れたい。その理由を以下に説明する。

第一に、野坂はまず作品がべらぼうにいい。スブやんを通して欠如としてのエロティシズムを描いた『エロ事師たち』、俊夫と京子がアメリカ人夫妻をホームステイさせた顚末の奥に日本人の悲哀を衝いた『アメリカひじき』（文藝春秋→新潮文庫）、ここまで「負」の領域に入っていけるのかと驚かせた植物的兄妹相姦とでもいうべき異様を綴り抜いた『骨餓身峠死人葛』（中公文庫）、いずれも甲乙つけがたい傑作だった。

作品がよかったってエッセイがいいとはかぎらない例もゴマンとあるが（たとえば川端康成から村上龍まで）、野坂のばあいは作品とエッセイはほぼ同じ質感と緊張をもっていて、両者にまったく齟齬がない。『この国のなくしもの』にもそれが生きている。問題意識も作品の外へ出てきても一貫する。その理由はおいおいわかる。

第二に、あの特異な文体が画期的だった。文体など日本社会批判と関係がないと思われるかもしれないが、そんなことはない。いま、日本人はスタイルを見失っている。コードが借り物なのは古代以来のことだからかまわないが、それを独得のモードにしていない。歌謡曲もJポップも、少女マンガも和風ブームも情報家電も悪くないし、例外的に目を見はるものもあるが、そこに震撼とさせるものが少なすぎる。

野坂はデビュー以来ずっとスタイルにこだわってきた。レインコートも、黒メガネも、野坂アニミズムも。これはやってみるとわかるのだが、半分はどこかデラシネな遊びの気分が必要で、残り半分ではそうとうの根性がいる。タモリと話したときも、「最初はともかくもね、いったん選んだ黒メガネをそのままどんな時もしつづけるのは、かなり覚悟がいるんですわ」と言っていた。まして国家とのスタンスをどうするか。そのスタイルを頑なに貫くのは、並大抵ではない。とくに戦争と敗戦にかかわった世代にとっては、スタイルだけがその後の人生だといってよいものがある。

野坂はどのようにしたのだろうと推っていたが、本書には次のようにあった。「初めて小説を書いたのは、昭和三八年、三二歳の夏である。書きはじめると、小説とは何ぞやみたいな感じとなり、カッコつければ、ものに憑かれた如く約六十枚を仕上げ、読み返すと、助詞を省いているし、延々と「、」でつないで「。」がないし、行替も少ない。全く意識はしなかったが、江戸期の戯文体に少し似ている」と。

なるほど、最初は夢中だったのだろう。だが、よくぞそれを貫いた。貫いて磨き上げた。文体が思潮になったのだ。典型的な例として『骨餓身峠死人葛』の冒頭がある。こんなふうなスタイルだ。

入海からながめれば、沈降海岸特有の、複雑に入りくんだ海岸線で、針葉樹におおわれた岸辺、思いがけぬところに溺れ谷の、陸地深く食いこみ、その先きは段々畠となって反りかえる。南に面した地方のそれとことなり、玄海の潮風まともに受けるこのあたりでは、耕して天空にいたるといった旅人の感傷すら許さぬ気配、人間の孜々（しし）たる営みを自然のあざわらうようで、それは、いずれも先端にちいさいながら激しい瀬をもつ岬の、尾根となって谷あいをかこみつつ、背後の、せいぜい標高四百メートルに満たぬ丘陵にのびる、その高さに似合わぬ険しい山容のせいであろう。

ここまでで一文章。句点は途中にただ一ヵ所と最後にひとつ。息が長いというより、ひたすらに濃くつなぐ。そのため言葉の選び方、続き方、絡み方、捨て方、煽（あお）り方、いずれも凝る。この文体そのものに野坂がいる。ちなみに『骨餓身峠死人葛』は奇怪な物語だったが、なんとも忘れがたいので、ついでに手短かに案内しておく。

大正時代に葛（かずら）作造という男が北九州の山中に炭坑をおこして「葛炭坑」と名付けた。食い詰め者、風来、犯罪者がここに集まってバラック集落ができる。昭和の不況下、さらに素性の知れぬ者たちがふえていくが、炭坑の設備は不十分なもの、どんどん死人が出た。死人はそこらの林の中に埋められ、卒塔婆（そとうば）一本だけがそこに立てられた。いつごろからかこの卒塔婆に葛に似た寄生植物がまとわりつくようになり、山の者はこれを口々にホトケカズラ（死人葛）とよんだ。作造の娘のたかをは、なぜかこの植物に魅せられる。たかをは兄の節夫にせがんでホトケカズラを庭に植え移すために炭坑からもってきてもらう。ところがいくら丹精こめても育たない。長老は、この花は死人の血肉を啜（すす）って生きよるばってん、平地じゃ無理でござっしょうという。

ある夜、ふと節夫が目をさますと隣のたかをがいない。胸騒ぎをおぼえて庭に出てみると、新聞にくるんだ赤児をホトケカズラの根元に埋めている。産み月近い女から小遣い三円で譲ってもらってきたらしい。節夫が恐ろしい質問「それでお前が殺したとか」をすると、たかをは「勝手に死によったとよ」。途端、節夫は妹をいとおしく感じる。

こうして兄と妹は禁忌を犯しあい、交わるようになる。やがて肺病で蔵に寝ていた節夫は自分の死期をさとり、この兄ちゃんを土に埋めてくれ、美しか花の咲くじゃろうけんと言う……。だいたいこんな話だが、まあ、物凄い作品である。

第三に、野坂昭如はいつも生と死を一緒にカバンに入れている。ピュシスとかエロスとタナトスなどという片仮名ではない。生きると死ぬるだ。焼跡闇市派といわれるだけあって、根っから敗北を抱えている。ホトケカズラのように。それゆえ何を書いても主題がそこからビームのように照射されていく。

本書には還暦間近の野坂が戦後の昭和を振り返って、日本が去勢状態のまま活力を完全に失っていると見えるだけでなく、かつては岡晴夫の歌の「晴れた空、そよぐ風」だけでも、一抹ではあっても強烈な「生きる」を感じたのに、いまはあらゆる「物」に囲まれてもそれが感じられないのは、これは「日本の未来」すらないことではないかという判断が一貫する。

ときどきは、本土決戦をしたうえでの敗北だったらこんなにも去勢にならなかったのではないかといった危ない言葉も散見するが、このくらいの発言すら許容できなくなっているのが、いまの日本なのである。

野坂の日本去勢論はまさにホトケカズラの根の深いところから出ている。『アメリカひじき』を例にするが、これは大阪の中学生だった俊夫が敗戦をきっかけにして、何もかもの価値が転倒してしまったということを底辺においた小説で、これを読んで、ぼくは名状しがたい困惑に立ち会った。

父は戦死、母は病身のまま、妹を抱えて焼跡闇市を這いまわっている野坂そっくりの俊夫が主人公で、この俊夫は日本人がたった一日をさかいに、米兵をアメリカさんと呼び、怪しげな英語をあやつって、なんとか食いつなぐことだけが日常になったことに苛ついている。けれどもその俊夫も、戦後二十年もたつとCMプロダクションを動かせるほどになっていた。

そこへ、妻の京子がハワイ旅行のときに世話になったヒギンズ老夫妻が日本旅行するのでホームステイしてもらいたいわねと言い出す。こうしてアメリカ人二人と親子三人の日々が始まるのだが、けれども、どうも何かの勝手がちがう。京子は老夫妻のあまりの図々しさにしまいに腹をたててしまった。ところが俊夫は、この老夫婦が図々しければ図々しいほど、ついつい心ならずも過剰な接待をし、卑屈になっていく。そんなふうにしたいわけではないのに、だ。それはかつて米軍物資の紅茶の葉っぱを「これがアメリカのひじきか」と煮て食ってみたときの、あの味気なさに似ていた……。

こんなふうに終わる『アメリカひじき』であるが、ここには一口に悲哀のおかしみと片付けられない日本人の「いやなもの」が如実に抉り出されていた。

野坂が『アメリカひじき』を書いたのは昭和四二年だった。『骨餓身峠死人葛』はその二年後だ。まさに高度成長下の昭和日本。一九六八年をはさんだアンチ・オイディプスな世界がプスプスと現出していた。

野坂はこのあたりで俊夫との決別を図ることにしたようだ。優柔不断との決別だ。それが昭和四九年の参議院議員選挙での黒メガネのままの東京地方区立候補だったというのは、よほどやむにやまれぬものか、きっと憤懣（ふんまん）やるかたないものがあったにちがいない。これで落選したのちは、日本、天皇、戦争飢餓、言語文化、日本人の体たらく、少女犯罪、性思想、差別問題を沈思饒舌（じょうぜつ）に表現するようになっていった。これは野坂の読者である日本人にとってはかえってよかったかもしれないのだが、野坂にとってはどうだったのか。怒りまくるしかなかったようだ。「朝まで生テレビ！」では大島渚と激論をたたかわせた。

さて第四に、野坂昭如の思索や観察や表現にはどこかに必ず意外な因果律が奏でられているのが、実にいい。たとえば本書には、ホームレスが街にあふれるのは学生アルバイトのせいだという指摘があって、ハッとさせられた。学生が大学に入ったとたんにスキーだ、旅行だ、海外だ、コンサートだと好きなレジャーのための費用を稼ぐために茶髪のままにさっさとカネをもっていくから、かつてはホームレスにならないですんだ者たちが交通整理・公園清掃・倉庫番・コンビニ店員などの軽労働に就労できないようになったというのが、野坂が見抜いた推察なのである。

日本人が無宗教であると考えすぎていることにも文句がある。日本人は万物に何かが宿ると考えているのだから、それを宗教学じゃあるまいし、神道か仏教かキリスト教か新宗教かなどと区別して見るよりも、その何かを一人一人が多様にもっていることを宗教とみなせばいいじゃないかという見方だ。この宗教観は悪くない。

そこで第五に、野坂が腹の底から重視しているのは日本人は「懼（おそ）れ」や「惧（おそ）れ」をどうしたのかという絶叫なのである。ぼくが知るかぎりは、この、日本人から薄れつつある「懼れ」と「惧れ」の消息を問題にしている議論はまことに少ないようにおもう。野坂もこのことに言葉を多くはしていない。

しかし、「懼れ」と「惧れ」こそはまるでこそこそと後ずさりしてしまったかのように、日本からなくなっているかなり大きなものなのだ。ここには「畏れ」というものも入ってこよう。野田一夫は「畏れ」こそが日本人の核にあると言っていた。


本書にはチューショー（抽象）による議論もチョーショー（嘲笑）による議論も、一行もない。これが端倪すべからざる特徴だ。野坂の中学生から還暦におよんだ日本人としての日々の実感を、当時の学校の先生の言葉やセーターへの愛着やブルセラ少女の頽落や文壇バーの変遷を通して、まっとうに綴った。

そこに去勢日本になった原因が摘発されているかといえば、必ずしもそういう指摘には富んではいないのだが、それなのに日本社会を野坂流のスタイルで語る手法こそもう少し広まってもよいと思わせるのは、つまりは、とくに結論も提案もないのに本書に無類の愛着をおぼえるのは、野坂が「東京裁判史観から懸命の脱出」をしようとしているということ、そのことがずうっと脈打っていたからだった。

ずばり、言っておく。①昭和はアメリカに敗退し、②アメリカに追随し、③アメリカの真似をしつづけたのである。ただし、③については昭和よりも平成以降のほうがずっとひどくなっている。

野坂は青年期から②と③を演じ、記憶を断ってきた少年期を思い出すようになってからは、①の意味を深刻に問うようになった。『火垂るの墓』はそういう作品だ。ただ野坂の世代にとっては①を問いなおすには、時の轍(わだち)が何度も体に消えない印を付けすぎていた。東京裁判史観からの脱出には、そうとうの切開が必要になっていた。けれども、それをせずにはいられない。きっとそういうことだろうと思うのだ。

野坂さん、ぼくもよく、こんなふうに痛感することがあります。日本人は全員が小林正樹監督の『東京裁判』を五回くらいは見るべきである、と。

第八七七夜　二〇〇三年十月二七日

参 照 千 夜

五三夜：川端康成『雪国』　七五三夜：西行『山家集』　一一五〇夜：アーノルド・ブラックマン『東京裁判』

国語をどのように残すのか。
敗戦前後の最大の闘いが、ここにあった。

東京セブンローズ

井上ひさし

文藝春秋　一九九九／文春文庫　全二巻　二〇〇二

国破れても、国語は残る。

こういう小説は一年中読んでいたくなる。くりかえし読むというのではなくて、こういう小説がウワバミか万里の長城か国道何号線のようにやたらに長くて、それをずうっと読んでいたいのだ。井上ひさしならそういうことをしてくれるのではないか。たとえば、これまでの全作品から半分か三分の一ほどを選んで、それをつなげて構成し、そこにふんだんの挿話や問題や笑いのスパイスを埋めこんで馬琴やデュマを倍(ま)してくれれば、ずうっとそこに浸っていられるからだ。

何を横着な、それなら井上作品を来る日も来る日もとっかえひっかえオンデマンド・チャンネルで映画を見るように読めばいいじゃないかと言われそうだが、そこはごめんなさい。井上派の贅沢は、ご本人の編集変容表裏一体、縦横呑吐の才気を存分に発揮してもらって（その他の仕事を断ってもらって）、それをもって毎日毎夜、布団のなかにもぐりこみたいのである。そういう井上快感按摩器械にずっと服したいのだ。

この『東京セブンローズ』にしてから、「別册文藝春秋」に昭和の一九八二年から平成の一九九七年の十五年にわたって中断をふくんで連載されていたのだが、それが単行本になると大幅な加筆訂正がおこなわれていて、ちゃんと突き合わせもしないでこんなことを言うのはなんだけれど、ああここが膨らんでいるのか、おおここにこんな場面が入ったのかという、文芸の鉄人の調理現場を覗けたような感心の連打だったのだ。

こんなことを言ったのには、むろん、だいそれた理由がある。それを書くのが今夜のぼくの雑文の値打ちなのだが、いまや井上ひさしだけが、「日本語の問題」を、最高の日本語で、つねに適切な主題と意匠と惑溺するような感覚と起爆するような批評をもって、痛快きわまりない物語にできる唯一人の作家だということなのだ。

なぜ井上ひさしにそれができて、あとはあらかたダメになったかということを言うのも（石川淳・福田恆存・三島由紀夫以降、作家はしだいに日本語をベンキョーしなくなっている）、ひとつの井上ひさし論だろうけれど、それではブンとフンとを分断してしまうようなもの、肩凝りと頭痛を分離してしまうようなもの、愛嬌と愛国をとりちがえてしまうようなもの、それは勿体ない。

それよりも井上の「日本語の問題」にはどんな素材も主題も細部もが吸収できる台所が用意されているということ、それが今日只今の日本人にとってすこぶる重要な用意だということを説明していったほうが、井上ひさし本人になぜこんなことを〝おねだり〟したくなっているかの、説明になる。

この小説は、井上が今村忠純との対談で「細部は真実だが、全体を見ると嘘という、僕のいつものやりかたです」と言っているように、井上が発見入手したらしい実在の日記とおぼしい資料を組み立て膨らました、日本の戦後社会がどのように生まれたのか、もし東京セブンローズがいなかったら、昭和の日本はもっとおかしな戦後社会になったにちがいないというお話である。

日記は、根津に住んでいた山中信介というフツーの団扇屋の主人が書いていた。戦時下とて、団扇のほうは休業状態である。物語はその日記の展開になっていて、その記述自体はまことにリアルだ。B29の空襲がつづく東京で、山中がどのような日々を送り、どのようなことを感じていたかが、つぶさに語られる。それこそ「細部は真実」で、職人の織物のごとく仕上がっている。

で、それが「全体を見ると嘘」になるというのだが、それはもちろん作者一流の謙遜で、その「部分」と「全体」の切れ目や溝はわからなくなるように仕組まれている。離して見ても、寄って見ても、その継ぎ目はわからない。わからないのだが、どこかでトリックがばれてもいいように仕組んである。たとえば、東京ローズはいたが、東京セブンローズなんていたはずはない。その七人が揃いも揃ってみんな美人で、それぞれ東京ローズだったということもありっこない。その東京セブンローズがGHQと日本政府の一部によって秘密裡に進められていた「日本をローマ字の国にして、ゆくゆくは英語の国にしてしまおう」という計画を阻止したというのは、もっとありえない。こんな話は嘘っぱちだろうと思えば、おそらく嘘である。

しかしながら、東京セブンローズが実は「東京セブンローズ衣料再生株式會社」という会社のことで、七人の女性たちが闇で買った大事なミシンによって衣類のリフォームをして生活の糧をえていたとなると、これはありうる話かもしれない。その東京セブンローズのうちの二人が山中信介の娘だということも、ありうる。そうだとすると……そうなのである。

山中信介は昭和二十年六月七日から九月二六日までの一一二日間、千葉県の八日市場刑務所に入っていた。その後、警視庁本館地下の独房に六七日間ぶちこまれ、さらに連合国の占領目的を妨害した疑いで、東京地区憲兵司令部の留置場に入れられていた。これはありうることだ。

　その山中に、昭和二十年四月二五日から翌年四月十日までの私的日記があってもおかしくない。小説『東京セブンローズ』は、この日記によって組み立てられている。その日記が、「今朝はやく、角(かど)の兄が千住の古澤家へ結納を届けに行つてくれた。兄に托したのは、このあひだ、團扇(うちは)二百五十本と物々交換で手に入れた袴地一反、それに現金五百圓である」というふうに始まって、すべて正字正仮名で綴られていても、おかしくない。ぼくの父の時代でも正字（旧字）のほうは半分くらい、正仮名（歴史的仮名遣い）は昭和三十年に入ってもまだ七割くらいが生きていた。

　日記を綴っていた者が、何かの理由で連合国の占領を妨害する科(とが)でマークされ、それが日本の「国体護持」ならぬ「国語護持」であったらしいことも、ありうることだ。日本統治のためのローマ字・英語導入計画など、すでに明治の森有礼(ありのり)さえ画策していたことで、その後に何度も蒸し返されていた案件なのだから、あったっておかしくないし、そのことに怒りをもつ者が一介の団扇屋だって、かまわない。

　いや実のところは、この団扇屋は謄写版の筆耕（ガリ切り）が抜群のテクニシャンで、神田鈴蘭(すずらん)通りの第一東光社で腕を磨き、それを買われて敗戦直後の十月には警視庁官房文書課で仕事をすることになったため、機密文書のいくつかが彼の手によって筆耕されることになり、そこに連合軍の計画を察知するチャンスがありえたというのは、むしろ敗戦昭和のただひとつの僥倖だったといえるほどに、ありうることだったのだ。

さあ、こうなってくると、何が本当で何が嘘っぱちかなどということには、どんな明確な一線も引けないのだということになる。当然である。それが近松門左衛門から井上ひさしに流れていた燦然たる虚実皮膜の戯作思想というものなのだ。

そもそも細部を積み重ねていくと、細部を総合した真実が生まれるという考え方のほうが、おかしい。われわれは細部も全体も見ることはできるが、細部を見ながら全体を同時に見ることはできない。木を見ると森は漠然となり、森を見ているときは木を細かくは見ない。ぼくも『空海の夢』(春秋社)の「あとがき」に書いたことだが、われわれはどんなことも「代わるがわる」に見るしかないようになっている。真実らしいものがどこかにあるとすれば、それは「かわる」と「がわる」のあいだにあるはずなのだ。いや、そこにしかないはずなのである。

井上ひさしは、そのことを存分に知っていて、それを「国語護持」問題にひそませた。なんという妙法であることか。この妙法は最初からこの作家に宿っていた。

ぼくが井上ひさしの作品に出会ったのは、NHKの《ひょっこりひょうたん島》などをべつにすると、恵比寿のテアトル・エコーの公演《表裏源内蛙合戦》だった。昭和四五年（一九七〇）である。

あまり自慢できるような動機ではなかった。そのころのぼくは新しい演劇に中島敦の虎のように飢えていて、竹内敏晴も蜷川幸雄も唐十郎も鈴木忠志も寺山修司も片っ端から見ていたはずなのに、前年にテアトル・エコーが上演したという《日本人のへそ》を見逃していた。演劇人としての熊倉一雄も井上ひさしも知らなかったのだ。ところが周囲の評判がいい。とくに父の友人でもあった戸板康二さんから「あの、井上ひさしという人の芝居ね、おもしろいよ」と言われたのが気になった。それがひとつ。

もうひとつは、えっ平賀源内を芝居にできる劇団があるのかという興味だった。いまはそうでもないが、日本人は長らく源内、蔦重、蒹葭堂、一九、京伝を無視してきた傾向があった。これははなはだ許せない無視で、浮世絵ジャポニスムにはくどいほどの評論をする連中がこのことを無視していると、ふと殺意さえ抱いたくらいだった。それが源内を牛耳る作家が出てきたというので驚いた。それも廣末保や芳賀徹の研究というのじゃない。

加えて、これはぼくの邪心というものなのだけれど、《日本人のへそ》でストリッパーを演じた平井道子がよかったという噂も気になっていた。時期は前後するのだが、ぼくはストリッパーを演じる女優にはほとんど痛ましい尊崇ともいいたい憧れがあって、京マチ子も緑魔子も倍賞美津子も、むろん夏木マリもデミ・ムーアでさえも、夢の中にあらわれるほどなのだ（井上ひさしの編集稽古が浅草ストリップ小屋で始まったことは、ここで付け加えることはないでしょう）。

そんな無知と憧憬（しょうけい）まじりの気持ちで恵比寿に《表裏源内蛙合戦》をあたふたと見にいったのだが、舞台があく前にすでに驚いた。

パンフレットに「ぼくらに思想がないという噂は本当だろうか」と書いてある。書き手は作者の井上ひさし。書いてあることは猛然にして苛烈。「思想とは知識と価値と観念の結合である」とあって、自分たちがやっている演劇はそういう思想の実践だと書いてある。なんというか、檄文なのだ（この年は三島が自決した年であるが、それは十一月のこと、公演は七月だった）。それにしてもなぜこんなストレート・ファイトな檄文をパンフに載せるのか、これは野暮じゃないかと思いながら幕開きを待ったのだが、ところがどっこい、たちまち想像を絶するナマの衝撃に引きこまれてしまっていた。

まず、笑いっ放しにさせられた（こんなに笑えた芝居は初めてだった）。次には何度も胸がこみあげた（泣き虫だからしかたがないが、三、四回は涙が出た）。そしてなによりも日本語の逆上がそこに溢（あふ）れかえっていることに、驚嘆させられた（それも並大抵の日本語ではない！）。脱帽だった。脱毛した。のちに知ったのだが、前作の《日本人のへそ》はもっと陽気でラディカルだったらしい。デビュー作とはそういうもの、あとで読んだのだが『日本人のへそ』には井上ひさしの「思想」の発露がすべて集約されていた。冒頭、吃音矯正教室から舞台が始まっていて、こんなこと、武満徹とぼくだけが秘匿している「思想」のはずだったのに、それがみごとに十倍も百倍もの生気と才気をもって渦巻いていた。では檄文は？　事情はよく知らないが、心ない連中が《日本人のへそ》をロクに扱わなかったのだろうと思う。それで井上爆弾が次作の公演パンフに投下されたということなのだろう。

ちなみに、《日本人のへそ》の地口とキャラクタリゼーションの妙法は、空海の『三教指帰』によるコンフューシャニスト亀毛先生、タオイスト虚亡隠士、ブディスト仮名乞児を思わせるというか、また『秘蔵宝鑰』で憂国公子と玄関法師を登場させたことに匹敵するというか、それを知ったとき以来の衝撃だったといってよい。つまり千年来の笑撃なのだ。で、その冒頭は吃音矯正訓練のための発声稽古という見立てになっているのだが、全部は引用できないけれども、ざっとこんなふうだ。

むかしある所にカタカナ国がありました…そこの王様アイウエ王は王子を残して亡くなりました…そこで腹黒カキクケ公は王位に就こうと企みました…ところが名僧サシスセ僧が、王子をタチツテ島に逃がしてやりました…そこにはナニヌネ野原がありまして…ハヒフヘ法という魔法を使う仙人がいて…カキクケ公を打ち破り…ラリルレ牢に幽閉し…おかげで王子はめでたくワイウエ王となりました…とさ。

　これだけを紹介するのでは、井上ひさしの広範囲におよぶ瞠目すべき言語編集術をかえって狭めて伝えることになるかもしれないのを危惧するが、ともかくこの調子がありとあらゆる場面に駆使されていると想像していただけたら、いいだろう。

　というようなことで、その後の井上ひさしについては、ただただ唖然とするばかり。昭和四六年の《道元の冒険》での岸田戯曲賞受賞、小説『手鎖心中』（文春文庫）での直木賞受賞は、こんなことを言ってはおかしいが、よっしゃよっしゃ、これから井上ひさしを絶賛するぞという当方の勝手な高まりを、なんだ、みんな井上賛歌をするなら、ま、いいか、という気分にさせるほどの脚光だったのである。

　いじましいことだった。なぜ本気で絶賛しつづけなかったのかと思うと、悔やむばかりだが、ともかくもこれでいくぶんわが井上注視率は下降するかと予想したのに、それが昭和五四年（一九七九）にまた急上昇してしまったのである。芸能座の《しみじみ日本・乃木大将》（小沢昭一主演）で爆笑のうちに涙し、さらにその年の秋だったと憶うのだが、五月舎の公演《小林一茶》（渡辺美佐子主演）で完膚なきまでに感服させられたのだ。いずれも紀伊國屋ホールでの公演で、御存知、超人木村光一の演出、聖人宇野誠一郎の音楽だった。

これで、井上演劇については何も言うことがなくなった。あとはたんなる演劇ファンになるか、小説の一読者として静かに見守るか、それとも例の「思想」にさらに惹かれていくか。ここでぼくが選んだのが、井上ひさしの国語思想だったのだ。『私家版日本語文法』や『自家製文章読本』（いずれも新潮文庫）である。

突然、話を変えるようだが、日本には七五調という言葉のリズムがある。この七五調の起源や変遷については、あまり納得のできる研究がない。

たとえば武田祐吉に『上代国文学の研究』（博文館）があって、七五調成立の理由を問うた。それが説明になっていない。「少数の例外はあるにしても大体に於て短音の句と長音の句との二句より成る一行が単位となり、これを重ねて一首の歌をなしてゐる事である云々」と説明を始めて、「短音の句と長音の句との交錯は古代歌謡に於ける基礎単位と称して差支へない」と言いながら、「短い句は漸次に五音に、長い句は漸次に七音の句に調整せられる」と口を濁し、「その五音、七音に定まつた理由は明かではない」と匙を投げている。何が差支えないのか、さっぱりわからない。

早稲田に国文科を創設した五十嵐力も、「要するに一句の含む音数については二音から十一音まで久しい間繰り返して試みられた結果、五音位、七音位の二つが標準として役立つやうになり……」と、いっこうに要領をえない。僅かに福士幸次郎の『日本音数律論』（津軽書房）があるだけなのだ。ようするに明覚、心蓮、浄厳、契沖で時代は止まったままなのだ。そこで凡百の学者をおさえての井上ひさしの出番となる。これが傑作名著『私家版日本語文法』だ。

井上は岩野泡鳴の「邦人の音量は一般に十二音時を以て極限としてゐる」が卓見であったこと、これを東京帝国大学心理学実験室の相良守次が学生六人に無意味文を朗読させ（たとえば「あまてよわにたともにおちたびはがいみてよたつ……」というふうな）、一呼吸のあいだに何音を読めるかを調べたところ、だいたい十二音で区切られたという報告を紹介しながらも、しかし、これは見方がさかさまではないかと指摘した。

井上が言うのは、五七調も七五調も、物語がリズムを生んだのではないかということである。語り部が記憶してきた物語を語るうえで必要としたのが七五調だった。そのうち五七調や七五調が口になじんでくると、今度はその調子によって物語を新たに作れるようになる。そういうものではないかというのだ。

井上は、物語こそがつねに国語の特色を生むのだということ、言葉による表現はどんなものであれ（法律も小説も、別れ話だって褒め言葉だって）、「かわる」と「がわる」のあいだにのみ「意味」があるのだということ、このことを主張したのだった。見据えているのは、日本語の動向の本質はどこにあるかということなのだ。

こうした井上の国語問題の扱い方は、日本人を震えさせるようなものがある。共感と警鐘が同時の、歴史と現在が同時の、肯定と否定、部分と全体、自己と他者が同時の、そういう震えが生きている。

これは戯作ということからいえば近松門左衛門こそが確立したもので（近松の浄瑠璃の言葉は、元禄宝永という時代で切り取った日本のすべての国語問題を引き受けていた）、むろん鶴屋南北にも十返舎一九にも継承されてはいたが、その後はむしろ女義太夫や川上音二郎や益田太郎冠者に飛び火して、さらには昭和の芸能史（浪曲・漫才・映画・ボードビル）に紛れこんでいったものだった。

だから、このような多岐同時の戯作力を新たに蘇らせるには、その半分は、近松・南北から飯沢匡・永六輔までのすべての表現の工夫に精通することこそが要求されるのだが（これができる人もほとんどいないのに、それを井上はみごとに成し遂げているのだが）、それとともにまた、もう半分では、その日本語の戯作の魅力と秘密をつねに太夫や人形や役者や芸人の、それぞれのナマの表現に託してもかまわないという意図も必要だったのだが（富岡多恵子や小林恭二もなんとかこのことを追跡しているが）、ぼくが驚くのは、井上にその〝両方の半分〟がたわわに備わっていたということだった。

つまり井上はむろんたんなる異能の作家なのではなく、どこにでもあるような劇団の主宰者でもなくて、日本語という生きた組織文化そのものを体現するすべての動向を引き受けた革命者だったのだ。これは井上ひさしが「国語はメディエーションである」という現況を一歩も譲ることなく生き続けてきたことを証すものだった。

もう一言、どうしても付け加えておきたい。ぼくが井上の国語問題にどんどん惹かれていったころ、世の中でもイ・ヨンスクの『「国語」という思想』（岩波書店）、酒井直樹の『日本思想という問題』（岩波書店）、安田敏朗『植民地のなかの「国語学」』（三元社）、川村湊『海を渡った日本語』（青土社）といった気鋭の国語議論が次々に登場することになって、どちらかといえば日本語の近代史を問うことや日本語一国中心主義を問うことは、一種の研究ブームの様相を呈していた。

これらの議論には、ぼく自身もおおいに鼓舞されることも考えさせられることも多かったのであるが、にもかかわらず、それらに井上ひさしについて触れるところがまったくないことに、ぼくとしては義侠心を揺さぶられるような不満があった。

むろん井上には国語論についての研究著書があるわけではない。けれども、芝居《國語元年》や小説『東京セブンローズ』は、また多くの日本語をめぐるエッセイの数々は、これらの論文に匹敵し、それを上回る成果だったのである。研究者たちは漱石や上田万年や志賀直哉や時枝誠記を論ずるように、《日本人のへそ》や《黙阿彌オペラ》を論じてもよかったはずなのだ。

それが同時代のことだから扱いにくいというのなら、井上がその同時代にこそ国語問題を共有したくて東京ローズを七人にもふやしたということを、告げたい。井上は自分で自分の分身をただ一人でふやしつづけているのだということを、告げたい。そのことを言っておきたかった。日本語の本来の開発は紀貫之や仙覚によってもたらされ、国語教育のマスタープランは契沖や近松や京伝が提出し、現代日本語の革新はどうみたって秋田實と阿久悠と阿木燿子と桑田佳祐によって進められ、いま井上ひさしの『吉里吉里人』（新潮文庫）と『東京セブンローズ』と一群の戯曲によって完遂されつつあったのである。

国破れても、国語は残る。

かくして、『東京セブンローズ』は新聞社の写真部長の次のような言葉が放たれて、終わっている。「セブンローゼズのみなさんが奪ひ返してくれた日本語を、天壌無窮とか、金甌無缺とかいふ、音と形だけはあつても中味が空つぽな言葉をこしらへることには使はないこと。これはよほどむづかしいことです。では……」。

部長の危惧は井上ひさしがいるかぎりは、大丈夫であろう。なにしろ井上は「難しいことを易しく、易しいことを深く、深いことを面白く」という方針を貫ける言葉の天才なのである。問題があるとすれば、ぼく同様のヘビースモーカーということだけだ。あとは、われわれが山形県東置賜郡川西町上小松の井上蔵書の活用に粉骨砕身し、こまつ座の観客動員にいかに貢献するかということだけだ。
井上さん、一緒に図書街をつくりませうね。レーモン・クノーの文躰練習の日本版をお願ひしますね。困つたときの、こまつ座だのみ、胃のうえ良ければ、意のうえ久し。

第九七五夜　二〇〇四年五月十日

参照千夜

九九八夜：滝沢馬琴『南総里見八犬伝』　一二二〇夜：デュマ『モンテ・クリスト伯』　八三一夜：石川淳『紫苑物語』　五一四夜：福田恆存『私の國語教室』　一〇二二夜：三島由紀夫『絹と明察』　九七四夜：『近松浄瑠璃集』　三六一夜：中島敦『李陵・弟子・名人伝』　四一三夜：『寺山修司全歌集』　二三一夜：戸板康二『あの人この人』　九四九夜：鶴屋南北『東海道四谷怪談』　一〇三三夜：武満徹『音、沈黙と測りあえるほどに』　七五〇夜：空海『三教指帰・性霊集』　七六七夜：『一茶俳句集』　一〇八〇夜：イ・ヨンスク『「国語」という思想』　五八三夜：夏目漱石『草枕』　一二三六夜：志賀直哉『暗夜行路』　五一二夜：紀貫之『土佐日記』　一三八夜：レーモン・クノー『文体練習』

この途方もない異形(いぎょう)の作家力は、
昭和をひっくり返す危険な魅力に充ちていた。

中上健次

枯木灘

河出書房新社 一九七七 ／ 河出文庫 一九八〇

山梨県の白州(はくしゅう)の農家の二階で中上健次とあれこれ話をかわした。雑談だったが、夜が白むまでつづいた。傍らで、そういう場を何気なく用意した田中泯や木幡和枝が白州アートキャンプの翌日の準備のために出入りしていたが、ぼくと中上がそのように話をかわすのが初めてだったので、それをおもしろいといったふうに見て見ぬふりをしていた。二人はときどきそういうことをする。

中上とは、その数年前にぼくがジャック・デリダとの対話のために日仏会館に行ったとき、すれ違っただけだった。そのとき中上は蓮實重彥と連れ立って、デリダに会いにきたようで、その顔付きはなにやら陰謀家めいていた。ぼくは通訳を買ってでた宇野邦(くに)一(いち)と一緒だった。中上は「おまえが松岡正剛か」という目をして、こんな場で出会ったことに困っているふうだった。

白州の夜話はぎくしゃくとしか進まなかった。車座（くるまざ）には他の話し手（高山登や原口典之とか）もいて、話題は右往左往した。それでもある刻限になって二人の会話になった。きっかけは「松岡さん、あんたは小説を書かないのか」というのである。

書かないとも書けないとも、いずれ書くかなと言うのもぴったりこないので、「メタな物語を書いちゃいそうだから、小説にはならないかな」と言うと、待ってましたとばかりに、「小説にはならない？　どういうことだよ？」と突っこんできた（どうでもいいことだが、中上とぼくは二歳ちがい）。

物語の奥に物語があるよね。その、奥の物語のほうにいまのところ関心がありすぎて、外にプロットが出てこないんじゃないかな。そういう気がして書く気がおこらない。そんなことを言うと、それでもいいじゃないか、書けよ、と言う。そこでガルシア＝マルケスのことを持ち出し（その前に埴谷雄高とか土方巽の話があったと思うが）、やっぱり書くとしたら「場所の物語」といったものに杭を打たれた変遷の物語みたいなものだろうけど、それにはああいう多数の人間の織物が織られたり染められたりしなくちゃね。だって『枯木灘（かれきなだ）』や『千年の愉楽』だって、そこだろうというふうに、ぼくの話から中上の話に振ろうとしたのだが、その夜の中上は自分のことなどまったく意に介さない。あくまで松岡正剛を問題にしたがっているふうだった。

翌日は白州フェスティバルのアート作品やパフォーマンスを見物し、夕闇の草叢で参加者たちがまた車座になって雑談をしはじめた。今度は田中泯が中心にいて、中上のアート談義を引き取っていた。ぼくは踊りについて話したように憶う。

以前から「物語の物語」と「場所」に関心をもってきた。最初に書いた連載が「遊」創刊号からの「場所と屍体」だった。また、メタストーリーのようなものなら未発表ながら二、三をラフに構想してきた（映画のラフシナリオのようなものも何本か遊んできた）。

けれどもそのようなものを、小説という実作にしたいとは思ってこなかった。そういうことをするには、ラブレーやドストエフスキーやゾラやジョイスの、なんというのか「生きる者たちの輻湊的露出」に向かった濃い表出か、さもなくば近松や馬琴やポオやブラッドベリやカルヴィーノの架空の結構かのどちらかがきっと必要で、だからといってそれに近いことをぼくが自分で書きたいとは思ってこなかった。読んでいれば充分だ。それに、ぼくはいまなお「薄板界」のほうに、それも「パタフィジカル・コンステレーション」のほうにいるからだ。

したがって、仮にもいつか小説を書くとしてもどんなものになるのかは見当がつかない。読み手になっていたほうが、ずっとおもしろい。それだけにそのぶん、ガルシア＝

マルケスやクンデラや中上の「物語の物語」の実現にはひたすら脱帽するところがあった。

さあそこで中上の『枯木灘』である。この物語は表向きは濃密な地域に出入りした異様なサスペンスに富んだ作品になっているかに読める。それも路地の一隅に蟠（わだかま）る複雑な血のサスペンスであるのだが、ところがそれが作品の内側のほうにとことん抉（えぐ）られていて、一様ではない。

作品の内側というのは中上健次の歴史の内側で、ということは中上が生きてきた新（しん）宮（ぐう）・熊野・枯木灘の風が吹くところの生きザマ、死にザマ、その内側ということになる。しかも作品そのものが、主人公の青年の父親がつくりあげたらしい「架空の起源の物語」によって覆い被さっている。そこが二重というのか、物語として多重になっている。つまりは「物語の物語」なのである。

容易には説明がつかないのだけれど、またつかないところが中上文学なのであるが、とりあえずのストーリーとプロットの結節点だけを言っておく。

舞台は和歌山県新宮近くの小さな町だ。枯木灘に近いのだが、物語はごく一隅の「路地」に縛られている。そもそも枯木灘は漁猟ができない海で（だからこんな名前になってもいる）、周辺の町はどこも貧しく、中上の母親も十五で子守りに新宮に出た。のちのエッセイ『風景の貌』（講談社文芸文庫『夢の力』所収）には、その母親のことをこう書いている。「最初の夫の子供を四人、二度目に一人生んで、三度目の夫とのあいだに出来た子を次々堕ろした母」というふうに。『枯木灘』にも、そうした中上が育った極貧の風土と複雑な血の社会が噴き出ている。

物語のとりあえずの主人公は竹原秋幸（あきゆき）である。いま二六歳になる。義兄の組で土方をしている。その秋幸の父親は、秋幸が三歳のときにゴム草履で刑務所から出てきた浜村龍造という巨漢だ。その地で〝蠅の王〟とか〝ケダモン〟とよばれている。龍造は三人の女に子を産ませていた。だから秋幸には何人かの腹違いの兄弟姉妹がいる。

龍造にはつねに噂がつきまとっていた。地主の倉にも繁華街にも火を付けた、駅裏のバラックを焼き払ったのもこの男だという噂だ。そういう「悪」だった。しかし「悪」にはそれなりの言い分があるらしく、先祖が信長の軍に敗れた浜村孫一だったという誇りをもっている。

母親のフサはそんな夫に耐えかね、秋幸だけを連れて別の男・竹原繁蔵のところに嫁いだ。秋幸はうっすらと龍造が「坊」と一声かけて立ち去っていったのを憶えている。しばしば残された腹違いの兄は、母親が別の男のところに逃げたことを呪いつづけて、母を脅（おど）かしていたのだが、二四歳で柿の木に首を吊って死んだ。秋幸にはまた別の腹違いの弟の秀雄がいた。十九歳になっている。以前から秋幸を見ても目をそらしていた。最近はその視線がしだいに敵意のようなものをもって秋幸を見るようになっている。それがうっとうしい。

秀雄の姉の美恵はたいそう繊細な女だったのに、いまは二人の子の母となって逞しくなっている。その美恵が秋幸を見る視線も気になる。それは美恵の兄の郁男への感情の反射のように感じられるのだ。噂によれば、美恵は兄に迫られ、それを拒んで駆け落ち結婚をしたのだった。

こうした複雑な事情の渦中、秋幸はある意図をもって父親の龍造に会いに行く。〝蠅の王〟に何かを示さないでは、秋幸は生き抜けない。そこで考え出したのが、龍造に対して「血の問題」を突き付けようということだった。秋幸は腹違いの妹のさと子と自分が関係をもったと、父親にぶつけてみようと思ったのである。そのとき父親がどうふるまうか、そこを手かがりにしたい。ところが父親は、「二人ともわしの子じゃ」と笑っただけだった。

秋幸は「血の問題」を叩きつけようとして失敗した。秋幸が作ったフィクションを仕掛けたのだが、龍造はそれを海獣のごとく呑みこんでしまったのだ。

それというのも、この「路地」では「噂」こそが真実なのである。その噂にも力をもつものと、萎えていくものがある。秋幸のフィクションは噂の効き目を期待しすぎて、奈落のような「路地」の本質に搦めとられていった。秋幸はさと子との〝きょうだい心中〟という噂をつくりたかったのに、そんな噂に自分が引きずられ、落ちていくような気がしていた。

こうして中上は、「路地」でのフィクションはフィクションではなく、人々の「生きた記憶」であることを告げる。龍造が持ち出したフィクションと秋幸がおもいついたフィクションの対決を通しつつ、中上連作そのものが背負ってきた生きた記憶が何であったかを問うていく。この記憶はのちの『千年の愉楽』（河出書房新社）ではオリュウノオバの長大な物語にまで根っこを下げていく。

伯父の仁一郎の初盆がきた。身内の者たちと河原に精霊舟を見送りにきた秋幸は、そこでふいに龍造に出くわした。秋幸は龍造を「おまえ」と呼び捨て、その「悪」を詰る暴言を吐く。龍造はそんなもんはみんな噂にすぎないという。それを聞いていた秀雄は、秋幸が実の父親を「おまえ」呼ばわりするのが気にいらない。夕闇のなか、石をもって秋幸を殴ってきた。

秋幸はその眼に暴力的な衝動をかきたてられて、「何かが裂けた」。夢中で秀雄を殴り殺してしまったのだ。茫然と立ち尽くす龍造に、秋幸はすべては龍造がでっちあげた浜村孫一の物語に発する禍々しい凶事なのだと言いたかった。

秀雄の通夜の夜、秋幸は自首をする。自分が路地から抜けられなかったのはなぜなのか。自分は〝きょうだい心中〟をしたかったのか。なにもかもが何かに操られているような気がした。

もっといくつもの出来事があり、凝縮した南紀の方言が自在に飛び交い、本人の意識と観念に他人の憎悪と欲望が入りこみ、血と血が蟠り、嫉み(ねた)と憶測と事件が破裂をくりかえす話が何重にも多岐にも輻湊しているのだが、だいたいはこういう話である。

こんな要約でうまく説明できたかどうかはわからないが、秋幸が父親との決定的な対峙のために、腹違いの妹との〝きょうだい心中〟をくわだてるのだが、さらに複雑な血の葛藤にまきこまれ、あれこれの顚末のあげく、腹違いの弟を殺害してしまう。秋幸がそのようになっていくことそのことが、父親の血がつくりあげたらしい「架空の起源をもった物語」の暗示かもしれなかったのである。

物語のなかで物語が支配する。登場人物が登場人物の影響をうけた物語に支配されていく。読み取れる物語が読み取れない物語を増幅しつづける。そういう作品である。そのこと自体を中上健次の言葉と文脈が執拗に紡ぎ出していた。

だから、こういう物語は、ぼくには逆立ちしても書けまいと、そんなことを白州の夜に中上に言ったのだった。そのとき、「墨子が書いた小説なんて、ちょっと変だしねえ」とも言った。中上は怒ったように、「墨子？　何、それ？」と咎めるように聞いてきた。何かにつけてすぐ怒りだすような口ぶりになる男だった。「墨子は専守防衛だからね」とぼくは付け加えた。墨子のなかには、ほら、何もないからね。相手次第での戦いだよ。すると中上はふっふっと笑って、そうか、そういうことかと言った。

その後、中上はなぜか中上健次と神田で会った。白州では酒が入っていたが、今度は珈琲で二時間ほど話した。なぜか中上は白州のときの話をよくおぼえていて、しきりに墨子のことを話題にしたがったが、その話題の仕方にはわざわざ謎を深めるような魂胆が動いているようだった。

そしてちょっと奇妙なことを言った。「松岡さん、あんたは小説なんかじゃなくて、なんか変な様式で書くといいんじゃないの？　そういう書き方をさ、発見できるんじゃないの？」。それは、その書き方が発見できなきゃ、あんたも終わりだよと言わんばかりの言いっぷりだったが、それが中上のぎりぎりの譲歩だったのだろう。

中上は四六歳で亡くなった。三島のように生き急いだのではなく、腎臓癌による痛恨の病死だ。日本は稀にみる大作家を喪ったのである。中上文学論が次々に試みられ、周囲の批評家たちの調査や研究によって、中上の生い立ちもわかってきた。生まれ育った

「路地」は被差別部落だったのである。
親族構成もかなり複雑で、父の鈴木留造は母の木下ちさとは別に、二人の女と交わり、一人を妊娠させていた。母は留造と別れて一人で中上を産み、のちに義兄となる男児と暮らす中上七郎と出会って、中上を連れて同居した。小学校を卒業するころには、異父兄の木下行平がアルコール依存のはてに縊死した。行平は家族に見捨てられたと感じていたらしく、酒に酔うと斧を振りかざして中上の家に怒鳴りこんできていた。行平の自殺は中上の大きなトラウマになっていたようだ。

そういう中上が小説を書くようになるのは、昭和四十年(一九六五)前後、早稲田に受験する名目で上京して、新宿のジャズ喫茶に出入りするようになってからで、文芸誌に投稿するうちに柄谷行人と知りあい、ウィリアム・フォークナーやエリック・ホッファーを読んだことから、「或る刮目」にめざめたというのが定説だ。偽学生として早稲田のブント系の学生活動に混入してもいた。羽田闘争に参加したあとは羽田で貨物の積み下ろしの仕事をした。

このあたりになると、ぼくの早稲田時代や学生運動時代と微妙に重なってくる。ただ、ぼくは父が借金を残して死ぬと、その返済のために広告取りなどをして学生気分から離れ、中上は作家としての準備に猛然と向かった。昭和四

中上健次
(1946－1992)

八年（一九七三）、中上の『十九歳の地図』（河出書房新社）が芥川賞候補となったときは、ぼくは「遊」の四、五号目の編集に向かっていた。三年後、中上は『岬』（文藝春秋）で芥川賞をとった。敗戦後生まれの初の受賞作家だった。中上は二九歳、ぼくは三一歳だった。

なぜ、互いに接近しなかったのかは、わからない。田中泯をのぞいて仲人もいなかった。互いに異質を感じていたのかもしれないが、少なくともぼくのほうは中上の「異形なるもの」こそ昭和を破るだろうと思っていた。

その後、ぼくは中上にひそむ作家力に壮絶な資質というものを感じた。そういう資質は島崎藤村にも牧野信一にも坂口安吾にも夢野久作にもあったろうし、またゴーゴリやボリス・ヴィアンやセリーヌにもあったろう。その資質はそれぞれ凄まじいものがある。けれども中上は、ぼくがそれまで予想してきた何十人もの作家たちとはかなり異なる資質を地霊のように震わせ、「物語の物語」を山犬のように追いかけ、その切り口に自分の場所の物語を叩きつける力を、おそらく出喰わす相手ごとにその場その場で見せつけたのである。

これは中上の小説を読むより重たいものだった。その程度には、ぼくにとっての中上は濃密きわまりない異形の者だった。ぼくはそのような作家にはなりえないし、また一度として、なる気を滾らせてこなかった。

第七五五夜　二〇〇三年四月十六日

参照千夜

七六五夜：ガルシア＝マルケス『百年の孤独』　九三二夜：埴谷雄高『不合理ゆえに吾信ず』　九七六夜：土方巽『病める舞姫』　一五三三夜：ラブレー『ガルガンチュアとパンタグリュエル』　九五〇夜：ドストエフスキー『カラマーゾフの兄弟』　七〇七夜：ゾラ『居酒屋』　一七四四夜：ジョイス『ダブリンの人びと』　九七四夜：『近松浄瑠璃集』　九九八夜：滝沢馬琴『南総里見八犬伝』　一一〇夜：ブラッドベリ『華氏451度』　九二三夜：カルヴィーノ『冬の夜ひとりの旅人が』　三六〇夜：クンデラ『存在の耐えられない軽さ』　八一七夜：『墨子』　九五五夜：柄谷行人『日本精神分析』　九四〇夜：フォークナー『サンクチュアリ』　八四〇夜：ホッファー『波止場物語』　一九六夜：島崎藤村『夜明け前』　一〇五六夜：牧野信一『ゼーロン・淡雪』　八七三夜：坂口安吾『堕落論』　四〇〇夜：夢野久作『ドグラ・マグラ』　一一三夜：ゴーゴリ『外套』　二一夜：ボリス・ヴィアン『日々の泡』

われわれはまだ、昭和に向かって、「月はどっちに出ている?」と問い切れていない。

アジア的身体

梁石日(ヤン・ソギル)

青峰社 一九九〇 / 平凡社ライブラリー 一九九九

出会いがしらに、殴られたような気がした。梁石日(ヤン・ソギル)の『血と骨』(幻冬舎)を読んだときのことだ。そのあと『夜の河を渡れ』(筑摩書房→徳間文庫ほか)をたずねると、ぼくがまったく知らないことが書いてあることを告示されて、なんだか悲しい気分になった。

ごくひとつかみに言うと、一九七〇年代の十年(昭和四五年~五四年)を通してぼくは自分自身の目と手で世界をそれなりに触知しながら仕事をしていた。「遊」をつくっていた十年である。いろいろ忸怩(じくじ)たるものはあるものの、ともかくも独自に企画をたて、ひとつずつ誌面で組み合わせて、新たな景色をつくろうとしていた。掛け値なしだった。そこに感応してくる者たちとともに、知覚できるもの、関心のおよぶもの、語りうるもの、交われるものに対して、できるかぎり複合コンペイトウのように知覚と観念の突起点を出しながら、その対象が口のなかで溶けていくことをずうっと試みていた。

それが八〇年代に入って（昭和がおわりに近づいて）——それは「遊」をやめる前後からということになるのだが——、ぼくの複合コンペイトウが冒険を避けてきた多くの別世界と出会うことになっていく。そして、自分が見てこなかったもの、相手の口に入らないですましてきたこと、ようするに編集調理の対象から外していたことのすべてを、目をまるくして凝視することになる。またドローイングすることになる。

たとえば細胞コミュニケーションの科学である。たとえば『建礼門院右京大夫集』や『東関紀行』である。たとえば数々のゲイ文学である。たとえば複雑系の科学やミシェル・セールやイスラム哲学である。たとえばベンチャー企業の起業者たちとの出会い、またサブカルチャーに徹するアーティストたちとの交歓だ。

これらのことは、自分で自分に反撃を開始するといったネオフォビア（新奇恐怖症）な体験めいて、そのくせネオフィリア（新奇嗜好症）で新鮮な体験であった。目はしばしばするし、肩は凝るし、膝はがくがくする思いもした。

このようなことがほぼ六、七年つづいて、これも一言でいえば、結局、自分の手元の辞書の語彙が足りなくなっていることを知った。そこで一からやりなおし。そのためにやっと着手したのが三年をかけた『情報の歴史』（NTT出版）という総合年表の編集である。古今東西の出来事を順に並べなおしてみること、そして、それらにささやかでもいいから、ひとつひとつタグをつけ、リンクの行き先をしるしていくこと、緻密で饒舌な『情報の歴史』の作業とはそういうものだった。

しかし、いくつかの洞窟探検が口をあけて残った。とくに近現代アジアだ。なかでも韓国の社会文化だ。この難関にいよいよ入っていかなければならない。

梁石日（ヤン・ソギル）がぼくに突き付けたものは、ぼくが入らなかった洞窟の数々だった。洞窟は一見すると、入口のかたちがすべて違っていて、中でつながっていそうだった。

在日朝鮮人問題、ヒロシマ体験、中上健次の功罪、金史良（キム・サリャン）や李良枝（イ・ヤンジ）の文学の評価、被差別部落問題、日本のなかの異邦人の実態、金芝河（キム・ジハ）の評価、天皇とアジア、朴正熙（パク・チョンヒ）政権と全斗煥（チョン・ドゥファン）時代によってつくられた韓国社会の意味、韓国民俗学の動向、日本的身体感覚の退嬰（たいえい）、セマウル運動の本質、金時鐘（キム・シジョン）という文学、光州（こうしゅう）事件、日本のパチンコ業界疑惑キャンペーン、そして「アジア的身体性」とは何かという問題。

いずれも本書が取り扱っている話題たちであり、いずれもぼくが面と向かって考えてこなかった問題群だ。いっとき金石範（キム・ソクボム）の大作『火山島』全七巻（文藝春秋）にゆさぶられたが、また振子が戻ってしまっていた。わずかに、優秀な英日同時通訳者で、かつてはブラックパンサー運動にも加わっていた友人の木幡和枝が少しずつではあるが、彼女独自の同時代民族的直観のようなプリズムで、金芝河の詩なども交えてこれらの一部をぼくと交わすことをしてくれてきたのだけれど、ぼく自身がみずからその洞窟を覗いたわけではなかった。

一方、梁石日はこれらの話題を八〇年代に抉るように扱っていた。本書はそのころの論文やエッセイを集めた一冊になっている。

それは思い返せば、昭和をほったらかしにしたまま衣替えをしようとしていた日本が最も醜かった時期であった。バブリーであること、土建屋的国づくりの体質が露呈していたことは、どこの国にもおこることであるから目くじらを立てずにいるとしても、それよりも「経済大国」を自称したうえで「生活大国」と言い出していたのがいかにも醜悪だった。本書の対談のなかで梁石日が疑問を呈しているように、DCブランド主義やグルメブームという得体の知れない大ブームがおこってきた時期でもある。そのころスーザン・ソンタグを東京案内したことがあるが、彼女は「世界でこんなにアグリーな都市はない」と呆れていた。

「遊」の第二期から三期にかけての編集をしていたころ、ぼくのところに一人の在日韓国人の青年がころがりこんできたことがある。医者の卵だった。そして一緒に住んでもいいですかと言った。

そのころぼくは渋谷の通称ブロックハウスというところにいて、家人のまりの・るうにいと数匹の猫とともに、何人かのスタッフや仲間と住んでいたので、この申し出をよろこんで受け入れた。彼はぼくの仕事場のスタッフの女性の新しい恋人だった。彼女はアメリカ領事の娘であった。

　われわれは仕事のオフの時間がうまくあいさえすれば、いつも一緒に夕食をつくって食べた。食べながら、日本のテレビを見て何かを言いあった。当時の日本のテレビは、ソンタグが見た日本そのものだった。バカ笑いがブラウン管からはみ出していた。食事がおわると、われわれは日本のB級センスを擁護するか、攻撃するかを議論した。

　そうした日々が進んでいたころ、二人はそろそろ結婚したいと言い出した。ところがある日、彼の親戚の在日韓国人の連中がどっと押し寄せてきて、二人の結婚に猛烈に反対し、親族会議のようなものをブロックハウスで開いてしまったのである。闖入者であった。ぼくはなんとか介入しようとしたが、あっというまに蹴散らされた。激しい論争の声が部屋の外まで聞こえてきたが、われわれは完全にその血の剣幕に呑まれていた。一週間後、その青年はブロックハウスを去っていき、残された恋人はいつまでも泣いていた。

　このようなことは、二つ以上の国と二つ以上の民族の血をまたぐ出来事がいかに容易ならざるものを孕むかということを、しかもまた、それに対してまったく手をくだせなかった事件として、重たい課題を残響させた。こうして八〇年代、ぼくはこっそりと食わず嫌いの洞窟を少しずつ体験する日々に入っていくわけなのである。梁石日の『夜の河を渡れ』に始まる一連の作品とエッセイ群は、こうした日々に躍りこんできた。

もうひとつエピソードを挟む。そうした八〇年代がおわるころ、ぼくは一人の陽気な在日韓国人女性とめぐりあった。『由熙』を書き、若くして死んでいった天才作家・李良枝のお姉さんである。そのころは大久保のアジア・ストリートで蟻の街のマリアのような活動をしていた。旦那はコロンビア出身の経済研究者で、ぼくとは以前から仲良しだった。

彼女は旦那のオーランド・カマーゴの力を借りながら、日本語と英語を含むアジア数ヵ国の言葉で情報新聞を出していた。アジア各国の文字がごっちゃに交じったペーパーだった。おそらく当時の日本では大久保でしか見られないものだったろう。アジア料理の湯気が立っていた。けれども、ぼくは彼女が持ち出す大久保アジア・ストリートにおけるいくつかの現実問題に対応してあげられなかった。わずかに旦那の仕事に少々の支援ができただけだった。

洞窟をちゃんと覗けなかったのである。アジア的身体の意味を何ひとつ口に入れられなかったのだ。料理が熱すぎて火傷しそうだったのだ。これでは冒頭に書いたように、

『血と骨』に殴られてもしかたがなかった。

いったい「血」とは何なのであろうか。それは民族や国旗や言語の何にあたるものなのか。文学は血であって、血が文学でなければならない時は、どのようにわれわれを襲うのか。では「骨」とは何なのか。

梁石日の両親は済州島(チェジュド)から大阪に移ってきた。カマボコ製造に従事して、息子を産んだ。父は愛人をつくって妻子を捨てた。息子は定時制の高校に通いつつ内灘(うちなだ)闘争に参加するようになり、このとき金時鐘から詩作を促されたようだ。

詩は朝鮮総連系の同人誌「ヂンダレ」に掲載されたが、詩ではとうてい食えない。靴屋や鉄屑(てつくず)屋に勤めながら印刷屋をおこそうとしたが失敗し、仙台に逃げて喫茶店の雇われマスターになったものの、借金はふえるばかりだ。やむなく上京して新宿に寮のあるタクシー会社の運転手になった。この経験を綴った『タクシー狂躁曲』(筑摩書房→ちくま文庫・角川文庫)が評判になった。崔洋一が《月はどっちに出ている》という映画にした。在日コリアンを岸谷五朗が、フィリピン女性をルビー・モレノが演じて評判になった。これまでタブーがちだった虎口が開いた。崔洋一も在日コリアン二世だった。

一九九八年に実父をモデルに、昭和の戦中戦後の強欲と好色にとりつかれた男の矜持(きょうじ)と転落を描いた『血と骨』が山本周五郎賞に選ばれた。圧倒的な迫力をもつ畢生(ひっせい)の力作だった（追記＝この作品も崔洋一がビートたけしの主演で映画化した）。

こうした梁石日の出現のいきさつを見てみると、かつて金子光晴が「絶望すらできない」と抉ってみせた日本人には、たとえ「血」は描けてもそこに「骨」を累々と並べることはできなかったように思わざるをえない。中上健次を待って、やっと「ニッポンの血と骨」が突き動かされはじめたのだろうと思わざるをえない。

そうだとしたら、そうなのである。われわれはまだ昭和に対して、「おい、月はどっちに出ている？」と尋ね切ってはいないのだ。

第一一二九夜　二〇〇〇年九月十三日

参照千夜

九二五夜：『建礼門院右京大夫集』　一七七〇夜：ミシェル・セール『小枝とフォーマット』　七五五夜：中上健次『枯木灘』　六九五夜：スーザン・ソンタグ『反解釈』　一六五夜：金子光晴『絶望の精神史』

「作家は時代の神経」なのだから、
原発も津波も地方の汚職も引き取っていく。

高村薫

新リア王

新潮社　二〇〇五

東北。みちのく。アラハバキの国。古称は陸前・陸中・陸奥・磐城・岩代だ。そのうちの陸前・陸中・陸奥が三陸になる。奥羽地方ともいう。かつて奥羽は陸奥と出羽をさしたが、いまでは東北同様に青森・岩手・宮城・福島・秋田・山形の六県をさす。

突端に下北半島の恐山がある。一度目は一人で、二度目はNHKのシリーズ番組の収録のため五木寛之や赤坂憲雄とともに訪れた。恐山のオソレは、もとは宇曾利、アイヌ語のウソリである。火山や地震や地鳴りに関係する。アソ・ウス・アサマ・アタミなどのアソ・ウソ・オソはアイヌ語で「火」を意味した。

その恐山の近くに六ヶ所村があってぎょっとする。この村は日本列島が昭和バブルに酔っていく渦中で大きな決断をさせられた。ウラン燃料から発生した使用済み核燃料からウランとプルトニウムを取り出し精製する核燃料サイクル施設が誘致されたのだ。二〇〇六年からアクティブ試験を開始した。そこは昭和・平成のウソリなのである。

十二日前の三月十一日、その東北をマグニチュード9の地震と大津波が襲った。三陸の海底からの唸りのせいらしい。津波を伴う大地震は一九六〇年のチリ地震、七八年の宮城県沖地震、九四年の三陸はるか沖地震があったが、いずれともちがう巨大地震で、破壊的だった。日本人の記憶から消えかかっていた明治二九年（一八九六）の三陸沖地震に近いようだ。

一一五年前の地震津波は、岩手宮城沖二〇〇キロあたりの太平洋海底がマグニチュード8・5前後の震動をおこし、震度は2〜3であったにもかかわらず満潮とも重なって怒濤のような大津波となり、わずか数分で二万二〇〇〇人の死者が出た。津波は三八メートルの高さだった。「明治三陸地震津波」と呼ばれる。

ただ、このときは日本列島に原子力発電所はなかった。正力松太郎と中曾根康弘によって原発日本がめざされ、三三基（運用中）が各地に設置された。その一つである福島原発が津波によってメルトダウンしたらしい。今後どうなるか、まったく予想がつかない。ウソリが動き出すかもしれない。

この十二日間、被災地のニュースとドキュメントを何十回となく浴びた。大半の町が粉砕されて瓦礫となり、文字どおりの木端微塵になっているのに、九頭龍ともいうべき津波に呑み込まれた大半の光景は、恐ろしいほど静寂のままにある。ソドムとゴモラの殺戮と惨劇の跡には見えない。ニコラス・ローグやアンドレイ・タルコフスキーの映像のようで、デヴィッド・ボウイやベルリン天使が落ちた月面のようなのだ。

しかし、これは月面なのではない。直前まで日々の暮らしが生き生きと躍如していた日本の東北の、その瓦解の光景なのである。直撃後の数日は、防災服の救援隊たちの姿も多くなかった。どこの救援隊か忘れたが、ドイツかフランスの海外派遣チームはあまりになすすべがなく、早々に帰っていった。福島原発事故のニュースがかれらを早々に母国に戻らせたらしい。しかしわれわれにとっては、ここが母国だ。

被災者がたった一人で荒涼たる「わが町」「わが村」で肉親の遺体や形見を捜している光景も、しばしば映し出されていた。まるで《ザ・デイ・アフター》の地を彷徨する絶体孤高の作業のようで、痛ましい。報道記者たちは声のかけようがない。

かの「救済のアクチュアリティ」を最後まで志向しつづけて自害したヴァルター・ベンヤミンに「アインゲデンケン」（哀悼的想起）という言葉があるけれど、そんな言葉が高速に去来した。けれども、たとえアインゲデンケンをもってしても、粉砕されてしまった「わが町」「わが村」を歩く存命家族者のその姿にはぼくはただただ呻くしかない。

画面が切り替わると、各地の避難センターの被災者たちの日々が映し出される。被災者の言葉は誰であれ、その訥々(とつとつ)たる片言隻句を聞いているだけで胸が詰まる。どんな言葉も刃物のようだ。

南三陸町だったか、役場の女性職員が「絶対に逃げません」と言い放ったときは、胸が詰まってきた。被災者たちが無力なのではなく、われわれが無力なのである。このあまりにも激越な惨状と、その背後にひそんでいるであろう「影の脈絡」を、このあといったい誰が言葉に束ねることができるだろうか。それはテレビのドキュメントを超えるものになるだろうか。胸つぶれる気持ちのまま、そんなことを思いめぐらした。

ふと、髙村薫の名が浮かんだ。髙村には原発テロを扱った『神の火』(新潮文庫)と、恐山近傍の核燃料サイクル施設の六ヶ所村に取材して書き上げた『新リア王』とがあることにアタマがとんだからだ。

ぼくは必ずしも髙村薫の熱心な読者ではないが、それでも『マークスの山』(上下・講談社文庫)と『レディ・ジョーカー』(上下・毎日新聞社→新潮文庫)で、山崎豊子を追う本格派社会推理小説作家の力に感嘆してきた。

『レディ・ジョーカー』はグリコ・森永事件を題材にして、一兆円企業の日之出ビールの社長誘拐に絡んで、表向きは六億円の身代金要求でありながら、犯人たちが二〇億円の裏取引を画策しているというもので、その手口に捜査が手間取っていると日之出ビールに異物が混入され、またたくまに「三五〇万キロリットルのビールを〝人質〟にした事件」に発展してしまったという推移になっている。

いっこうに正体がわからない犯人「レディ・ジョーカー」をめぐって、話はさらに闇の深部に入っていく。秦野孝之という東大卒の青年が日之出ビールの入社試験に落ち、そのあと自殺のような交通事故にあっていた。その父親が、あるとき息子の悲劇に何かの決定的矛盾を感じて、「部落解放同盟」の名で脅迫状を送っていた。そういうことを通して、戦後の日本社会と企業社会の忌まわしい裏側が浮き上がってくる。書きっぷりはそうでもないのだが、そうとうに複雑な社会の問題を扱っていた。


その高村に『神の火』（上下・新潮文庫）という異様な原発テロを扱った一九九一年の作品があることは、前夜の『原発と地震』（講談社）のときに書いた。この作品の後半、主人公のテロリストであり原発技術者でもある島田と、その相棒となる日野が会話をかわすこんな場面がある。なかなか暗示的なやりとりなので、紹介しておく。

「なあ、あの発電所の白いドームな……。あの中、いったいどないなってんねん？」

「上半分は空いている。天井近くにクレーンのレールが一本走ってる。下半分は四段くらいに分かれていて、原子炉の圧力容器と蒸気発生器四基と、一次冷却材ポンプ四基と、加圧機一基が、それぞれ遮蔽コンクリートで囲まれて収まってる」。「原子炉はどの辺に入っとるんや」「底の方だ」「蓋してあるんか」「ああ、圧力容器には蓋がある。ドームの中も、ミサイルシールドという頑丈な蓋が中間段の床にあって、圧力容器の入っている部分は閉じてある」「それ、開けられるんか？」「ミサイルシールドは開けられる。圧力容器の蓋も、原子炉を止めて冷やしてからなら開けられる。でも蓋を開けたり、中の作業をするのはロボットだ」。「開けたら、何が見えるんや。燃料棒か」「硼酸水だな。原子炉の核反応を止めるために、容器いっぱいに注水した水」「水か……。へえ……。ほな蓋開けて、金魚入れたろか」。

こういう場面だが、このとき日野が「水か。金魚入れたろか」と言ったことが、圧力容器の蓋を開けその中の水に着目して、原発に侵入する前代未聞の原発テロをおこなう伏線になっている。あまりに早い原発問題に対しての果敢な挑戦だった。

山本周五郎賞候補になったこの『神の火』から十数年をへて、髙村は日本経済新聞に『新リア王』を連載した。青森に基盤をもつ一族の長であって、通産大臣などの大臣経験のある田中派の古老の政治家＝福澤榮が、自身の息子の禅僧＝彰之と延々と対話をしつづけるなか、そこから六ヶ所村の核燃料サイクル施設をめぐる政治と自治体と産業界の内幕が渦巻いていくという仕立てだ。

物語のピークは昭和六二年（一九八七）にあった。この年号の前後の世界と日本の情況は、ぼくがこのへんに「世界と日本のまちがい」があからさまに発したと見定めている時期に当たっている。

福澤榮が「東北のリア王」に見立てられている。シェイクスピアを向こうにまわした大対話篇である。六〇年代から八〇年代におよぶ自民党のかなり重大な政策のやりとりや青森県の年々変化する苦渋の実情を描きこんでいるので、残念ながらアウトラインを説明するのはちょっと難しい。おまけにこの作品は、その前の青森物語である『晴子情歌』（上下・新潮社）も継承している。一筋縄の仕立てではない。

だからぜひ読んでもらうしかないのだが、『新リア王』には『神の火』に続いて原子力利用をめぐる政治舞台が扱われていること、そこに日本の政治の根幹が強引と裏切りをもって左右されていること、しかしながらそこには地震や事故が絡む絶対的な危険性があること、それを仏教との対比で描くことになったことなどについて、作家本人が次のようにインタヴューに答えているので、そこだけでも紹介しておきたい。

インタヴュアーが、『新リア王』で主人公の政治家の息子を禅僧にしたことについて、問う。高村は「阪神・淡路大震災を経験したのち、次は仏教だと思っていた」と言う。高村は大阪人として阪神の惨状を体で体験した作家だ。それがなぜ仏教なのか。こう、説明する。

「これは経験しないとわからないことですが、突然、世界がひっくりかえるんですよ。足元が抜けるみたいに、いままで立っていた地上がなくなってしまう。それくらい地震というのは怖い。そういう揺れを経験すると、それまで何十年と信じてきたものや価値観が一切合財なくなります。はっと我にかえって聞こえてきたのは救急車のサイレンの音でしたからね。死体を運ぶ音ですよ。それが何日間も続く。神戸市内だけでは受け入れきれないですから、淀川をわたって大阪にくる。二四時間、救急車のサイレンが鳴っている。そのなかで六〇〇〇人以上の人が亡くなっているわけですから、それは、いままで信じていたものがなくなります」。

阪神淡路の大震災で、高村は「二河白道（にがびゃくどう）」を感じたというのだ。現世と地獄が板一枚で隣り合っていること、その「河」を渡れば世界がガラリと異なっていくことを実感したというのだ。ここが高村の言う仏教なのである。ぼくも実はこのところ日本仏教の覚醒を心底待望するようになっている。

高村薫
（1953－）

3・11は津波と原発の脅威を一緒に見せつけた。いったい原発の脅威とは何なのか。原子炉で燃やす核燃料は、その燃焼によってさまざまな放射性物質を出す。これをどう後始末していくかということが、いわゆる「核燃料サイクル」と呼ばれる原発のプロセスの全容である。このサイクルはウラン鉱石を掘り出して精錬し、ウラン（八酸化三ウラン＝俗称イエローケーキ）を取り出すことから、始まる。

精錬ウランには、原子炉で燃えやすいウラン235は1パーセント以下しか含まれていない。残りの九九パーセントはウラン238になる。そこで、世界の主流となった軽水炉原発ではウラン235を三〜五パーセントに濃縮して燃料にする。ウラン濃縮ができれば、これを二酸化ウランに変え（再転換という）、それを小さなペレットに焼き固めて燃料棒に詰める。この燃料棒を束ねたものが核燃料の本体である。

が、ここまではサイクルの上流で、このあと原子炉で燃やされた使用燃料の後始末が下流のサイクルになる。下流では、使用燃料をゴミにして放射性廃棄物とするか、再処理をするかの二つの選択がある。使用燃料にはウランの燃え残りと新しく生まれたプルトニウムが含まれているので、これを放射性廃棄物と分別して取り出す。これが再処理になる。

この再処理のことは、まだニュースやニュース解説にはあらわれていない。しかし福島原発事故が勇気ある現場担当者たちの必死の努力や決死の覚悟によって、仮にいったん収まったとしても、実は下流のすべてはこれからの問題なのだ。

青森県六ヶ所村に核燃料サイクル施設をつくろうということになったのは、昭和四四年（一九六九）の新全総（新全国総合開発計画）で「むつ小川原開発構想」が採択されたときからだった。

もともとここには、他の鹿島工業地帯や各地の産業団地同様に、大石油コンビナート建設が予定されていたのだが、昭和四八年と翌年のオイルショックで計画が破綻すると、そこへ電事連（電気事業連合会）が乗り込んだ。すったもんだのすえ、青森県と六ヶ所村が短期利用ならという条件付きで、核燃料サイクル施設の建設を受け入れた。こうして六ヶ所村に、まずはウラン濃縮工場が出現した。そのときすでに六ヶ所村に再処理工場を建設することも決まっていた。

『新リア王』はこのような原発をめぐるサイクルの大半を、自民党政治、東京電力などをふくむ電事連の動き、青森県の事情と決断、そのほか考えられるかぎりの関係者を実名のまま次々に登場させて、主人公の古老政治家が政治スキャンダルにはめられていく過程をもって活写した。

物語の進行のなかでは息子がなぜ禅僧になったのか、途中でどうして永平寺を抜け出してきたのか、何のきっかけで福澤榮の金庫番が自殺したのかといった複合的な事情も次々にあかされるのだが、今夜は申し訳ないけれど、そのへんは省略しておきたい。

ともかくも、東北関東巨大地震津波災害に襲われ、いまなお福島原発の度重なる水素爆発・火災・白煙・放射線漏れ・野菜汚染などを目の当たりにしている現在、この『新リア王』が『神の火』とともに、あらためて日本人の頭上に、東北と関東の体内に、のしかかってくるわけなのだ。

加えておかなければならない。『新リア王』が単行本となって三年後の二〇〇八年五月、六ヶ所再処理工場の直下に「活断層」があることが発見されたのである。

髙村薫は「なぜ」の作家である。「なぜ」を解きたくて小説を書く。昭和二八年（一九五三）に大阪の東住吉に生まれて、同志社高校からＩＣＵ（国際基督教大学）に進んだ。専攻はフランス文学だ。

少女の頃から「なぜ」を連発していたらしい。天王寺の動物園に連れていってもらったはいいが、途中の公園で貧しい身なりの人々が住んでいるのが「なぜ」だった。通天閣は楽しいけれど、その下にある西成の町が「なぜ」なのである。「なぜ」によって、この作家の心身は出来上がっているようだ（追記＝二〇二一年、毎日新聞出版から『作家は時代の神経である』を上梓した。大いに納得した）。

そういう髙村が「なぜ」を書くにつれ、つねにぶち当たるのは「日本という国のシステムがとことん劣化している」ということだった。いつからそうなったのか、いつのまそのためにそうなったのか、髙村は問いつづけた。原発問題を小説仕立てにしたのも、そのためだったろうと推う。おそらくこの十二日間の3・11の原因と余波と人間像についても、「根っこ」に立ち戻った小説を書くことになるのだろうと思う。最後の「作家の昭和力」が試されている。

第一四〇七夜　二〇一一年三月二三日

［追記］髙村薫の「仏教が気になっている」は、その後、『空海』（新潮社）として結実した。カメラを片手に徹底取材をしたうえで書き上げたようだが、あえて「二人の空海」に挑んだ。「生きてあった空海」「死んでのちの入定した空海」だ。なるほどと膝を打つところが少なくなかった。ちなみに髙村の母上はお寺の娘さんだったようだ。

参照千夜

七六九夜：佐野眞一『巨怪伝』　一四三四夜：有馬哲夫『原発・正力・CIA』　八〇一夜：五木寛之『風の王国』　五二七夜：ピーター・グリーン『アンドレイ・タルコフスキー』　九〇八夜：ベンヤミン『パサージュ論』　六〇〇夜：シェイクスピア『リア王』

追伸

昭和、どうする？

わが家は高校一年の春に京都から横浜に引っ越した。なにもかもが変わったが、回覧雑誌がやってきたことが一番の変化だった。「文藝春秋」「東洋経済新報」「文學界」「群像」「新潮」「文藝」「主婦の友」「オール讀物」「小説新潮」「漫画読本」などが毎月届くようになった。倉橋由美子、三島由紀夫、舟橋聖一、小島信夫、富士正晴、有吉佐和子、山崎豊子がどかどか土足で乗り込んできた。連載というノッキングにも痺れた。

こうして昭和の戦後文学にリアルタイムで接するようになった。高校二年のときが一九六〇年で昭和三五年、安保闘争の年だ。ケネディが大統領になり、岸信介が退陣して池田勇人が所得倍増計画を発表し、東南アジアの片隅でベトコンが結成され、白黒テレビのニュースの中で浅沼稲次郎が刺殺された。大原富枝の『婉という女』、深沢七郎の『風流夢譚』、フェリーニの《甘い生活》、大島渚の《日本の夜と霧》、土門拳の写真集『筑豊のこどもたち』、横山光輝の《鉄人28号》がこの年のリリースだ。東西ベルリンが封鎖されたのは翌年で、東京オリンピックは四年あと。大江健三郎はデビュー直後だった。

以上のことは、ぼくが紛れもなく「昭和」とともに日本の現代文学に興じてきたことをあらわしている。萩原朔太郎や中原中也の昭和を知るのも、坂口安吾やオダサクを知るのもここからだ。

本書を『昭和の作家力』と名付けてみたのは特別な装いではない。昭和を作家たちの言葉で読んできたからだ。ただ昭和といっても戦前・戦中・戦後で大きく分かれる。安部公房と野坂昭如は昭和初期には出現しないし、江戸川乱歩や久生十蘭はレトロな帝都にしか似合わない。大岡昇平・武田泰淳は日中戦争・太平洋戦争の体験からしか生まれない。だから構成には工夫した。昭和の作家が「中心から逸れたところ」にいようとしたこと、個々の作家の生い立ちがもろに作品に反映していることを、できるだけ重視した。

昭和の純文学と大衆小説は区別できない。共通の言い分がある。中里介山の『大菩薩峠』から井上靖・松本清張をへて大藪春彦の『野獣死すべし』まで、つながっている。また本書では、野上弥生子・永井路子・大原富枝・三浦綾子・宮尾登美子・髙村薫らの構成力や視点に注目した。彼女たちの野太い表現力はときにどんな歴史研究やカルチュラル・スタディーズをも覆す。

とはいえ、いま昭和が語られているかといえば、そうとは言えない。基地・団地・墓地・遊園地・戦地の〝五ち〟はほったらかしで、見て見ないふりをするだけだ。劣化する現在日本の大半の病根はほぼ昭和にあるのだから、新たな有事に出くわす前に、その中身を浴びておいたほうがいいはずだ。そんな思いをこめて構成し、加筆してみた。

さて、この「千夜千冊エディション」は角川ソフィア文庫のシリーズとして、独特のカバーデザインで包まれている。この造本意匠は町口覚が主宰するデザイン事務所のマッチアンドカンパニーのみなさんによるもので、毎回、いくつもの試案が提示され、それを編集部の担当さん（伊集院元郁・宮川友里）と松岡事務所の面々が選ぶという手順でつくられる。本書『昭和の作家力』ではこれまでになく多くの候補が用意され、ぼくにはそれが印象深かった。ひとつは土門拳・濱谷浩・東松照明・森山大道・荒木経惟・杉本博司の昭和を代表する写真がそれぞれノミネートされたということ、ひとつは岡本太郎・水木しげる・赤塚不二夫・楳図かずおらの作品が採り上げられていたこと、さらには昭和の映画の名シーンがあしらわれていたことである。

いつも町口チームのアイディアには感心してきたのだが、このたびはこのライン

本書のカバーデザイン案がずらりと並んだミーティングのようす

アップにこそ「昭和」があるのかと得心させられた。ぼくは一冊の本の造本意匠もコンテンツだと思ってきたので、ここに紹介してみた。

松岡正剛

千夜千冊
EDITION

「千夜千冊エディション」は、2000年からスタートした
松岡正剛のブックナビゲーションサイト「千夜千冊」を大幅に加筆修正のうえ、
テーマ別の「見方」と「読み方」で独自に構成・設計する文庫オリジナルのシリーズです。

執筆構成：松岡正剛
編集制作：太田香保、寺平賢司、大音美弥子
造本設計：町口覚
意匠作図：浅田農、清水紗良
口絵撮影：熊谷聖司
口絵協力：立教大学江戸川乱歩記念大衆文化研究センター
肖像写真提供：朝日新聞社（216、255、293、317、399、417頁）
編集協力：編集工学研究所、イシス編集学校
制作設営：和泉佳奈子

千夜千冊エディション
昭和の作家力
松岡正剛

令和5年 4月25日 初版発行
令和6年 8月30日 再版発行

発行者●山下直久

発行●株式会社KADOKAWA
〒102-8177 東京都千代田区富士見2-13-3
電話 0570-002-301(ナビダイヤル)

角川文庫 23639

印刷所●株式会社KADOKAWA
製本所●株式会社KADOKAWA

表紙画●和田三造

●お問い合わせ
https://www.kadokawa.co.jp/ (「お問い合わせ」へお進みください)
※内容によっては、お答えできない場合があります。
※サポートは日本国内のみとさせていただきます。
※Japanese text only

ISBN 978-4-04-400753-9 C0195

◆◇◇

角川文庫発刊に際して

角川源義

第二次世界大戦の敗北は、軍事力の敗北であった以上に、私たちの若い文化力の敗退であった。私たちの文化が戦争に対して如何に無力であり、単なるあだ花に過ぎなかったかを、私たちは身を以て体験し痛感した。西洋近代文化の摂取にとって、明治以後八十年の歳月は決して短かすぎたとは言えない。にもかかわらず、近代文化の伝統を確立し、自由な批判と柔軟な良識に富む文化層として自らを形成することに私たちは失敗して来た。そしてこれは、各層への文化の普及滲透を任務とする出版人の責任でもあった。

一九四五年以来、私たちは再び振出しに戻り、第一歩から踏み出すことを余儀なくされた。これは大きな不幸ではあるが、反面、これまでの混沌・未熟・歪曲の中にあった我が国の文化に秩序と確たる基礎を齎らすためには絶好の機会でもある。角川書店は、このような祖国の文化的危機にあたり、微力をも顧みず再建の礎石たるべき抱負と決意とをもって出発したが、ここに創立以来の念願を果すべく角川文庫を発刊する。これまで刊行されたあらゆる全集叢書文庫類の長所と短所とを検討し、古今東西の不朽の典籍を、良心的編集のもとに、廉価に、そして書架にふさわしい美本として、多くのひとびとに提供しようとする。しかし私たちは徒らに百科全書的な知識のジレッタントを作ることを目的とせず、あくまで祖国の文化に秩序と再建への道を示し、この文庫を角川書店の栄ある事業として、今後永久に継続発展せしめ、学芸と教養との殿堂として大成せんことを期したい。多くの読書子の愛情ある忠言と支持とによって、この希望と抱負とを完遂せしめられんことを願う。

一九四九年五月三日

角川ソフィア文庫ベストセラー

千夜千冊エディション 本から本へ
松岡正剛

人間よりもひたすら本との交際を深めながら人生を送ってきた著者の本の読み方が惜しげもなく披露されている。「読み」の手法「本のしくみ」「物品としての本」。本と本好きへ贈る、知の巨人のオマージュ。

千夜千冊エディション 芸と道
松岡正剛

日本の芸事は琵琶法師や世阿弥や説経節から始まった。そこから踊りも役者も落語も浪曲も派生した。世阿弥、円朝、森繁、山崎努……この一冊に、それぞれの道を極めた芸道名人たちの「間」が躍る。

千夜千冊エディション ことば漬
松岡正剛

ことばは言い回しによって標語にも逆説にも反論にも暴力にもなる。和歌、俳句、辞典、国語、言語、レトリック……あらゆる角度から「ことば」に取り組んだ先人たちの足跡から、ことばの魔力に迫る。

千夜千冊エディション 大アジア
松岡正剛

古代から近代までのアジアと日本の関係とその変転、そして歪められた近代アジア史の問題点を考察。中国、韓国、アセアン諸国を含めた大陸、今注目のアジアにおける日本の立ち位置を考えるうえで必須の本

千夜千冊エディション 宇宙と素粒子
松岡正剛

天才科学者たちの発想と方法の秘密に迫りつつ、宇宙論と素粒子論のツボを押さえた考え方を鮮やかにナビゲート。極大の宇宙から極小の素粒子まで。天才科学者たちの発想と思考の秘密に迫る、画期的科学書案内。